中公文庫

宗方姉妹

大佛次郎

中央公論新社

宗方姉妹　目次

宗方姉妹

序の章

終戦の年の、朝から暑い夏の日であった。鴨緑江《おうりょっこう》の鉄道橋の側面に在る板の歩道を、三村亮助《みむらりょうすけ》は、歩いて朝鮮の新義州に渡った。彼は満洲側の国境の町、安東の副市長だったので、満人の苦力《クーリー》の洋車《ヤンチョ》（人力車）に乗って、そこまで来たのだが、車にはリュクサックを托して、自分はもう生涯に二度と渡ることもあるまいと信じられる鴨緑江の橋を、徒歩で渡って対岸に行くことにした。この長い橋は、日本から働きに来ている女たちがバスケット一つを提《さ》げ、新らしい働き口を求めて満洲側に歩いて渡るように成ると、二度と浮ぶ瀬がなく、顚落《てんらく》するばかりになると定説のあるものであった。

三村亮助は、その道を反対の方向、朝鮮に向って歩いたわけだが、彼のも、何をするあてもなくこれから朝鮮を経て、戦争に敗北した日本に帰るので、前途は決して明るいものとは信じられなかった。この朝まで、彼は満洲国安東の副市長だった。県知事が安全を求めて、十日ほど前に、まだその時は動いていた朝鮮鉄道で家族連れで越境して帰国するのに、勧められて自分の妻を托して、ひとりだけ任地に残って、役所の整理に当った。この朝は、役所に部下の満人を集め、金庫を開けて、用意してあった金を各自に分配し、自由に解散して帰郷するなり、残るにしても生命の安全を第一に考えて行動するように申渡してから、敵の手に渡してはならぬ公文書や私信の類を庭に運ばせて焼棄てた。

満洲に侵入した蘇聯《それん》兵は、早くも新京を占領し、その先遣隊の戦車が大連に入ったとも言い、鴨緑江のダムを目ざしてこの安東市に五十キロの地点に来ているとも報告が入っていた。地理的に安全と見て関東軍の糧秣《りょうまつ》を集積した安東の運命も、この日の午後あたりまでと予想された。三村亮助も蘇聯兵を見るまでに、退去して、朝鮮の側に逃れねばならぬ。これは、言葉どおりの亡命であった。朝鮮、満洲に、力ずくで割込んだ日本人が、真先に逃亡した軍の将校を除いて、命からがらに壊走始めていたのである。鉄道は既に分断されて不通で、トラックも自動車も、急に市内から姿を消した。元安東副市長だったから、誰れか部下が人力車を都合してくれたのだが、三村亮助は、リュクサックを背負って、朝鮮まで歩いて行く覚悟であった。

出発を前に、彼がこれまで毎日副市長の日課として来たように、満洲馬を曳き出させて、「領地」の順視に出たのを、満人の部下の役人が驚きの目を見合せて、見送った。この瞬間にも埃《ほこり》をあげて進んで来る蘇聯の重戦車の響《ひびき》が、地平のどこかから聞えて来ぬとも限らず危機迫った時であった。三村亮助は、小さい満洲馬にまたがって、領地と自称する鴨緑江の河口に近いデルタの一面に芦の繁る中に入って行った。日本人の心理を満人よりもよく理解する朝鮮人の書記が、「先生は自殺するつもりで、人の居ないところへ行ったのではないか。」と顔色を変えて口走った。しかし、二時間ばかり後に三村亮助は、帰って来て、無事な顔を見せ、「さあ、いよいよ皆ともお別れだ。その前に、私の大安東市に別れを言いに行って来たのだ」と告げた。彼がこの田舎町に赴任して来たのは、鴨緑江の河口に数千噸《トン》級の汽船数隻を横附けに出来る埠頭《ふとう》を並べて作ることと、上流の大ダムの電力を使用する大工業都市を、無際限に広い芦の湿原を埋立てて構築し、ロシア人が作った大連以上に大きく、遥かに現代的な都市を作る事業の為であった。日本の企画院や満洲国の目的とするところは何か知らず、技師の三村亮助の設計は、この広大な泥の洲《す》の上に、新らしい都市が出現することに依り、百万の満洲人、朝鮮人が働く場所を得、ゆたかな生活が出来るように成ると言うのが、大きな夢となっていた。有能な専門の技師たちを内地から招いて、その設計図を作り、地割りをし、主な道路を芦の中に既に開いてあった。

リュクサックを載せた人力車を従え、長い橋を歩いて渡りながら、彼が来た側にその土地が、鴨緑江を隔てて、天際まで続いているのを、幾度か立ち止って、欄干にもたれて遠く眺めた。広い鴨緑江の水と、何もない芦洲のひろがる世界だが、この芦の葉が海のように風にそよぎ、鳶《とび》だけが舞っている天地の間に、伝説にある大きな蓮の花が咲くようにして、夜も昼もモーターが唸《うな》り、ネオン燈が輝く近代都市が生れ、河口には大きな汽船が船腹に満洲の落日の光をあびて蜃気楼《しんきろう》のように並ぶ壮観を、アラビアンナイトの魔法のように、彼の手で設計どおり出現させた筈《はず》であった。亮助は、あきらめたように、橋桁《はしげた》を踏み鳴らして歩き出した。

　橋を渡り終って、新義州の税関には、日本人はもとよりのこと、朝鮮人の官吏も出ていず、まぶしい日射《ひざし》の中に、小暗い煉瓦の建物の中は無人で乾き切って、消し忘れた電燈が一個、宙に残って点《つ》いているのが見えた。猫が一匹、人影に驚いた様子で背を低めて歩いて通った。ロシア種らしい大きな雄猫であった。人力車と曳いて来た満人を、ここで帰らせるので、亮助は、「謝《シェ》、謝。」と礼を言いながら、自分のリュクサックを、背につけた。副市長閣下の、無造作なこの姿に、車夫の苦力は、呆《あき》れて目を見はっていたのが、亮助には可笑《おか》しかった。確かに、はしたなく「大人《たいじん》」がすることではなかった。許されるならば、自分で担って供をさせて欲しいと、目顔で言っているのが大の男を可憐に感じさせた。亮助は、もう供や部下を多く使う大人でなく、乞食同然、裸一貫の男である。学校時代に豪傑で剣道四段の腕になって置いたのが、唯一の身についたもので、あとはリュクサック一個である。その中に、実現の機会を永遠に失った未来の大安東港設計図が大切に入れてあった。

　亮助は、ひとりに成ってから鉄道の駅に歩いて行った。汽車は不通になり、開通の見込みが立って居なかった。日本人の駅員は、数日前から出て来ない、と知らされた。仕方なく線路沿いに歩き出した。暫《しばら》くすると駅から人が追って来て、開城あたりから汽車が通じていると信ぜられるが、それまで歩いて数日間の行程を、鉄道線路沿いに行くのは、途中、暴民が出て日本人を狙うと言う噂《うわさ》が入っているから危険で、反《かえ》って離れた内陸の村々に道をさがして行くがよいと、忠告してくれた。駅の掃除夫かとも見える老人で、白い髯《ひげ》を生やして、善良らしい目もとを、まぶしそうに皺《しわ》の中に細めていた。亮助は、満洲朝鮮で日本人が土地の者に、必ずしも良からぬ無法なことをしているのを知っていたので、暴民が出たと聞いても当然のことのように感じ、自分が持って出て来たスネークウッドの杖《つえ》と、剣道四段の腕を頼みとして、すぐ、それを羞《は》じた。親切な老人に礼を言って別れて、二キロも歩くと、亮助は、わざわざ、その杖を道ばたの地面に突きさして捨て、自分はいざと言う時も力で抵抗しない意思を固めて、リュクサック一つを背に歩き出した。この中に入れてある設計図以外のものは、全部暴民にくれてやってもいいと思った。同時に、県知事一家の亡命に、自分の妻の節子を連れて行って貰《もら》うようにした決断を下したのが、よいことをしたと思った。汽車がまだ通じていた時期だったので、掠奪にも遭《あ》わず可怖《こわ》い目も見ずに、釜山まで出たことと考えられた。

　暴民らしい小集団を、田舎道の村の入口で、よく見かけた。遠くから見て、亮助は道を避けるか、辛抱強く、夜まで隠れて待った。神経が太く出来ているせいか、場所を選んで転がると、すぐに寝込み、よく睡った。食物は貧しげな農家ほど、親切に、出してくれた。家にないと近所にさがしに行って、持って来てくれ、日本人と見て、あやしみも嫌いもしないのが有難かった。亮助は、その親切に遭う度に、人間とは好いものだと思い、まだ先の長い旅を続けるのに新らしい勇気を呼び醒《さま》した。しかし、一度例のとおり夜、村々が寝《ね》鎮《しずま》ってから田舎道を歩いていて、人間が残忍になり得る一面をいやと言うほど見せつけられた。これは、やはり満洲から逃げて来た日本人の難民であったが、北鮮を通って出て来た二十人ほどの集団で、それまでリーダーになっていて、理由をつけて他人の乏しい懐中から金を貪《むさぼ》り取ったり、犠牲を強《し》いて自分だけ好いことをして来たもと町会長か防護団長の男を、遂《つい》に女たちから不平が爆発して、野宿する間に多勢の力で取りかこんで樹の幹に縛りつけ、棒や鞭《むち》で私刑にするのを見た時のことである。

夜の森の中の空地《あきち》であったが、蘇聯兵の暴行を逃れる為に若い女が髪を切って坊主頭になり苦力服を着ていたので、男たちばかりでしているように見えたが、ほとんど全部が日本の女で、その中に色の白い十七、八の美しい娘までが、棒をつかみ、裸かで木の幹に縛られて苦痛に大声で泣きわめく大の男を、倦《あ》きることなく力まかせに叩いて、たらたら血が流れるのにも平気であった。こん畜生、こん畜生、と黄ろく昂《たか》ぶった声で女たちは叫び、先を争って、鞭や棒を振りおろした。助けてくれ、後生だから助けてくれと、男は泣きわめいた。命だけは助けてくれ。

顔の可愛らしい娘が、それを聞いて目を光らせて、よし命だけは助けてやる。その代り、片輪になれと言って、縛られている男の股の間に力まかせに棒を突き入れ、その度に精一杯の悲鳴を上げるのを、よし、吠《ほ》えろ、吠えろ、誰れも助けに来ないから、貴さまのようなけだものは、片輪になって、地獄へ堕《お》ちて行け、もっと太い棒をさがして来て突いてやろう。山田の小母さんを殺したのは、手前じゃないか、と、泣く声も出なくなり、縄から軀《からだ》を垂れさげてヒイヒイ言うだけなのに、まだ容赦なく、丸太で突きまくっていた。まわりに立って見ているのも女たちであった。平和だった日には、家庭の主婦だったり、店番をしている愛想のいい女たちだったろうと思われるのが、狂乱どころか実に平静で、森の中の闇に置いた黒い彫像群のように身動きもせず、たまに、目が醒めたようにどっと歓声をあげ笑声を立てた。わいせつな所作《しょさ》ほど、彼女たちに気に入り、悦《よろこ》んだ。

　三村亮助は、一度は見かねて、とめに入ろうとした。しかし、こう言うことも有って、今は当然なのだとする声が、頭のどこかに在った。どこまで人間が崩れて堕ちるものか？その美少女の、坊主頭から顔に流れる汗と、得意満面に意気ばって口をひん曲げ、目を光らせ、息をはずませて、小悪魔のように飛んだりはねたりして、血を流している男のぐるりをいそがしくいきいきと廻っている姿を、変に色っぽい感じにさえ見えるのを、胸を苦しく見まもっていた。

　それから半月あまりも日数を掛けて、三村亮助は内地に帰り、埠頭の地面を踏むなり、大男のアメリカ兵からD・D・Tの噴霧を頭のてっぺんから、ズボンの中まで、あびせられ、吹き込まれた。殺菌の為と理解しつつも、その扱い方に亮助は男として烈しい屈辱を感じた。しかし足もとの雨後の水溜りに映った髪も髯も真白で粉屋の犬のような我が姿を見ると、思わず天を仰いで心から高笑いした。彼が笑ったのは多少まだ残っていると信じた人間の権威の為であった。

若葉

楓《かえで》の若葉が天蓋《てんがい》のようにひろがる下を、若い女ふたりが歩いている。

「姉さん……」

並んでいて返事がなかったので、

「姉さん……、姉さんたら。」

姉は、寺の金堂《こんどう》の縁にのぼって、障子《しょうじ》に一こまだけ紙があくようになっているところから、内陣の仏像を差覗《さしのぞ》いていた。梅雨《つゆ》晴れの明るい午後だったが、堂は正面の一枚を開いただけで、しとみを全部おろしていたので、内部は暗く、目がなれてから、漸《ようや》く光背の金が光り、それより古いらしい本尊の座像が、黒く朦朧《もうろう》と、姿を浮き上らせて来る。

「なアに？」

「帰りましょうよ。もう。」

「でも、せっかく東京から来たのに、そう急ぐことないわ。」

姉がまた、障子の切穴に顔を寄せようとしたので、妹は、思わず、まるい肩を揺り上げて抗議してから、ハイヒールをはいた脚で大げさに、足ぶみして、顔の前の宙を両手で掻き立てるような真似《まね》をした。

「ぶよ（ぶと）よ！　大変よ。じっとしていると、顔をねらって、集って来るの。」

「そんなに！」

「そんなにどころか、目にも入って来るわ。」

たそがれのように暗い堂内を見まもっていたせいもあろうが、あたりの新緑の色と光の中に、踊るように勇ましく手足を振っている若い妹の姿は眩《まぶ》しいように明るい。肩から胸をつつんでいる毛の柔かいセーターは、乳色をまぜた紅い色である。

「ねえ、姉さん。」

「わかったわよ。もう、靴をはいているのよ。」

「歩くわ、あたし……」

「駆けると、躓《つまず》いてよ、満里《まり》ちゃん。」

切石を積んだ急な石段が杉や松の森の間を降りていた。唇の形を強すぎるくらいに鮮明に描いた顔が、途中で姉を待ち設けていた。妹は、際立って皮膚が白く生れている。あまり白過ぎて、光なく見えるくらいに、いつも白い。

「刺されたのよ。靴下の上から。」

「大丈夫よ。そのくらい。」

「だって、あたし、搔ゆがりですもの、メンソラなんか持って来てないし……もう、姉さん、あしたから、お寺のお供、いやよ。どこに行っても、おんなじじゃないの。」

「そんなことないわ。さっきの祇王寺《ぎおうじ》は祇王寺、この高山寺《こうざんじ》は高山寺。」

「どこへ行ってもお堂があって、仏さまが坐っていてね。」

「ああ、満里ちゃんは、河原町通りのようなお店のある賑やかなところだと、同じところを、一日に何度でも歩くのね。」

「それは、そうよ。」

と、首を傾けてから、

「それはね、なんと言うのかしら、そうね、人間がいるからだわ。」

姉は、微笑して聞いているだけだったが、両側から枝を交えている若い楓の葉陰を肩を並べて歩きながら、満里子が言った。

「ざわざわしていても、どの人間も、生きて動いている。そのせいね、きっと。……何でもないんだけれど、あたし、そんな中に入っているのが楽しいの……」

その言い方に妹を認めて、節子は明るい瞳《ひとみ》を宙に放った。その空は、楓の若葉で埋められていて、光の工合《ぐあい》で、こまかく濃淡が分たれている。明るくすき透《とお》った葉があり、光の暗い葉があった。風のない静かな午後である。道を降りるほど、水流の音が高まって来るのは、清滝川の深い谷が、寺の真下になっているからである。

話声が途切れたと思うと、満里子は石だたみの上に足を停《と》めて、腕に抱えていたハンドバッグをあけて見ていた。

「煙草すうわ。」

姉が非難するように見返ると、

「ぶよを、煙草の煙で、追払うの。満里子にばかり集って来るのね。」

「あたしのところへも来ていてよ。でも、満里ちゃんの方が、人間くさいのかも知れないわ。人の匂いをかいで、出て来るのね。」

「姉さんは、匂わないの？」

「食べても、おいしくないんでしょう。」

「いいわ、今、煙で姉さんの方へ、移して上げてよ。」

掌の中で、ライターが冴《さ》えた小さい音を立てた。

「お父さんの前だけでは、煙草はおよしなさいね。」

「ううむ。」

と鼻声で答えて、ひらいた笑顔を上げた。

「叱られる？」

「まあ、御遠慮なさい。お年上の方の前だけは。」

満里子は笑顔をそらした。見おろした谷も楓の繁りで埋められている。薄暗いほどの葉越しに、対岸の山が夕日をあびて松の幹が真直ぐに揃《そろ》って伸びて、赤い色を浮き上らせている。

「それは秋はきれいでしょうね。」

「秋の紅葉の名所なのよ。高雄、槙尾《まきのお》、栂尾《とがのお》と言って。」

「京都なら、どこでも。」

と、節子は言い切って、

「秋になったら、あたし、また来て見たいわ。さっきの祇王寺なんか、どんなにいいでしょう。」

「どこのお寺のこと？」

「あら！」

と節子は失望して、

「滝口入道の庵《いおり》の跡だって言ったでしょう。嵯峨《さが》の竹藪の奥で、庭に、やはりもみじがあって、小ぢんまりして可愛らしい、まるで普通の田舎家ぐらいしかない……折角、見て来たのに、もう覚えていないの。」

「あんまり一度に沢山見たからよ。でも、興味ないわね。姉さんが、どうして、こんなお寺だの古い仏像のようなものが好きなのかしらって、姉さんの後から歩きながらあたし、ずっと考えて来たのよ。兄さんに、こんな趣味はないんだし……不思議な気がして来るでしょう。満里子、わかったの。やっと、発見したのよ。」

「どう？」

妹は、冬の池の底に冷たく小魚が動いたように、姉に向けて、かすかに意地悪い意志が心に動いたのを感じて、答えるのを急にためらったところであった。

「どう、わかったの。仰有《おっしゃ》い。」

「宏《ひろし》さんのせい！」

答えて置いて、満里子は、かぶせるようにして問い返した。

「違って？」

予期したとおり、姉は暫く無言でいた後に、妹の言葉を打消そうとした。

「そうとも限らないわ。」

「いいえ、そうよ。あの頃、おふたりで博物館へ行ったり、仏像の写真だの画集を集めていたでしょう？　あたしよく覚えているわ。観音さまの……」

と、満里子は、その形の真似をして人差指で自分の頬を突いて見せて、

「こうやった写真が姉さんの部屋に額にかけてあったでしょう。宏さんが奈良へ行って買って来て下さったの。」

「古いこと。」

と、節子が、肯定するらしくもなく微笑すると、

「だから、あたし、気がついて、おやっと思ったのね。随分、古いことなのに、姉さんの心の中に、まだあの時分のことが残っているのね。」

「だって、満里ちゃん。一度、人間が心を惹《ひ》かれたものは、そう早く忘れて了《しま》うものじゃありませんわ。」

「だって、戦争よりも、ずっと前のことでしょう？　それから、お嫁に行ってからの姉さんの生活には、なかったことと思うのよ。以前のように音楽会やお芝居にも、いらっしゃらなくなったし……」

「それが戦争だったからよ。」

「いいえ、違うわ。戦争前からよ。姉さんは若い時分とは、すっかり違って来ていらしったのよ。兄さんが、ああ言うお仕事だけの方だったせいかしら？　あたし、大連から出て来て、姉さんが、どこへも出ないひとに成っているのを見て、びっくりしたことがあるわ。今度は違ったわ。満里子が、もう降参して手を上げて了うくらいですもの。京都へ来て急に、昔の姉さんが生き返って来て、いきいきと動き出したような感じ。」

「そう、暫く振りなことは確かかね。自分でも、睡っていたものが急に目をさましたような気持がしますけれど。」

「おつきあいは、満里子、もう真平《まっぴら》。けれど後《うしろ》から姉さんの熱心な様子を見ていて、感心はしていたのよ。いつも、おしとやかなひとが、何か憑《つ》きものがして夢中で動かされている、とでも言いたくなるくらい、馬鹿馬鹿しく熱心なんですもの。」

「馬鹿馬鹿しく！」

「御免なさい。でも、そう言ったものなの。皆、同じ顔をしている仏さまの、どこが面白いの。それに、どのお寺だって、ひどく不便な遠いところにあるし、行って見れば、やけに広過ぎて、境内《けいだい》を歩くだけでも脚がいたくなるんですもの！　もう満里子、御免だわ。」

「そんなに虐待《ぎゃくたい》した？」

「ええ、ええ、ひどい虐待！　立派な軍事裁判ものね。それが、昔の宏さんの教育のせいですわ。宏さんが誘わなければ、まだ若いのに姉さんが、お婆さんのようにお寺詣りなんかに歩くわけがなかったのよ。」

「お寺まいり？」

「そんなものでしょう。あたし、怒っているのよ。このお寺にだって、何があって？　石段があって、樹が繁っていて、取残されたように他所《よそ》の世界とは関係なく、人間が誰れもいないお堂があるだけ。ああ、あとは、ぶよが出て来るだけ。」

「静かな好いところだと思わないかしら？　あたし達が暮らしている東京には、もう、こう言うところは、ないのよ。」

「………」

「繋った木も、この苔《こけ》でも。それから、あの、水の流れの音でも。」

多くを語ることのない静かな姉に、ふいと、別の光が差して来たように、顔かたちまで変ったような趣《おもむき》があった。

「満里ちゃんは、笑うかも知れないけれど。こちらへ来てから、あたし、自分で、びっくりしているの。こう言うところに、来ていると、得《え》も言われぬ静かなものが、海の汐《しお》のように心にさして来るような気がして仕方がないの。流れの音を聞いていると、あのきれいな水が心を洗ってくれているような気がして来るし、動いていない木の枝が、耳に聞えない静かな音楽でも聞かせてくれているよう……。ここに住んでいた昔の坊さまや尼さんのことなども考えて来るわ。口では説明出来ないことだけれど、木の葉や石までが、いつの間にか、自分に近づいて来ているような工合なの。私も、今まで知らなかったことなのね。おかしいと言われれば、それまでのことでしょうけれど……心がそう言う動き方もするのだと気がついて見ると、大切にしたいわ。どうせ、焼《やけ》あとの東京へ帰るんです。そして、生きる為《ため》に、どんな無理でもして行かなければいけないんでしょう？　ほんとうのことを言うと、ぶよだって、あたしには可愛く見えたわ。あたし達が来たからなつかしがって出て来たんです。」

「厭《いや》！」

と、満里子は強く言った。

「姉さんは刺されなかったからよ。」

「そうね。満里ちゃんひとりが引受けてくれたのね？」

乗合自動車の通る街道が見えて来て、谷川の流れの音が、姉妹の顔にじかに迫るように近くなった。

「もう、バスで帰るだけ。御苦労さまでした。」

姉妹は、崖《がけ》の縁《ふち》に寄って、深い真下の谷水が岩を噛《か》んで別れて流れるのを見おろした。

「河鹿《かじか》がないているわ。」

「どこに？」

「それア見えやしないの。聞いていて御覧なさい。」

「あら！　乗合が来たわ。」

と、満里子は、急に、いそがしく川上の方を振返って、

「ここで、停《とま》るかしら？」

川上は、山が一層高く深く両側から迫っていたし、崖に繁る楓の若葉で蔽《おお》われていた。自動車の近付いて来る音がしていて、その姿は、また崖に隠された。

乗合だと信じたのは、奥の方から丸木の材木を山のように積んで来たトラックで、姉妹

の前を通り過ぎて行った。新らしい木の香があとに残った。清滝川に沿って、橋を渡ると、対岸の山の裾《すそ》にあたる深い森につつまれて栂尾のお寺の堂塔が一区画を作っている。バスの停留場のある方へ出て来て、流石《さすが》にふたりは疲れて来て、言葉すくなくなっていた。

「宏さん、神戸に居るんでしょう。」

また満里子が、その話を持出したのを、

「そうなんでしょうね。」

妹の自分から見ても端正な美しい輪郭に見える姉の横顔に、それとなく、犯し難いようにきびしい空気が現れているのを満里子は見た。遠い過去のことが、現在の姉の心に、まだ何かの傷痕《きずあと》を残しているのかしら、と満里子から見れば不思議でもあった。

「宏さんの家、戦災で大丈夫だったのでしょうか。」

返事がないので、

「神戸、どんなに成っているか、行って見たいわね。元町通りや、山のホテルへ登る坂道、あたし、好きだったわ。大連から船で着くと、いつも、あすこを歩いたの。きれいなお店が方々にあって。」

丁度、乗合自動車が、上り坂を喘《あえ》ぎながら近づいて来た。混んでいるかと思うと、まったく空《す》いていて、二、三人の者がここで降りたあとに姉妹が乗って見ると、土地の者らしい若い男がひとり乗っているだけであった。

「よかったわ。立って揺られて行くの閉口だと思っていたの。」

乗物に乗って了うと、急にいきいきした様子で、満里子は手をやって髪の形をなおしたり、車内を見廻した。

「どこから来たんでしょう。このバス。」

向い合っている席から、ひとりだけの客だった土地の若い男が、自然な調子で、これに答えてくれた。

「周山からですよ。」

「シュウザン？」

「ずっと奥なんです。峠を二つ越して、三十キロばかり山の奥です。丹波《たんば》の国になっていますから。」

そう説明してから、青年は別に言葉を付加えた。

「自分は、周山から出て来たんです。」

田舎の人によくある肉の厚い顔立に、素朴で柔和な目で笑っていた。まだ二十代の若い男で、人なつこく話掛けて来た。

「奥さん達、東京から来たんですか。」

「奥さん！」

と、満里子は笑いながら、

「ええ、東京から。」

「私は、これから京都で汽車に乗って、東京にいる兵隊時分の戦友を二、三訪ねるつもりなんです。」

別に返事も出来ないでいると、青年は着ていた古い背広の内がくしから手帳をつかみ出して、開いて読んだ。

「東京の世田谷と、田園調布に戦友がいるんです。」

「お訪ねになるってお約束なさったの。」

「そうなんです。」

と、元気よく答えた。

「訪ねて行くって約束して別れたんです。」

節子は、妹ほど青年の話に注意を向けていず、窓の外に動いて行く山の姿や民家を眺めていたが、この言葉を聞いてから、向きを変えて青年を見まもった。うとかった心から、怠りが失われて来ていた。如何にも若々しく、嬉《うれ》しさをつつみ切れない笑顔でいる素朴な様子を見ていて、東京にいる昔の戦友たちが、どんな風にして、この青年を迎えるかが、他人事《ひとごと》だが、気がかりに成って来たような工合であった。

若者は重い口から繰返した。

「皆、良い人たちでした。一所に、苦労したんです。」

だが、東京のような都会では、すべてのことが、実に簡単に忘れ去られるものだ。毎日毎日を、新らしい刺戟《しげき》に動かされていて、たった昨日のことさえ、今日は跡を留めないで消えてゆくのではなかろうか？　特に、戦争のことは、思い出すことさえ嫌っているように故意に忘れようとしているように見える。今時、戦友という言葉を使う人間が残っているなどとは、人が思っても見ないことなのではなかろうか。すべて過ぎた。今日は今日だ。軽くそう呑込んで了っている。講和条約と言う声を聞いても、どこの国の話かと思う人間の方が多いような心持さえする。戦後の苦しい生活が人を追い廻して、せわしなくさせているが、それが自分達が無計画な馬鹿げた戦争をした故《せい》だったとは、人が信じていない。目の前にある生活の面の苦しさだけを見ているだけで、それも過ぎれば、忘れてけろりとして了う。そういう都会の人間の中へ、このひとは戦争当時の苦しかった思い出話を、持って入って行くつもりなのだろうか。

「内地に帰っていらしってからも、お便り、していらっしゃるの？」

「そうなんです。」

と、簡単に頷《うなず》いて見せて、

「返事がないのもありましたけれど、東京へ行って誰れかに聞いたら、わかるんだろうと思います。」

「ただ遊びにいらっしゃるの？」

「いいえ、出来たら東京で働きたいと思うのです。」

「田舎の方がいいのじゃないでしょうか。東京は焼けたのですし、ひどいわ。」

無用のことと信じながら、節子はこう言って見た。青年の方は、さして重大に、その言葉を聞いたように見えず、黙って席を立って、運転台の脇に置いてある大きなリュクサックのところへ行き、石油鑵に紐《ひも》をつけたのを提げて持って来た。

「面白いものを、見せて上げましょうか。」

「なアに？」

と、満里子が乗出すと、

「山椒魚《さんしょううお》なんです。」

水を入れた上に、やつでの青い葉をかぶせてあった。青年は、手を濡らして、それを除《ど》けながら、

「近所の谷川で捕《と》れるんです。」

「あの、ワニか、ヤモリ、みたいな……」

「そう。」

と、笑って、

「東京へ土産《みやげ》に持って行こうと思って。」

急に気味を悪がって、満里子は碌《ろく》に見もしないで、身をひいた。

「どうなさるの。」

「無論、喰《く》うのですよ。」

「喰《た》べるの？」

「何故です？」

　と、平気で、姉妹の顔を直視して、

「栄養があるんですよ。田舎じゃア、御馳走なんです。」

「気持悪いわ。」

　と、満里子は、ぞっとしたように肩をすくめた。

「焼くかどうかして、喰べるんですか。」

「つけ焼《やき》にもしますけれど、やはり、すき焼にたくのが一番でしょうね。牛肉と同じです。肉は桃色しているし、きれいなものですよ。」

「考えられないわ！　おいしいんですって。」

「殺しようにこつがあるんですね。一息に殺さないで、殺しそこねると、山椒の匂いが強くして、とうてい、喰えなくなるんです。」

「山椒の匂いがするの？」

「そうなんです。それで、山椒魚って言うのかも知れません。」

「もう、いいわ。」

と、満里子が顔色を変えた。

「東京へ持っていらっしゃるの？」

と、節子がきいた。

「そうなんです。周山から土産に持って行くようなものは、他にありませんからね。」

「で、戦友の方にお上げになるの？」

「そうなんです。」

こわがっていた満里子が、急に声を立てて笑い出した。

「それは、素晴らしいことよ。」

「丈夫な奴ですから、東京まで生きて行ってくれると思うんです。胸を悪くしている戦友が居《お》ったので、その男にとどけるつもりです。」

と、青年は言った。

「こいつの生血を飲むと、病気に利《き》くのです。肉は焚《た》いて喰えばいいんだし……」

乗合が市中に入ってから、青年は重そうなリュクサックを曳摺《ひきず》って来て、背中になって、降りる支度を始めた。外を見ると、御室《みむろ》の仁和寺《にんなじ》の高い土塀《どべい》に沿って、乗合は走っていた。

「この次で降ります。ちょっと寄って行く家がありますから。」

降りて道路に立ったのを見ると、実際に兵隊らしく、がっしりとした大男で、背も高かった。水が入っていて持ちにくい山椒魚の鑵を一度地面におろして、手に持ち変えてから、道をもどって歩き出すのが窓から見えた。

「驚いたわね。野蛮よ。」

「笑っては悪いわ。」

と、姉は言った。車掌の少女が立ったまま満里子を見まもっていた。

「だって考えて御覧なさい。お父さまが、すっぽんを喰べに連れて行ってやる、と仰有ったでしょう。」

「あたし、すっぽんも厭よ。」

「それなら、牛肉を喰べることだって、考えようでは野蛮だわ。大きな牛が歩いているところを考えながら、満里ちゃん、牛肉が喰べられて？」

「あら！　牛肉と、歩いている牛とは、断然、別よ。」

　しかし、丹波の山の中から出て来た青年が、石油鑵入りの山椒魚をお土産に出した時、東京の戦友は、どんな顔をして迎えることだろうか？　笑い事ではないように節子は感じて来た。その時、乗合は、寺の多い曲りくねった狭い道から、急に幅の広い市中の道路に出ていた。電車の線路が横たわり、新築の人家が並んでいながら、乾いて埃っぽい風景に見え、京都らしいところはなく、夕方のせいか、町そのものが、疲れていて、もの悲しいように見えた。

螢

真直ぐに父親のところへ帰ろうと勧めた姉は、満里子を引止め得なかった。満里子は姉と別れて市電で河原町通りへ出て、鋪道に降りると、郊外の寺々を廻った半日の疲労も急に忘れ去って了ったように、放流された若い鮎に似て、動作までいきいきとして来て人波の中を歩き出した。

夕方が来て、どの店の中にも灯が美しく輝き初めていたが、外もまだ明るく、カトリックの教会の屋根の上に梅雨雲をおし開いた青空に、急に夏めいて来た入り日の色が残っていた。新鮮な感じの果物を並べてある店先から奥へ入って、アイスクリーム・ソーダを注文してから、コンパクトの鏡を覗いて顔を直した。正面の壁の大きな鏡にも、満里子の上半身が映り、豊かに肩に溢《あふ》れている髪の外側を光が彩っていた。

アイスクリーム・ソーダで喉をうるおしてから、外へ出ようとして、新らしいレモンを売っているのを見ると、二つ買取った。無論、カリフォルニアから来たものではなかったが、形も整い、手のひらにのせて快よく重たいのが、商標を印刷した薄い紙に一個ずつ丁寧にくるんであった。まだ東京では見なかった扱いだし、やはり何よりも平和が感じられて楽しかった。宿に帰ってから汁をしぼって、顔の皮膚を拭うつもりである。最近に、黒子《ほくろ》のような汚染《しみ》が髪の生《は》え際《ぎわ》に出来ていたのを満里子は気にしていた。

　三条の交叉点《こうさてん》を横切って、鋪道を四条の方へ下って行った。同じ道を一所に歩いた時、姉が、やはり京都の女のひとは一様にきれいな顔立をしていると言ったのを思い出した。満里子は、そう気がつかなかったことだが、そう言われて見ると、顔立が皆、整っていて、東京のように不揃いなところがないのが、不思議のようであった。男女ともに服装がきれいで、カーキ色などが決して見られないのは、やはり戦災を受けなかったせいで、終戦と同時に、戦前の着物を取出して着ることが出来たせいであろう。

　小ぎれいな店が並んでいた。これも戦争以前のしっかりした建築だし、古い都としてはモダンな構えのものが目立っていた。存分に大きな硝子《ガラス》を使って窓を飾ってあるので街が華やかなのである。気がついて見ると、焼土となった東京では、外の光を反射する店頭の硝子を失《な》くしたのが一般であった。品物をならべてあっても外気を素通しに、街の埃をあびているのが、賑やかな店も露店のように貧しく見せているのだった。

　満里子が出た映画館の前には、アメリカ人らしい女や子供が立っていた。女は、皆、面白いくらいに肥《ふと》っていた。兵隊は、誰れも同じように腕を振って、いそがしそうに歩いていた。鋪道の男女がどことなく悠暢《ゆうちょう》に動いている中なので、特に目立つのに違いなかった。

　新刊の本屋のほかに、土地柄、新作の工芸品を飾ってある店が多かった。陶器だの竹細工である。茶道具だけ置いてある店も、東京から来た者の目には珍らしい。京染の美しい反物《たんもの》をひろげてある飾り窓があるかと思うとハンドバッグや服地や思い切って新らしい服飾品を並べてある店がある。どの店も眩しいくらいに明るく電燈を点《つ》けている。これは他所よりも光の暗い店だと思って覗いて見ると、茶の湯の芦屋釜や、赤絵の皿や、蒔絵《まきえ》の重箱などを飾った古美術商である。何気なく、奥を見ると、電燈の真下に、客らしい洋服の男が椅子《いす》にかけて店の者と話していたのが、顔をこちらに向けた。

入口に垂らしてある紺のれんを分けて、満里子はためらわず入って行った。田代《たしろ》宏は振返って見ながら、まだ満里子とは気がつかなかったらしく、卓の上にあった切子《きりこ》の花瓶の位置を変えて、入念な様子で見まもった。

満里子は笑いをこらえて、近寄って行った。宏の相手をしていた店の主人らしい老人は、新らしい客と見て身を起してスイッチを押したらしく、消してあった他の電燈がついた。暗かった店の中に飾り棚が急に浮び出た。

「舶来物にしては、なかなか渋いもので御座います。」

と言う意味を老人は宏に言った。

「宏さん」

と、満里子は、宏の頭の上から呼んだ。

宏は花瓶から目を離して、満里子を見上げてから、

「何だ！」

満里子は相手を翻弄《ほんろう》した悦《よろこ》びに目を輝かしながら、側《そば》の椅子に柔かく、腰をおろした。

「びっくりしたわ。外から見て宏さんらしいと思って。」

「びっくりさせられたのは、僕の方だね。いつ、こっちへ来たの。」

「そうね。もう三日になるんでしょう。」

「ひとりで？」

「いいえ。」

と、あいまいな返事をしそうに成ったのを急に、

「姉さんも一所。」

「節ちゃんも……」

満里子は、睫毛《まつげ》の濃い目で、いたずららしく明るく見まもったまま、わざと取合わず無言でいた。結婚前の姉の、ひそかな初恋のひとだし、またそれ以上に宏の方から熱心に想っていたことも知っていた。

「随分、暫くでしたね。」

と、宏は他人行儀な調子で、丁寧に言ってから、

「だが、ちょっと待ってくれたまえ。このカットグラスはいいだろう。薔薇《ばら》の葉を彫ってあるんだが、ラリックだ。」

これは硝子細工にしては厚味のある、どっしりした花瓶で、水色に葉飾りを彫刻してあるのが光のあたる調子で、美しく淡い紅の色が浮いて出るのを、宏は電燈の下で動かして見せた。

「わざと色を隠してあるんだね。ラリックは、硝子ではヨーロッパでも古くから有名なんだ。品《ひん》のいい味だろう。豪華なものなのだが、よく見ないと、それが、ちょっと判らない。」

「お買いになるの？」

「うん。」

と、急に笑って、

「少し高いようだけれど、そうしよう。貰って行きますよ。」

主人は、静かな京言葉で礼を言って、花瓶を布でくるみ、木箱におさめた。

「どうしたの？ まったく暫くだし、満里ちゃんが、急にそんなに成人《おとな》になって、お化けが出たように不意に出て来たのじゃア……」

と、しげしげ見まもって、

「往来で会っても、どこの若奥さんかと思うだろうね。まったく驚いた。結婚した？」

満里子は、手を上げて打とうとして見せた。

「意地悪！ 覚えていらっしゃい。それより宏さんこそ、結婚なさったんでしょう。」

「僕もまだ独身だ。」

「気楽ね？　では。」

「お茶でも飲もう。それとも、ちょっと、うまいサンドイッチがあるから、軽く喰べて置く？」

　不意と熱情の現れた顔を上げて、満里子は言い出した。

「宏さん。ホールへ連れて行って頂戴な。京都へ来てから一度も踊らないのよ。あたし。それを楽しみにして来たのに、姉さんが嫌うものだから。」

「どこに泊っているんです？」

「お父さまが、ずっと、こちらに来ていらっしゃるのよ。原さんの別荘を貸して頂いて、そうね、一週間に一度か二度、阪大病院に通っているの。」

「どこか、悪くて？」

「大したことないのよ。知っているでしょう、追放になっているの。だから、何もしないで御本ばかり読んでいらっしゃるの。」

「京都なんかでね。あれだけ、いそがしく活動していたひとが。」

「満洲から軀が悪かったの。そう言えば宏さんとは大連で会ったきりだわ。もう何年になるの？」

「さあ。何年になるか。満里ちゃんが、まだ可愛らしい女学生だったことは確かだ。星ケ浦だったね。大きくなったね。」

「いつまでも子供あつかいしないでね。あたし、もう二十三よ。宏さんと、そう違っていないわ。」

「十、違うよ。」

「あら！　じゃア姉さんと、一つ違うだけだったのね。あたし、宏さん、もっと、おとなのような気がしてたわ。では、フランスから帰っていらしった時、二十代？」

「それアそうだよ。」

「若いのね。」

　と、無邪気と言うよりも大胆な調子で見まもった。

「ちっとも変っていないわ。小さい時分見ると、みんな、おとなに見えるのに、宏さん、少しも、おかざりをくぐらないようだわ。相変らず、のっぽだし、スマートね。兵隊にだって行ったんでしょう？」

「内地勤務でね。九州で三年暮らしたんだ。」

「それで、今、何をしていらっしゃるの。」

「結局、家の仕事をするように成ったんだけれど、終戦後、実にいそがしくてね。今日だって、その用事で出て来たんだけれど、進駐軍の家族が入って来てから、注文が急に多くなって、それも、なかなか手間のかかる、凝《こ》った品物が動くものだから、東京へ行ったり横浜へ行ったりする。一度、満里ちゃん、見に来ないか。ただの家具でなくて、フランスで田舎を方々廻って写しを取って来た贅沢《ぜいたく》な椅子やテーブルを職人にやらせている。彫刻のある、古風でどっしりした形式のものだけれど、こんなのが出来るのかとアメリカさんが驚いてくれるね。合成樹脂やステインレスで造った新式の形の簡単なものでは満足しない人達もアメリカにはいるんだね。僕も、ヨーロッパへ勉強に行ったのが、今になってから急に役に立つなんて、考えていなかったんだ。京都に品物を入れたら評判になったと見えて、東京や横浜からも注文が来るように成った。まあ、運がいい方なんだろう。工場が戦災で焼けなかったんでね。」

同じ通りに在るスタンド・バアの一隅にテーブルを囲んで向い合った時、

「明るいところで見ると、やはり、年だけの重味が出来たのね。」

「生意気、言う。」

「いいえ、宏さん、もとはなかった、たくましいところが出来ていてよ。学生だった時分は、もっと、ほっそりしていて優しかったでしょう。別に肥ったようにも見えないけれど、どことなく強そうに太く見えてよ。」

姉の影を、ふと、満里子は念頭に感じた。

「姉さんはね、苦労しているせいか、年よりも急に老《ふ》けてよ。」

「苦労って？」

「だって、私たち、何もかもなくして満洲から引揚げて来たんでしょう。それも終戦の後の、掠奪があったり、食べ物にも不自由した時代に姉さんとこの子供が肺炎を起して死んだの。もともと弱い子だったけれど、気の毒で姉さん見ていられなかったわ。石炭なんてないから、椅子を毀《こわ》したり、本箱から本を出してストーヴで焚いて、やっと部屋を暖めたの。私なんか、思い出しても、ぞっとするわ。」

「あっちにいたんですか、終戦の時。」

「お話にならないわ、もう考えるのも、いや！　あたしは、呑気だから、簡単に、けろりと忘れて了うことが出来るの。けれど、姉さんのように、ひとりっきりの子供までなくして見ると、忘れられないものらしいのね。やっと近頃になって顔色も直ったし何かしないでは居られないって気になったらしいから、安心したんですけれど。一体、姉さんてひとには、思い出だけがあって、先の希望ってものがないんじゃないかしら。」

「どうして、そんなことを言うんです？」

宏は、思わず咎《とが》める口調になっていた。

「三村さんだって、まだ若いんでしょう。」

「もう四十。そしてね、学校を出てから大陸だけで育って来たひとでしょう。鴨緑江の川口に理想どおりの港を造って、将来立派な都会に発展したら、ほんきで根をおろして、満洲の土になるんだって、ひとりで熱を上げていたひとですもの。おろしかけた根を抜かれて送り還《かえ》されて来たんでしょう。生真面目《きまじめ》な性質だし、仕事にかけていた熱情が大きかっただけに、がっかりしたらしいのね。技術畑で、軍人嫌いで、ただ仕事に打込むだけの人だったのが、ほんとうの戦争の犠牲になったのね。」

「…………」

「そう言うと悪いけれど、苦学して大学を出たひとでしょう。わき目をふらない硬い性質が軀の芯に出来ているのね。そのひとが、兎に角、芦の葉ばかり繁っている洲《す》を拓《ひら》いて、立派な現代式の大都会を造るんだって、あたしも行って見たけれど、満人の小屋一軒ない大陸的な、ただ広い原っぱなのね。それが、兄さんの頭では、この辺が東京の銀座のような商店街になるんだとか、こっちが工場地帯だとか、街路樹に植える木の種類まで、通りに依《よ》って工夫してあったんだから驚いたわ。新らしく建てられる工場も大体決って契約も出来ていたらしいの。鴨緑江の大きなダムが側にあって、電気は無限に使えることに成っていたし、……それが出来かけたところで、あの戦争。それから、その大きな夢が、蜃気楼だったように、きれいに立消えになって、リュクサック一つ背負って帰ることに成ったのね。」

　気がついて、満里子は急に、

「御免なさいね。こんな話を始めて！　私も忘れて了うつもりだったのに。」

「いや、始めて聞きましたよ。ちっとも、知らなかった……」

「宏さんは、内地にいて、よかったのね。あたしもビール、頂くのよ。」

「これは失敬。気がつかないでね。」

「満里子を、まだ小さい赤ん坊だと思っているんでしょう。意地悪だから。……それで、ホールへ連れて行って下さる？　あたし、東京でバレエのお稽古に通っているの。多少、駆出しのダンサーより上手なつもりよ。自由にからだを動かしているのが、好きなの。」

「………」

「戦争がお終《しま》いになって、大連の家で外へも出られず、惨めな思いで暮らしていた間にも、つくづくと考えたわ、もう何もかも失くなって了った。生きていられればいいんだと。日に三度も四度も、蘇聯兵や暴民が掠奪に来たのよ。暗い暗い日。持っているものなら、何でも渡してやる気になるわ。私は出来るだけ隠れていたの。腕時計を片方の腕だけで三つも四つも慾ばって巻いていたのがいたそうよ。それでいて、まだ、見つかれば腕に巻いて持って帰るのね。星ケ浦の海水浴場で見たひとの話だと、足首にまで腕時計を巻いているナンセンスなのがいたんですって。あべこべに私たちは何も欲しくなくなっているの。食べ物だけね、それから、いのちだけが、たまらなく、いじらしく成り、大切になっているの。何かの場合に、殺されることもあるんだと、起きていても寝ていても考えて、何か変な音がすると、びくっと成るんでしょう。ああ、もう、やめましょうね。」

満里子の笑顔は暗い経験を話していた人間のようでなく、明るいものだった。

「死ぬこともなく帰って来たんです。それでいいの。まだ残って悲しい目を見ている方たちもあるのに、とにかく、今の私は、無事に内地に帰っていて、朝、お床の中で目をさますと、まだ時々は、まるまると生きている自分を、じっと考えて見て、知らずに、手を胸にやっていることがあるわ。いやなことは早く忘れて了えると言うのは、本当に好いことなのね、晩によく眠ってから、目がさめた朝なんか、別の満里子が新らしく生れて来たように考えることがあるの。毎日、毎朝ね。」

宏は、思わず微笑した。

「よく喋《しゃべ》るんだね。」

「ええ。そうよ。だって、久振《ひさしぶ》りなんですもの。」

「そうじゃないよ。僕から言えば、いつの間にか満里ちゃんが、一人前に育って出て来たと言うことだ。」

「まだ、子供だと思っているのね。だから、ホールへ連れて行って頂戴。」

「まあ、サンドイッチをおあがりなさい。ホールへ行くのはいいけれど、ほかのひとも一所になると思うんだよ。」

「ちっとも構わないわ、姉さんを電話で呼びましょうか。」

宏は、急に返事を渋った。

「満里ちゃんだけで、いいさ。」

祇園《ぎおん》にある「グランド京都」は、焼ビルの地下室や急造のバラックの東京のダンスホール、キャバレにない古風な趣きで落着いた空気を持っていた。戦災を見なかったと言うのは、よいことなのだ。建物だけでなく、集っている人の上にも、その影響が分明《ぶんみょう》に現れていた。

「くやしいことのようね。」

と、満里子が言ったのは、賞《ほ》めたのである。一所にステップを踏んで見て、

「なるほどね。軽いんだな。」

と宏は感心したように言った。

もっと驚いたのは、腕をめぐらして見て、否応なく覚えた、胴の厚味や、成熟の感じられることであった。自分から軀を動かしているのが好きだと言ったが、向い合って話している時とは違う新らしいものが満里子に作用して、いのちの調子を昂《たか》め、皮膚の色まで緋桃の色に艶に染めているような工合だった。

「嬉しいわ、久振りなの。」

烈しいターンで、反動で弓のように反《そ》った背筋のしなやかな抵抗が、やはり、ただの練習のものではなく、深くて、ねっとりと跡に残るものを持っていた。

「あら！　蛍《ほたる》が入って来ている。」

明るい瞳の向うところを追って、宏も小さく光って流れて行くのを認めた。ホールの全体が水底で人の影を動かしているように、間接照明で薄暗くなっていて、高い天井から藤の造花で囲んで垂らしてある紙提灯《かみちょうちん》も柔かく、明るいだけなので、この一匹だけ庭から迷い込んで来た蛍が、行くところの宙で、ぽつんと明るいのである。

「蛍がホールに入って来るなんて、さすが京都ね。山が近いせい。」

「舞妓《まいこ》が来て踊っているの、見た？」

「ええ。居るわね。」

と頷いて、

「別の世界に来ているような気がしているの。東京は、もっと暗いわ。楽しんで踊っているというより、やけになっているようなところが見えるのよ。戦争に敗けたんだから仕方ないけれど……可怖《こわ》いものよ。ハルビンあたりの亡命ロシア人のキャバレに段々と似て来るようなの。ホールの中は色電燈がチカチカしていても、一歩外へ出ると、街が暗くて、すぐ郊外の高粱《こうりゃん》畑につながっていると言ったようなのね。東京のがそれに似て来ているのよ。」

「………」

「蛍、どこへ行って？」

誰れかが捕ったのか、それとも光の明るいところへ行って見えなくなったのか、人々の踊っている宙には光る影は失われていた。舞台を二分しているバンドの交代する時が来て、ふたりは自分たちのテーブルにもどって来た。満里子が先に立って歩いて来たが、自分たちのボックスと信じた席に、どこかの若夫人らしい洋装で、帽子の前びさしから薄いレエスを垂らして、こちらを見上げている女を見て、急に、戸惑いした。

「お邪魔じゃないでしょうね。」

と、そのひとは、面《おも》てを動かさず、宏に話掛けて来た。

「御紹介、願えますわね。」

「無論ですよ。」

と、答えて宏は満里子に告げた。

「マダム真下。いや、ヨーロッパ以来のお友達なんです。」

「こちら、東京の宗方《むねかた》満里子さん。」

「真下……頼子です。」

こまかく星のついた薄いヴェイルを隔てて見て、また、その色が鮮やかな紫紺の色だったので、スタンドランプの光で見た真下夫人は、色が白く美しく見えたが、満里子の姉より二つ三つ上の年配らしく、服の好みなど、アメリカ風と違って際立ったところがなく、品よく落着いていた。卓の上に置いている手も、帽子と同じ色のレエスの夏手袋につつまれていた。これだけが華やかで、服は地味な鼠色であった。

「よく、あの時分、お話に伺った宗方さんのお嬢さんでしょう。」

と、宏に尋ねた。

満里子が見た時、宏は顔を赧《あか》らめたようであった。

「下の方のお嬢さんです。今考えると、こんなに小さかった時分から、知っているんです。」

「このお年頃、拝見していて、うらやましいわ。」

と、夫人はしげしげと見まもって、満里子に極り悪い思いをさせた。不意に出て来て自分たちの席に坐っていたせいか、満里子はこの美しい年長の夫人を、どう受取ってよいのか用意がなく、それまでの軽い気分が失われていた。

「こちら、ピアノの勉強に、巴里《パリ》に行ってらしたんです。」

と宏が説明すると、

「いややわ。勉強いうても看板だけ。」

と、夫人は言ってから、満里子の方へ、はっきりした標準語で話掛けて来た。

「お姉さまは御一所じゃ御座いませんでしたの。」

「いいえ、一所に来ています。」

何気なく満里子がこう答えると、夫人はヴェイルの陰で、それとない様子で目を動かして宏の方を見た。極めて小さい動作だったが、本能のように満里子は、これを見逃さなかったばかりでなく、その瞬間から何となく、この夫人を嫌い始めていた。

「お相手願えて。」

と、ダンスに誘われて、困って訴えるような目の色で宏を見た。年齢に圧迫されたせいか、ひどく子供らしい表情になっていた。

「踊っていらっしゃい。バレエのお稽古をしているとかで、素晴らしく、上手なんです。」

「もう少し、後で……」

と、満里子が逃げると、

「じゃア、宏さん。」

と、思ったよりも夫人は、簡単に宏の方に相手を求めて、立ち上っていた。

「油断出来ないのね。」

と、真下頼子が低く囁《ささや》いて、宏の目を覗き込むように見たのは、最初の旋回の後であった。

「もう、お会いになったの？」

「その話は、御遠慮ください。」

「どうして？」

宏は、なお答えなかったが、急にフランス語で言い出した。

「でもお忘れになれないし、その方のために独身でいると仰有ったのね。」

「古い古いお話ですから。」

と、これも流麗なフランス語であった。

踊りの渦の中に入って、隠れたり、また現れて来る宏たちを、満里子は知らずに目で追っていた。自分がそうしているのに気がついて視線を他所に外《そ》らした後も、やはり二人が気になっているのを感じ、心が落着かなくなった。

ふたりのステップがよく合っていたし、目をつぶって踊ってもお互いに何の不安もないような、うちとけて親しみのこもった様子がもう慣れ切っている相手なのだと知らせた。どちらかというと古風な感じの品の好い動作や作法を興味を覚えてながめていたつもりだったが、その、さらりとして淡白な行儀の中に、反《かえ》って自分の胸に波動を呼んでいるものがあるのだと知って来て、満里子は変にまごついて来た。踊り続けながら、ふたりは、何か言葉を交えていた。その話題が、不思議に満里子には自分の姉のことのような気がして来た。姉のことを真下夫人が尋ねたからかも知れなかった。側にもどって来てスタンドランプの光の中に坐った時、宏の顔が満里子には若々しくて、輝くように見えた。

「この戦争と言うものが、ありましたからね。」

と、宏は、真下夫人に告げた。

「その間の四年五年と言うものは、普通の時代の十年二十年に当るのではありませんか。」

「そうかしら？」

と、夫人は影のある微笑を見せた。

「信じられないことですわ。」

「あなたは、疎開していらっしゃったから、あまり、そんな風に感じないのかも知れない。僕なんか、兵隊に出ていたせいか、その間に非常に長い年月が経《た》ったような気がしますね。」

「でも田代さんは特別に物覚えの良い方なんですもの。」

宏は微笑をむくいただけで満里子を捨ててあるのに気がついたらしく顔を見返った。

「どう、踊っていらっしゃい。」

その時、真下夫人が言った。

「パッセ・ヴィヴァン、『生きている過去』って小説がありましたね。誰れのでしたかしら。」

「忘れましたよ。誰れの本だったかしら。」

「過去が生きていて、どこまでも追駆けて来るんです。前から古い美術など、お好きだった田代さんですもの。御自分の過去をそう粗末になさって、お忘れになるようなことがありましょうか。」

「それは、マダムが空襲の爆弾の音を聞かなかったから、そう仰有るんでしょう。あの音を立続けに聞いた日本人は一応、健忘症にかかっていますね。」

「…………」

「満里ちゃんは、空襲を知っていた？」

満里子は、さっきの螢がまだいるのを見つけて、それを見上げていたところだった。

「いいえ。」

と返事をしただけで、宏の心遣いを感じ変に悲しくなりながら、螢が壁を叩《たた》くようにしてしきりと出どころを探して飛び移って行くのを目で追った。自分が帰る時が来たように思っていながらまた反対に、帰るまいと決心しているようにも見えた。

「宏さん、踊って下さる？」

と、突然に彼女は言い出した。

これは自分もまだ性質を知らないでいる別の力が作用して、満里子を突き上げるように動かした。どうしても一所に踊らなければいけないと言うように強い表情が顔に現れていた。

この突然の変化を、宏はまだ充分に知らずにいて、軽く誘引をうけた。

席を立ちながら真下夫人の方へ目顔で会釈《えしゃく》した時、満里子はもう先に立って出て行っていた。夫人は、ほほ笑み返して見送ったが、胸のところで動かしていた扇を停めた。

「嫌い！」

と、満里子は言い出した。

「あたし、あの奥さん、嫌い！」

「どうしてなんです？　不意に。」

その説明が、満里子にも出来なかった。姉の為に急にそんな気になったとも言えるようだが、分明に、それとは言い切れない。しかも、満里子は急に涙ぐみかけて来ていた。

「だだっ子なんだね。軀だけ、こんなに大きくて。」

と、宏は、慰《なぐさ》めるように言い出した。

すると、それに抗議するように満里子は若い軀の全体で押して来て、のしかかるような勢いで、自分の方から烈しい調子のステップを挑んで来た。たった今、涙ぐんでいた瞳を大きく見張って、宏の目を覗き込んでいた。わざと、ふざけて、そうしているように見えながら、宏が受けているものは、懸命なものに感じられる烈しい勢いの軀であった。

「嫌い。あたし。」

と、また言い切った。

「いくら、きれいでも、あんな気取ったひと、あたし、厭！」

「すこし乱暴だね。」

「あんな、何か、内証ごとのような匂いのするひと、あたし、嫌い。」

昂って来ている強い感情を受け切れず、宏は口をつぐんで満里子が乱暴にリードするステップに随《したが》っていた。満里子は、そうせずにはいられないのだと言うように見えた。毛並のいい若い獣物《けだもの》が、はしゃいで狂い廻っている調子が考えられた。その間に、自分から顔を起して、宏を正面から見まもるのだった。宏の顔に、別の効果を求めているようにも見えた。

「姉さん、可哀想なのよ。」

と、ふいと、宏を驚かすことを言ったかと思うと、そう口走ったのを、すぐと取消すようにして、

「でもね。だれも皆、可哀想なのね。今。……宏さん、満里子のお友達になってくれるわね。いや？」

「今でも、お友達じゃないですか。」

「いいえ、もっと仲好しになるの。もっと、時々、会うの。」

「………」

「あのひとが来てはいやよ。マダム……だなんて……」

桃色した舌の先を出して見せた。

「あたし、帰るわ。今度、宏さんの家へ行ってもいい？」

「ああ、来たまえ。」

「姉さんと一所でなく、あたしだけでも、いい?」

父　親

姉妹が記憶している限りでも、父親の宗方忠親《ただちか》は昔から身だしなみのいい人だった。いつも鋏《はさみ》をあてたばかりの、さっぱりした頭をしていたし、洋服の着こなし方も、あく抜けていて、若い部下の方が真似るくらいであった。協和会服が強制的にはやるように成っても、人に目立つのを承知の上で、決して着なかった。父親に注意するように、節子などにすすめてくれた者があったが、父親は肯《き》かなかった。世界に共通している背広を着ていて何故、いけないのかねと言う返事をした。

和服は持っていなかったと言ってもよい。生活の形式も洋風だった。日曜日など娘たちを連れて散歩に出る。自家用車があっても、外気の中を歩くのが好きなので、用の起らない限り、運転手にも日曜は休日となった。娘たちには優しい父親だったが、時によると往来で人だかりまでさせて、口論を始め、節子などを途方に暮れさせることがあった。不体《ぶてい》裁《さい》を働いたり、横暴な振舞をする植民地気質の人間を見ると、黙って見て通らなかった。

紳士らしくないから、と諌《いさ》めると、

「紳士らしい？　一番、俺《おれ》の嫌いな言葉だ。おれは、野蛮人で結構だ。」

と答えた。

間に三度外国へ出たが、大学を出てから、四十年近く生活した満洲から追われ、裸かに近いことに成って帰って来た。俺も六十を出ている、と、苦笑して言ったことがあっただけで愚痴らしいことを娘たちの前でも言わなかった。新らしい洋服を作ることは、もう出来なかったが、きれいに白毛になった頭は、その後も手入れがよく、お洒落《しゃれ》であった。おちぶれたのだから、せめて、出来る程度のお洒落はして置こうと言った。

「かみどこも高くなったものだが、みすぼらしく見えるのは、いやだ。」

そう言ってから急に笑い出して、

「書生時分の友達で、フランスへ行って社会学を勉強して来た男だが、立派なモオニングを一着持っていて、金がなくなって淋《さび》しくなると、モオニングを着て、町を歩く男がいた。モオニングを着て外へ出ると、しょげた顔もして歩けないから、胸を張ってポケットにも金のあるような態度になる。そうしている内に金のないことも自分で忘れて了うと言うのだ。山田のモオニングと言うと有名だった。往来で、その男がモオニングで歩いて来るのを見つけたら、急いで隠れないと、取っつかまって蕎麦《そば》ぐらい、おごらせられるから、危険信号に成っていたのだ。昔の奴は、どこか呑気だったね。」

わざわざ東京から上方《かみがた》まで出かけて来て、診察を受けている医師も、昔、大学時代にボートを一所に漕いだ男で古い友人であった。

節子たちが来る数日前に、忠親はこの友人に告げた。

「おい、俺には、何でもいいから、はっきり話してくれていいのだ。レントゲン写真も見せてくれないじゃないか。」

友人は仕方なく言った。

「見る勇気があるかね。」

忠親は、相手の顔を見詰めて、ゆったりと笑って言った。

「勇気があるかって！　これがボートの上のことだったら、文句はぬきに貴さまを川の中へ叩き込んだものだね。餓鬼の時分から、俺の気性は知っているだろうじゃないか。遠慮なく話してくれ。あとどのくらい生きていられる？」

「そんなことは人間でなく、神様だけが言えることだ。」

「煮えきらぬ返事だな。」

と、忠親は追及した。

「医学と言うのは、まだ、そんな不完全で、信用出来ないものなのか？」

友人の医師は苦笑した。

「それとも医学は完全でも、博士で大学教授の君が、まだ藪なのか？」

「多少、そういうところもあるだろう。どんな名医にも神でない限り誤診と言うことは在り得る。君の場合でも、ほんとうのことは、あけて見なければ言えない。」

「手術か？　無論、やってもいいよ。」

「もう少し、様子を見てからにしよう。」

「いやだな。」

「いいじゃないか、今のまま、生きていられれば。……苦しくなったり何かしたら別だ。乱暴なことを言うようだが、君の軀のことを知っているのは君だろう。」

「匙《さじ》を投げたようだな。だからはっきりした話を聞かせろと言っているのだ。後日、君の診断が間違っていたら儲《もう》けものをしたと思うだけだ。診断でなく、推定でいいのさ。では、こう言う尋《き》き方をするよ。」

「…………」

「手術したところで、最早《もはや》、無益だ。手をつけないで置くより他に処置なしと見ているのではないか。」

医師は、首を傾《かし》げて笑っただけで返事を与えなかった。

「君。」

と、忠親は言った。

「君以外に、勇気を持って、親切に、それを知らせてくれる医者は世間にないのだよ。」

「親切かね？」

「俺は、そう受けるよ。これで自分の専門外の意見のことには素直な男なのだよ。第一、もう先が短いときまったら、残るいのちを、どう暮らしたものか、多少、工夫もしなければなるまいから、その都合もある。いつ、ポックリ行くとも知らずにいて、不意打を受けてから、しまったと思うのは、嫌だ。」

「宗方。」

　と、医師は、白衣の姿で外光を背に、振返って見て、

「俺は、どうやって君の命を伸してやるかを、真剣に考えているだけだよ。」

「そんなことは知っている。だが、やはり、ひどく厄介なんだろう。このままだったら、大体、あとどのくらいの命だ？」

「他所《よそ》の医者に自分のことをとしないで、尋ねたら、はっきり言うものもあるだろう。まあ、病気の進行の速度や、体質にも依るが、普通で、二、三年かな。」

「どうやら、気前よくおまけをつけてくれたらしい。」

　と、忠親は落着いた目の色で友人を見まもっていた。

「しかし、公職から追放を受けたと思ったら、今度はこの世から追放とはね？　はっきりしたのだけは有難い。断っておくが、子供たちには君から知らせないで欲しい。端《はた》で余計な心配をして貰うと、こっちが不快だからね。」

「御酒、召上って、いいんですか。」

と、節子が心配して言うと、

「いいだろう。」

と、柔和に笑った。

「悪いようだったら、やめるだけだ。」

夕方の色となった庭の新緑に忠親は、目をやった。南禅寺の松山が、夕明りを残した空から、この座敷を覗き込んでいるような姿勢でいる。

「大連の柴田天馬さんを知ってたね。」

「ええ、あちらで御親切にして頂きました。」

「古い人だ。日露戦争から、ずっと、向うに根をおろしたひとだからね。何十年になるんだえ?」

「さあ……?」

「あの方のお父さんが、昔の薩藩《さっぱん》の学者だった。幕末時分に洋学を教えていたのだから、当時でもハイカラだったんだろう。あの柴田さんにも、そう言うところがある。中国の文学にくわしい老人のようでなく、すっきりして、趣味も思想も新らしい。いつか聞いた話だが、柴田さんのお父さんが御酒が好きで機会さえあると、盃をはなさない。からだの強いひとではなかったので、医者が意見した。あなたは、この酒さえ止《や》めれば、十年は長命されると真剣に話したのだ。柴田さんは、まだ少年で、お父さんに附添っておられた。話の間、お父さんは神妙に、はい、はい、と答えて聞いていた。それが医者が帰って行くと、それまで酒も止めていたひとが、床の上に起直《おきなお》って、おい、一本つけて来いと言い出した。」

「まあ……」

「言い出したら、肯《き》かないひとなので、家の者が支度して出すと、ひとりで、ちびちびと、おいしそうに飲み出した。無論、すぐに、お銚子のお代りだ。かしこまって坐っている柴田さんを前に置いて、ひとりで銚子を重ねて行ったが、段々と御機嫌になって来てから、急に、何を思ったのか、にこっとされたと思うと、ひとりごとのようにして、十年とはやすいものだと言ったんだと……」

　自分で話して置いて忠親は失笑した。

「ははは、そんなひとが、昔は居《お》ったのだね。」

「それで、ずっと、お酒をおやめにならないで……」

「無論だろう。」

「お家《うち》の方がお困りだったでしょうね。」

「しかし、どちらがいいか判らぬな。おいくつぐらいで亡くなられたのか、確か、聞いた筈で、忘れてしまったが、……好きな風にして一代を暮らされたことだから、御当人は本望だったろう。なかなか、そうは出来るものでない。」

　節子に話すと言うより、独りごとのように深い調子で、忠親は、こう呟《つぶや》いた。

　節子が見ていて、父親はその時、盃を取上げながら疲れたような影のある表情を泛《うか》べた。まだ電燈をつけてなく、暮れ方の光の加減かと思われた。

「十年と言うと、若いお前たちから見れば、そう大した年月ではないように考えるだろうが、昔は人生五十年と言ったくらいで、人間が四十を過ぎると、世間が完全に老人扱いをした時代だ。十年と言えば、相当、永いものに勘定されていた。それを要《い》らないから酒を飲むと言うのは、豪傑だな。」

　と、忠親は言った。

「自分の思うとおり存分に一代が暮らせたら満足だろう。」

「お父さまも、そうなさることね。これからは。」

「うん。」

　と、笑顔を見せただけで、取合わず、

「満里子は、どうしたろうね？」

「帰れば、すぐこちらへ来るように言い置いて来ましたけれど。」

「のんきな奴だから、お前に迷惑をかけているのじゃないか？　まだ、嫁に行くような気にもならぬのか？」

節子は、目を上げて微笑した。

「満里子の好きなとおりにすればいいと思って、見ているんです。間違うようなひとではありませんから。」

「それにしても、もう嫁に行って好い年だろう。いつまでもお前たちの厄介になっているのも他の時代でないのだから、迷惑な話だ。第一、そう、いつまでも遊ばれていたら、私からは何もしてやれなくなるのは、わかり切ったことだ。まだ、満洲にいるような気持でいるのじゃないかね。」

「そんなことは御座いますまい。」

と節子は妹をかばった。

「とにかく、終戦の時の苦労を見ていますし……私たちの境遇が変ったことも充分知っておりましょうから。」

「さあ、どうかな？」

と、忠親は、苦笑を泛べた。

「甘やかし過ぎて育てたからね。何と言ったら、よいのかね？　母親を早くなくしたこともだが、育ちざかりを、いそがしくて私が晩飯に帰ることも時たまで、日曜のほかに、ゆっくりと顔を合わしている時間もなかったことだ。」

「…………」

「打明けて言うと、閑《ひま》になってから、私も気がついたことだが、確かにお前を育てた頃とは違っている。お前は内地で生れたのだし、秋子が達者でいて、育てた。それも、教育も内地で受けさせた。満里子は、大連で生れて、あちらで教育を受けた。満里子と言う名が、私が満洲里へ出張している時に、家から電報で生れたと知らせがあったので、附けた名前なのだからね。純粋の満洲産で、外地育ちだ。近頃、あれのことを、いろいろと考えていて、思いのほか、この事実が大きなことだったのではないか、と言うことだ。」

妹がいたら、席はもっと陽気に別のものに成るのだ。と気がつきながら、節子が、父親の話に静かに耳を傾けている間に、灯がともった。庭を振返って見ると、樹陰から地面が暗く成って来ていた。

「考えて御覧。」

と、忠親は言った。

「あれは、内地のことを知らない。まったく生れながら、植民地の乾いた生活の中で育ったのだ。女学校の時に修学旅行で内地を見に来て、船で門司《もじ》に着いたのが、物ごころついてから初めて見た日本だったのだろう。船の甲板に集って陸を見ていたら、波止場人足が、きたないなりをして荷揚げか何かに働いている、子供たちが気がついて問題にしたのは、人足たちが満人の苦力《クーリー》でなく、自分たちと同じ日本人らしいと言うことだったそうだね。附添いの先生から聞いたことだ。日本人が、どうして苦力のような仕事をしているのかと、子供たちは口々に言い出した。なるほど、外地の生活では、日本人が下級の肉体労働をしているのを見たことがない。日本人ならば、官舎や社宅に住んで高級な生活を営んでいるし、街へ出ても他の民族を下に見て一段上に位している。無邪気な子供の頭で、そう信じ切っておるのが、内地へ渡って、苦力のような、いやしい仕事をしている同じ日本人を見たから、びっくりしたし、問題にした。」

「そんなことが御座いましたの。」

「あったではない。考えて見れば、ハワイやアメリカに日本人の二世が出来ていたように満洲にも二世がもう出来上っていたのだ。それがアメリカの二世のようには労働することを知らない勤め人の家庭に生れた二世で、内地では、なかなか出来ないような生活の贅沢を、日本人ならば当然のことだと信じて育って来た者たちなのだ。修学旅行は、東京に行った。子供たちに麴町《こうじまち》あたりの屋敷町を見せたら、東京は立派だと聞いていたのに、どの家も木で出来ていて、これなら大連のお家の方が、石や煉瓦で出来ていてずっと立派ではありませんか、と言い出した。」

忠親は、笑って見せた。

「子供の素直な目で眺めて、無邪気で正直な意見なのかも知れぬが……」

「そうでしょうかしら？」

「白木のまま木口を選んだ普請の面白さなどは、満洲育ちの子供らには、わからぬように出来ている。木口の面白さなどと言うものは、問題の外だ。松と杉の区別も知るまい。まあ、内地育ちの子供も、教えられなければ何も考えまいが、満洲の子供は、内地のように庭木を見る機会さえない。そうじゃないか。ドロ柳かプラタナス、アカシヤの他にどんな木があるか、育つ間に見ていない。郊外に出れば、茫漠と広い大地と禿山が見えるばかりだろう。なるほど、樹の繁った内地の山を見ると美しいとは誰れだって感じる。が、その目の働きや、感覚が、違って来ているのだね。試しに満里子に木の名を幾つぐらい知っているか聞いて見るとよい。女のことだから、花の名は知っているだろうよ。しかし、この辺にある、ただの樹木の名前をだね。」

　父親の言葉に、節子も急に優しく笑って、うなずいて見せた。

「そうね、満里ちゃんは、あまり、そういうことは。……のんきな人ですから。」

「のんき、と言うのは、感覚が大ざっぱで粗雑だと言うことに成る。」

「でも、お父さま。」

　と、節子は、満里子をかばうようにして、

「今の、若い方たち、全体が、以前とは大分違って来ているのではないでしょうか？」

「まあ、それは、時代は変って来ているけれど……別の言いようをすれば、満里子などには、過去とつながるものがなく育ったとでも言うのか、日本の女らしいところが薄れて来ているのじゃないか。」

と忠親は言った。

「満洲に日本人が渡って住むように成った時、未来の夢として、私は、イギリス人が米大陸に渡って、アメリカ人となって、母国の人間とも違う、自由な人間の型を作り出したように、将来、満洲育ちの日本人が、新らしい形の日本人を生み出すのではないか、と考えて見た。そんなことは一朝の夢になって消えて了ったのだし、大陸へ渡っても日本人は島国生れの偏狭な性質から離れずに、異民族を下に見て、日本流の圧制は加えるが、広い心で、新らしい成長を試みる努力をしなかった。島国の人間以上に遂に発展しなかったと言うことなんだが、二世だけは生れた。これが、まったく日本の歴史や風俗から切り離されて育った人間なんでね。」

「…………」

「私など、学校を出て、四十年を満洲で仕事をして暮らして来た。一代を、それで終ったと見てもいい上に、私たちが力を入れて築き上げて来たことは、軍人たちが始めたこの戦争で、根こそぎ、ひっくり返された。一生をこめた仕事が無駄になったと言ってもよいのだ。夜、睡れない時などに暗闇に目があいていて、それをつくづくと考えることがある。一生涯を費した満洲の生活から、私に残ったものは、満里子だけなのだ。満洲娘さ。」

と笑顔を向けたが、

「いつ時分のことだったか、こんなことがあったよ。星ケ浦の家で、海水浴から帰って風呂に入ったのだろう。あれが、浴室から、ほんとうの素っぱだかで出て来て、平気で廊下を歩いて二階に上って来たのだ。」

「まあ。」

「満人のボーイが廊下を掃除している前を、悠々と歩いて来た。年頃の娘のすることでないから、叱りつけた。父親の私に見つかったと気がつくと、急に羞《は》じて、ドアの後に隠れようとしたが、ボーイがいることは無視して歩いて来られる。無邪気と言うのかね。それとも、植民地風の悪い優越感が、知らずにそうさせたものか。仮りにも年頃に近い若い女のすることではないのだが、当人は、なに、平気だ。」

この家の女将《おかみ》が挨拶《あいさつ》に出て来たので、話の向きが変った。

歴史の古い家の御寮人《ごりようにん》さんとも見える品の好い人柄で、戦前、大阪の今橋に料亭をひらいていた頃から懇意で、節子の母親も記憶していたらしく、ほんとうにお母さまによくお似になっていらっしゃると心から感心したように挨拶した。話を聞いていて、生粋《きっすい》の大阪の船場《せんば》言葉が京言葉とも違い耳に爽やかで気持よかった。

お互いに永かった戦争を隔てて一別以来のことである。今橋の店は、強制疎開で取払われて、京都大徳寺に移ったが、大阪に帰り度くとも帰れないので、ここで新たに店を始めたと言うので、よく、いらしって下さいましたと悦んだ。

「古くって好い家だったがね。」

　と、父親がもとのことを節子に説明すると、強制疎開ではその古い柱にむごたらしく鋸《のこぎり》を入れてから、家を引倒したのだと、今も心残りのような話振りで、毀してから見ると、天井板から床板まで、びっくりするように確かな厚いもので、昔の普請がどれだけ目に見えないところに心を配ってあるのか、今更知ったとも告げた。今橋のあたりは幸運にも戦災を免れたので、古い家を、そうして取払ったのが今になって考えて見ると、もったいない。ところで土蔵一棟だけ疎開の区域に入らず残してよいことになっていたので、家財道具を蔵《しま》って京都に移ったのだが、戦後に行って見たら、蔵《くら》は何者かに荒らされていて、内がすっかり空《から》になっていた。きれいな言葉で、女将は、爽やかにこう話した。新らしく店をすることに成って、一番困ったのは、古くからの皿小鉢などを失くしたことで、お羞《はずか》しいものばかりお目に掛けます、と言う意味を、聞いていて心からのものとわかる様子で告げて詫《わ》びるのである。

　帰る時は、わかりよい広い道へ出るまで、人が提灯をつけて足もとを照らして行ってくれた。南禅寺の山が夏の夜空に黒々と大きくわだかまっていて、暗い道である。

「満里子、とうとう来なかったな。」

　と、先を歩いている忠親が言った。

　節子も、妹のことを考えていたところで、急に思い出して、

「なんですか、満里ちゃんは、すっぽんは厭だと申しておりましたから、帰っても、御遠慮したのでしょう。」

忠親は、無言になった。

住宅風の静かな家の並んだ町を生垣に沿って、父子は歩いていた。こうして過した一夜も、残っている命の中のものだという考えが、忠親の頭に動いた。

「明は惜しかったな。」

と、父親は、節子の死んだ男の子のことを急に言い出した。

「しかしね。この戦争で死んだ無数の若い人たちのことを考えようよ。已《や》むを得なかったこととは言え、何とも気の毒なものだ。生きている人間と言うのは、他人のこと、殊に死んだ者のことを考えないものでね。決して忘れてはいけない人たちのことだが、今は誰れが考えるのか、と、年寄のせいだろう、わしなんか、気になるのだ。戦争の被害者は、お前ばかりではない。とにかく皆だ。まったくひどいものだった。」

寝　台

夏めいて朝の大気が重たい。宏は明け方に起きて窓をあけて、また寝入ったのだが、近くに電車の駅があって駅員の呼び声や人の雑沓《ざっとう》する物音が入って来て、寝返りばかり打つことに成った。起きて出て、浴室で熱い風呂に入ってから、ようやく頭がはっきりして来た。日曜日だが、もう九時過ぎていた。服装を整えながら、寝台を見ると、枕のところに自分のでない小さい腕時計が深いオリーブの色のリボンを見せて落ちていた。

拾ってポケットに入れて部屋を出た。

真下頼子が泊った部屋の扉は、まだ閉じてあったが、バス・ルームで湯を出している音が聞えていた。

ボーイが出て来たので、

「下でお待ちしていると申上げてくれ。」

と、頼子への伝言を頼んで、階段を降りて行った。

事務所で新聞の朝刊を貰って、食堂の外にあるテラスへ出て庭を見た。風がなく、梅雨時らしい曇り方をして、相変らず大気は重たかった。電車の騒音が、すぐ近くを通り抜けて行った。それが遠ざかると、町なかのざわめきが、曇った空から聞え始めて、途切れることのない伴奏と成った。

軽い靴の音が近付いて来たので、新聞から目を離すと、頼子は昨夜とは違う純白の服を着て立ち、朝らしく新鮮な心持を受けた。

「御免なさい。お待たせして。あたしの方が寝坊でしたのね？」

「睡れた？」

と、言いながら、宏はポケットから時計を出して掌に伏せて手渡した。問われたことに答えようとしていた頼子は時計を受取って、顔を薄く赧くして目で笑いながら手首に巻き始めた。湯上りの皮膚に香油が匂っていた。

「電車の音がやかましくてね。」

「そう。」

と、庭を見渡して、

「薔薇が咲いているのね。」

隣りの椅子に腰をおろして、頼子は長い脚を組んだ。無言でいて、充ち足りた心持が、リンネンでつつんだ肩に溢れていた。また新聞に目を落した宏の横顔を見まもったまま、待っていた。

「真直ぐに、お帰りになる？」

「どうしようか、と思っているんだ。」

宏は、こう答えて、

「店の方も、今日は日曜だし……久振りで竜安寺《りょうあんじ》の庭か、苔寺《こけでら》へでも行って見ようかとも考えていたんだ。この梅雨時分が一番、苔の色のきれいな時だ。」

「節子さんをお訪ねになるのじゃ御座いませんのね？」

宏を目を上げて見返した。

「ゆうべから、妙に、あなたらしくないことを言う。」

「でも、気になるわ。」

「僕はそう言うこと嫌いだな。」

「薔薇の花を取って来ます。」

頼子は急に立ち上って石段を青芝を植えた庭へ降りて行った。花壇の薔薇の木の繁みを覗いて、花を選んでいるらしく、

「露で濡れているのね。」

宏は、テラスの椅子から見まもっていた。フランスに生活して来ただけあって、やはり自分を美しく見せることを知っている女であった。そして、宏が自分を見ているのを充分承知して動作しているのである。

食卓で向い合って、クリーム色の薔薇の花は頼子の胸のボタン孔《あな》に挿《さ》してあった。深い呼吸で胸が持上ると、花は微《かす》かに浮き沈みした。

「やはり、気になるのよ。」

「なぜだろう？」

ひそかな調子で笑って首を傾けて、

「女だからでしょう？」

「あなたの気性で。」

「お話だけで、形を見なければ別なの。なかったものとも見て過せましょう。それが、その方でなくてお妹さんにしろ拝見しますとね、これは架空のお話でなくて、若さの匂った軀を持って出ていらしったんです。おきれいね。御姉妹《ごきょうだい》、お似になっていらっしゃるの？」

宏は、男らしい渋い微笑をした。

「僕は、御主人のこと、気にしたことがなかったね。」

「でも戦争で死んだものを！」

「生きていても、記憶の上では死んで了っていることがある。」

「そう、仰《おっ》しゃれて？」

「言えるさ。死んだ人を、睡りから呼びさまして来ることはない。」

「宏さん、あたし、占《うらな》いなんか信じませんのよ、けれど、女のせいでしょうか、シャルムと言うのか、興味だけは感じます。その方とあなたとの間に必ず何か起るような気がします。予言のようですけれど、そう申上げて置いてもよいわ。」

「御主人のある方ですよ。」

「そんなこと、問題でないわ。いいえ、ポオロとフランチェスカのことを考えて御覧なさいまし。二人の名は知っていても、誰れもフランチェスカの御主人の名を覚えている者はありません。いのちの自然で寄り添う力の方が、浮世の義理のきずなよりも強いのです。あたしの言ったこと、お忘れにならないで、覚えていらっしゃいましね。」

「おかしなひとだなあ。あなたのようなひとがね。巴里で、あなたは、自分は女だとは思って生きない、と仰しゃったんですよ。勝気だし強くて……」

「そうね。今でもそう思っています。」

　黙り込んだが胸の薔薇の花が物を言おうとしたように揺れ動いた。

「けれどね。いつの間にか、どなたかが私を女だと知らして下さったのです。女に生れて来て、ほんとうによかったと心の奥底からつくづくと考えることがあるように仕向けて下さったのです。」

「………」

「勝気で、男のように生きることには、これからも変りないわ。けれど、男の方でも嫉妬《しっと》なさることがあるでしょう。」

「原因なくね。」

「そう、原因なく。けれど、あたし、間違わないわ。あなたは否定なさっても、その方へ手繰《たぐ》り寄せている力が他に在るのだったら。」

　宏は食後の氷菓に匙を宛《あ》てた。

「結婚なさるといいわ。」

と、頼子が言い出した。

「どなたか、他の方と。……それならば、私もこんなこと言い出さないでしょう。」

嵐山で電車を降りて、宏は渡月橋を渡った。休日のことで、橋のあたりは、かなりの人出が見られた。久振りで眺めて、川の眺めも嵐山の姿も、やはり美しく、微風に吹かれながら橋の上に立ち止っていて、やはり来てよかったと思った。水の上に貸ボートが幾つも出ていた。川中の洲《す》には、気早く子供たちの一群が裸かになって水を浴びていた。川上は、左右の山が迫っているところに梅雨雲が低く、水が白い光を泛べている。

道を、松尾神社の方に、歩き出した。もと歩いた記憶のある道である。赤松の幹の美しく揃った山を見て、人家が切れると、平凡な畑の中の道となる。しかし、平凡な中に、竹藪にも山添いの部落にも京都の郊外にしかない、もの柔かい風情があった。梅雨曇りの空は、日を隠していたが、平坦な京都の町のある方角には雲の切れ目があって、幾筋かの、真珠色にいぶしたような光が流れ落ちている。牛車が来たり、手拭を姉さんかぶりした村の女房が歩いて来るのと行き会ったりしている間に、宏は常の生活から出て来たのが次第に楽しくなった。いつもの自分でない自分を見つけた自覚が楽しいのである。

まったく戦争が、一切を変化させ、前に在った生活を中断したまま、もとへもどれないようにした。大地震が念入りに続いたようなもので、終戦後も動揺はやまず、まだ地すべりしている土地の斜面に立って、足を取られまいと気を配って立っているのが精一杯の日々のようである。軍隊からもどって来て、幸運にも家の仕事を続けてやれたので、急に、いそがしく働き出した。これを、やっていれば生活に不安はないし、発展の希望も考えられる。これは宏が考えても現在の世の中では例外の恩恵なのである。勉強して働かなければ申訳ないと感じたことだし、また、仕事に追われていると、他の苦労を考えずにいられる。あれだけ、いろいろの意味でつらかった軍隊の生活を、自分の方から進んで身体を動かすようにして堪えて来た体験が、今になって役に立っているような気もする。おのれから進んで規律に服する習慣が残っていたのである。

　西芳寺《さいほうじ》の坂の上り口は、前に来た時と、あまり変化していない。消えていた記憶が、戻って来た。松茸の季節に来た折は、たけ狩りの人たちが幾組も山から降りて来るのと出会った坂道である。風が落ちて、空が低くなっていたと思うと、こまかい雨が宙に光って、坂道の小石を濡らし始めた。ここまで来れば、その雨も苦にはならなかった。行く手に何か幸福を期待しているような心持で、急いで歩き出しただけである。雨雲が、近くの松山の上から靄《もや》のように降りて来るのが見え、松の赤い幹が急に鮮やかな色に見えた。

　かなり長い坂を登って西芳寺の玄関に逃げ込むと、軒下に置いてあった縁台に腰をおろして、降る雨をぼんやりと見まもっていた。

　苔寺の名のとおり門を入ってからの道の両側の地面も厚い苔で蔽われているのだが、雨はその上に繁っている楓の枝に降りそそいで、微かに音を立て葉を揺り動かしているだけで、苔には、間遠《まどお》に大きな滴《しずく》が落ちて来る。しかし、見ていると、一面の苔は雨気に色づき、ふっくらと持上って来るように見えた。楓の可憐な花がこまかく、所々に乗っている。やがて苔の下から庭水が細く流れ出した。空のどこかが明るく成って来て、雨が止んだのは間もなくのことだった。

この待っている時間が、宏には後悔のないものに感じられた。こうした静けさを味わったのは、戦前のいつ頃のことだったろう、と自分も静かに考えて見た。奈良の寺を廻り、この京都の郊外を歩いた遠い日々が、蘇って来た。苔寺に来て雨に逢う幸福も想って見た。それも、これから木戸を入って奥庭を歩くのに、雨のせいで他に人が居ない。縁台から腰を上げた時に、それに気がついた。庭に入ると、濡れた地面の苔は、霧を吹いたようにこまかい露の玉を附けて光っていた。苔は林の間に池を囲んで、土地の起伏に従い、庭に一面なのである。

急に青葉をくぐって、強い日の光が庭の一部に降りそそいで来た。明るいところと暗いところが、くっきりと分かたれて、青い焔を燃え立たせたように光の斑《ふ》が散らばった。鮮烈のまま如何にも静かで物音のない庭である。細い道づたいに宏は歩き出した。日の光が強く当っているところでは、こまかい水玉が柔毛のように輝きながら染色の鮮やかな絨《じゅう》毯《たん》を見るようであった。深々と厚く、目に見えるわけではないが、生きている証拠に息をしているように感じられる。

　西洋にはよく在る画で、野外の草の上に裸かの女がいるのを描いたのを思い出したのだろう、ふいと、宏は、この柔かな苔の上に、白い裸体を置くことを想像した。クールベェの画にもあり、モネエにも確かあった。そして宏が記憶に新らしく直接に思い泛べたのは、昨夜の頼子が見せた柔軟でほしいままの姿態であった。

　この想念を打ちくだいて宏は池について歩き出した。苔は、外国の野の草のようには匂わない。あるかないかに、日陰の植物の、しめっぽい薄い匂いが漂《ただよ》っているだけである。そして、これが昨夜の罪で濁っている血を鎮めてくれる作用をしているようだし、宏も、ひそかに、それを望んでいたようである。遠くで藪鶯《やぶうぐいす》の啼くのが聞えた。その歌がやむと、また、奥深く静かになって、木の葉のそよぎだけと成った。

　頼子ではなく別の女の影を、宏は感じて来た。それは宗方姉妹の、節子の方であった。この静かな庭を歩ませて、あたりの空気にしっくりと調和する人間として、自分もぎょっとしたくらいに、節子の影は確かであった。

　誰れにも戦争のせいで、過ぎた日々のことが、普通よりも遠くなって了った。人間も多数死んだが、過去にあった世界も消えてなくなった。家も焼け失《う》せたが、人の思い出も遠ざかった。我が身のことまでが、別の世界の出来事だったような気がしていたのである。節子のことを思い出して、それが昨日のことのように鮮やかに心を刺戟して来たのが、宏にも戸惑うような異様な心持がした。最初で、また最後の恋だったから、とも言えようが、その後の宏は、外国に行き、荒《すさ》んだ遊びにも慣れて、以前の自分の初心さを嘲《あざ》けることも覚えた。大阪のブールジョアの娘で、ピアノの勉強を名に巴里に遊びに来ていた頼子と、恋ごころもなく結びついたのも、その間のことだった。フランスにいる間だけの関係ときめて、別れる折も、センチメンタルな心は動かなかった。アミ（女友達）の関係だけと、お互いに理解して、端の見る目の煩《うる》さくない異郷だけで出来る遊びであった。

　ヨーロッパも、戦争で古い世界が壊れる前夜であった。頼るような権威が人の生活から急に失われて、人が目前のことしか信用出来なく成っていた。終戦後の日本と同じことで、揺さぶられるだけ人間の神経が揺さぶられていたのだと言おうか？　自分の手の中に在るものだけが確実で、その他のものは、夢のように不確実と見られている生活、おまけに人間が死ぬのが、普通で例外のこととは見られないでいる世界。愛慾にも、次の日は約束されていなかった。

　雨後のめざましく強い日射が降りそそいで来て、木々の新緑が、それぞれの調子で輝き出した。洗い出されたように木の葉の色が新らしい。相変らず、自分の他には誰れも入って来ない奥深い庭を、宏はひとりで歩いている。若い癖に、奈良の西の京あたりを道連れもなく歩くのを好んだ過去が急に戻って来たのと一所に、心持まで戦争がなかった遠い昔に帰っているようであった。節子を心から恋しながら、控え目な気弱い心から打明ける力もなく、ひとりで切なく思っている若い日の純な心であった。微妙に息づき、破れた時の孤独なさびしみを、もう一度、思い起して来るようである。

あれだけの長い戦争と混乱のあった月日をくぐって、なお自分の若い日の一念が、心のどこかに細い根を残しているのだろうか。人間が成長すると言うのが、経験で汚れ、利己的な自分を固めるだけのもののように見えたのが、このひとの為に正しくならなければいけない、このひとの為に優れたものにならなければいけないと、幼なく思い詰めていた夢が、まだどこかに残っていたのだと言えようか。

苔の庭は静かだった。本堂の裏側に昇ると、ひときわ見事に苔が厚く、日を受けて色の明るい場所があった。

その上に、山津波が押出した跡のように、起伏のある庭石が組合さって、さびた風情を作っている。石と苔と、静かな木々の影と。――実に、それだけの世界である。夢窓国師《むそうこくし》が造ったものと言われるが、外の現代の世の中とは違い、こう言う世界が保存されていて、来て見れば、やはり自分の心に通うものがあるのが、不思議と思われるのである。

神戸に帰ると、宏は生田神社に近い自分の店に寄った。休日で閉めてあったが、留守番の夫婦者がいた。

「何もなかったね。」

　と、言いながら、椅子や卓を陳列してある店の中を見まわした。戸を閉めてあったので、新らしい木の香や塗料のニスの臭《にお》いが、いつもよりも強く、店内にこもっていた。

「ああ、若い御婦人のお客さまが、訪ねてお見えでした。」

　と、留守番は言った。

「お留守だと申上げましたら、後でまた来るって、このお花を置いていらっしゃいました。」

　朱色のガーベラと鉄砲百合の切花であった。添えてある小さい名刺には、宗方満里子と印刷してあった。

「何時頃、見えたんだ？」

「もう一時間ぐらいになりましょうか。元町通りでも歩いておいでになるようなお話でした。」

「では、家へ帰るわけに行かない。窓をあけて風を入れてくれないか。」

　西に廻った日が、隣りのバラックの羽目板に眩しかった。焼あとのことで、苔寺の新緑の中を歩いて帰って来た目には、乾いて、暑苦しく見えた。宏は、窓を明けさせて、自分の事務室に入った。板壁には一面にこれから作る家具の設計図が、彩色して貼《は》り出してあった。工芸学校出の店の者にやらせた図面もあるが、丁寧で凝った仕事は自分のものだった。巴里だけではなく、田舎の博物館まで廻って、写生したり、模型図を作って来たのが、半分は自分の趣味だったので、終戦後に役に立つとも期待しなかったのが、進駐軍の家庭などからの注文もあり、近頃のではなく古めかしいスタイルの、重厚な姿の仕事に、思いのほか客が附いたのである。嫌いでない仕事だったので、宏には嬉しいことだった。事務室に入って最初に彼が目を向けるのも、この設計図だった。職人に渡して実際の製作にかかるまでに、何度でも繰返して睨むようにこの図を眺めて、工夫する。昔風の職人の、こせつかず、がっしりした仕事が彼は好きであった。その為に、腕に年期を入れた中年以上の職人を骨を折って探して来て仕事をさせ、製作中も監督がやかましい方なので、年長の彼等の苦笑を買っているくらいである。旦那のようにやっては、また御損しますよ、と言うのである。

　宏の設計で、現在、目の前の壁に貼り出してあるのは、最近に本国へ帰るアメリカ人の注文の椅子と卓のセットで、和蘭風《オランダふう》のものと、真下頼子の注文の大きな寝台であった。これは宏がブルターニュの田舎の博物館で型を取って来た十八世紀の寝台に工夫を加えたもので、四方の支柱に胸を張って坐った獅子を彫刻して、枕もとに細長く卓を取り、葉飾りで飾った細工である。古い職人たちも呆れたくらいに贅《ぜい》を尽したものであった。

　こんなのは見たことがありませんね。と彼等は感心しながら悦んでくれた。

　満里子が来た時、切花は、昨日の切子の花瓶に挿して卓を飾ってあった。

「急に来たんだね。」

「ええ。」

と笑って、

「暑いわ。」

日なたを歩いて来て、ほてって輝くような皮膚の色を見せていて、目だけ真顔《まがお》になって静かに宏を見まもった。

「京都に泊っていらしったの？」

「今日が日曜だったから。」

と、宏は答えた。

「苔寺へ廻って来たんだ。」

満里子は無言で目をそらして、店の中を見廻した。

「ゆうべは我儘《わがまま》して、済みません。宏さんが怒っているかと思って、気になって来たの。」

「怒ることはないじゃないか。」

「あのきれいな奥さん、今日はいらっしゃらない？」

「それア来ない。」

何となく、宏は、硬くなった。

「どこを歩いて来ました？　元町へ行っても何も珍らしいことはないし……」

「でも変っていて面白かったわ。あれ飛行機のジュラルミンの家？」

「そうだ。あんな家が建ってね。まぶしいし、これから暑そうだな。戦争が終って、飛行機も造らなくなったから、あんなところに使ったんだろう。ぴかぴかして、街が、落着かなくなって了った。」

満里子は、壁に貼り廻してある設計図に気がついて、

「これ、宏さんのお仕事?」

「そう。」

「寝台なの?」

「そうなんだ。出来上った全体がこれで……こっちが側面を、実物大に描いたものだね。」

「ダブルね。」

「ダブルにも使える。」

贅沢な仕事だと、満里子にも分ったらしかった。

「どんな方が、これに寝るんでしょう。」

宏は、答えなかった。

「外国のひと?」

「いや、日本人の注文だけれど。」

満里子は、真直ぐに、真下夫人の影を感じた。あのひとのでしょう、と言いかけていてためらった。

「贅沢なのね。これをこしらえると、どのくらい、お金がかかるの？」

「さあ、まだ、出来上って見ないと分らないけれど、普通の家を一軒、建てるくらいは掛るだろうね。」

「そんな贅沢をする人もあるのね。」

「僕のは商売だし、これだけ思い切った仕事が出来るのが嬉しいんだね。」

「あたしだったら、こんな大げさなのよりも、簡単で、クッションだけのようなのが好き。この寝台は、さあ、あたしを見て下さいって言っているようよ。高慢に。」

「やっつけるね。」

と苦笑しながら、宏は、ひそかに警戒を働かせていた。

「でも、よく来てくれましたね。それに、きれいな花を有難う。」

宏から、自分の家に寄って見ないかと誘ったが、今日は夕方までに帰る約束だからと、満里子は、きびきびした様子で答えた。

「宏さんが、京都なんかで愚図愚図してないで、早く帰って来ればよかったのよ。」

「だって、君が神戸に来るなんて、考えなかったからね。だが、久振りで、静かなところを歩いて来て、気持よかった。」

「姉さんが宏さんの真似をするから、満里子、迷惑しているわ。」

「僕の真似って？」

「京都に来てから、閑さえあれば、お寺やお社を歩いているの。それから博物館。うんざりして了うわ。姉さんは、宏さんが好きだったせいね。」

「そんなことはないでしょう。」

「いいえ。」

と、真向《まっこう》から反対して、

「姉さんは、宏さんと一所になりたかったの。そうしたら、確かに今とは道が違って、もっと幸福だったのね。」

「そんなことは言うものではない。」

「でも、そうよ。満里子、姉さんが未来に希望もなくして、どうやって暮らして行くかだけを心配しているのを、知っているの。でも、ほんとうに、よく思い切ったものだし、強くなったと思うわ。あんな、気の弱い優しいひとが、満洲で裸かになって了って兄さんは失業しているし、仕方がないからでしょうけれど、茶房と言うと、淑女的で、おしとやかだけれど、バアを始めたんですもの。」

「節ちゃんが！」

と、思わず、前の時代の呼び方が出て、

「知らなかった。ほんとうのこと？」

「そら！　宏さんでも、びっくりするでしょう？　世の中も変ったんだけど……満里子なんか初めて聞いた時、一体、どうなることかと思ったの。ただ、お仲間がいたんです。やはり、もと華北鉄道にいた方の未亡人で、前にホテルで働いていた経験のあるひと。実際的の方面は、その藤代《ふじしろ》さんがやって、姉さんは人形のように立っていればいいようなお話で始まったの。」

「うまく行くんですか。」

「さあ！」

と、首を傾けて、

「どうにか、とか、言ってたわ。やはり満洲時代の顔で、お客さまが来るんでしょう。来るひと来るひと、あちらでお近づきに成った人たちばかりなんですって。前はパパが公館に御招待してお礼を言われたような方たちに、今度は、姉さんの方から有難う御座いますって、お辞儀して送り出すことに成ったのね。でも、そんなこと、今は、どこへ行っても在るでしょう。立派な奥さんだったひとで、往来で靴をみがいている方だって在るんですし……」

「そうですかね。姉さんがね。」

「続けばいいのよ。仕事になって行けば！　でも、満里子だって、おとなしい姉さんだから、感心したのよ。宏さん、東京へ出て来ることがあるんでしょう。是非、姉さんのところへ行って上げてね。名刺上げておくわ。小さい家なの。でも品は良いのよ。」

「…………」

「姉さんだって悦《よろこ》ぶわ。満里子、姉さんと宏さんのこと、お嫁に行く時、封《ふう》をして家に残して行った日記を見て後で知ったの。」

　夏近い蒸暑さが、午後を重苦しくしていた。京都へ帰る満里子を駅まで送ることにして店を出ると、街は退勤時の人で埋められ、埃っぽく乾いた空気であった。道端に靴みがきも並んでいた。キャンデー売りも出ていた。こうして人間が様々に苦労して生活しているということが、満里子と並んで歩いている宏の胸に、何となく悲しい霧を呼んでいるようであった。

「宏さん、腕を組んでもいい？」

　無邪気な笑顔が華やかであった。

「そんなこと、しない方がいいよ。」

「どうして？」

　と急に失望したように、

「羞しいの？」

「まあ、そうだね。」

「だって、自然じゃないでしょうか。でも、宏さん、なぜ、結婚なさらないの。」

「こちらからも、同じことを満里ちゃんに聞いてやるよ。」

「意地悪！」

急に深い黙り込み方をした。外国人の店に働いているらしい若い娘たちが連れ立って歩いて来たのが、日頃から見慣れている目にも新鮮であった。満里子もその人たちを見送っているようだったが、急に、

「宏さん。」

と呼んで、

「宏さん、姉さんの代りに満里子をお嫁さんにしてくれない？」

「びっくりさせるね？」

「どうして？」

「どうしてって……満里ちゃんの話は突飛すぎる。」

「そんなこと、ないわよ。そうなっても、いいんでしょう。」

真顔なのである。

「ちっとも可笑《おか》しくないわ。」

「…………」

「宏さんには御迷惑かも知れないけれど、満里子は、それでいいのよ。」

「待てよ。こんな往来中《なか》で、そんな話を持出すひとが、あるものか！」

「場所に関係ないわ。満里子の話は、これで真面目なのよ。でも、宏さんが満里子を毛虫か何かのように嫌いだと言うのなら、別だけれど……」

「毛虫よりは多少可愛らしいかね。」

「宏さんの意地悪！　ひとが真面目に話しているのに。……いいわ。」

「………」

「満里子は、宏さん、好きなのよ、姉さんのことを知る前からよ。大連で、テニスをして下さったわね。あの時分からなの。満里子、まだ子供だったけれど……後で考えて、よく分ったわ。」

「けれどね、満里ちゃん……結婚と言うのは、まったく別の話なんだ。友達で気が合うから、一所に暮らして良いと言うものじゃない。やっかいなことなんだ。」

「聞いていない、満里子。」

　ガード下のマーケットは夕方で人で混雑していた。宙に立つ焼跡の土埃りに、残った西日がさして、一層暑苦しい感じであった。人だかりを集めて商人の呼び声が、また暑かった。

「こっちの道を行こう。」

　人通りのすくない静かな道の方へ誘いながら、宏は漸《ようや》く、当惑から脱け出ることが出来た。自然だと自分から主張する満里子が、可憐なものに見えて来ていた。

「これは、満里ちゃんに関係はないことなのだ。僕が変り者だと言うことかも知れない。ひとりでいるのを気楽な特権だと思って、奥さんを貰おうなどと、考えなく成って了ったんだからね。」

「好い方がいないから？」

「そうでもない。ひとりでいる方が勝手でいいんだよ。外国暮らしをしている間に、いつの間にか、そんな頭に成って了った。悪いことだとは言えない。誰れだって自分のことを決める自由は許されていいだろう。」

「赤ちゃんも欲しくない？」

単純で無邪気な調子が気持よくて、宏は笑い出した。

「考えたことがなかった。そんなことを、考えるものなのかね？　僕が子供を抱いているところなんて、まるで見当がつかない。」

「そんなに冷たいの？」

「そうとも思わないけれど、知らずにそうなっていたのなら仕方がない。」

と、宏は言った。

「外国生活もいいけれど、知らない間に、どこか調子の狂った人間が出来上って了うのかも知れないね。満里ちゃんの良いお友達にはなれるだろうし、そう約束してもいいが、今のような話は、僕には向かないのだ。」

「満里子が、そう思ったところで、悪いでしょうか。」

「そんなことは、僕から、どうとも言えないことだね。」

「それなら、満里子、自分では、そのつもりでいるわ。宏さんを好きになったから仕方がないんです。」

「けれどね。」

「いいえ、それでいいの。満里子は満里子で自分のことを勝手に決めていいでしょう。誰れにも邪魔させないわ。本統よ。」

「何も話さなかったことにして置こう。」

　と、おだやかに宏は、言い出した。

「人間って、性懲《しょうこ》りなく、後で悔《く》やむようなことをしたり、言ったりして了うものでね。」

「真面目に聞いて下さらないのね。」

「いや、そうじゃないんだよ。真面目に考えたから、そう言ったのだ。いつか、満里ちゃんにも分って来るよ。」

「厭！　そんな考え方。何かはっきりしないで、気色《きしょく》悪いわ。」

「そんなことはない。満里ちゃんだから親切に、そう言っている。ほかの人間だったら、もっと他の話をして、ごまかしたろうよ。満里ちゃんには、人を正直にさせる好い性質があるらしい。いや、お世辞で、そう言っているのじゃない。」

宏は、ひそかに感動さえしていた。彼自身は、醜いとも言える影を自分の生活に感じている男であった。

三宮駅の屋根の下に入っても、熱気が背中に燃えているようだった。宏は、満里子に代って、切符を買いに行列に加わっていた。

満里子は離れて立って待っていたが、宏を迎えた目に、悪戯児《いたずらっこ》が何か新らしい計画を思いついた時の、明るくきらめく光を隠していた。

「有難う。」

「混みますよ。暑いなあ。」

宏が別れを告げようとしていると、

「宏さん。」

「…………」

「別のお願いがあるの。ただ、あたし、気まぐれに考えたことなのよ。けれど、そうさせて頂きたいんです。」

「何です？」

「さっきの獅子の脚の寝台ね。画でなくて、ほんとうのが、いつ頃、出来るの？」

「さあ、まだはっきりしていない。」

「出来たら、満里子に知らせて下さらない。注文した方に渡す前に、満里子に一晩、使わせてね。」

聞く側には、胸に手重くひびく変なものがあった。

「何を考えたんだ？」

「だって、満里子、そうしたく成ったんです。あんな立派な寝台にやすむなんてこと、もう満里子たちの境遇では、ないんですわ。電報を打って下さるわね。満里子、東京から飛んで来るわ。一晩だけでいいんですから……お約束して下さるわね。」

「いつか、満里子ちゃんにも、同じようなのを、こしらえて上げるよ。」

「いや！　あの寝台でなければ、厭！」

「そんな我儘なお嬢さんは、お嫁さんに貰い手がないよ。」

「でも、なぜ、これっぽっちのことが、いけないのでしょう？　お客さまのものでも、渡して了う前は宏さんのものでしょう。あたしあの上に寝てみたいの。ただ、それだけのことなの。」

「考えて置きますか。」

「宏さん、また、逃げるわ。」

「奇抜過ぎるからね。」

「して悪いと言うわけが、どこにも無いでしょう。どうして、宏さん……いけないと言うのかしら？」

「いけないとは言ってない。」

「では、そう、させて下さい。満里子に寝させて。その代り、宏さん、あたし、姉さんの若い時の日記、内所で見せて上げるわ。」

「そんなことをしてはいけないね。」

「いいえ、東京へ帰ったら、送って上げます。姉さんには、もう、なくなった方がいいのだし、もう古いことでも宏さんは一度知って置いていいことなのよ。姉さんの為にも知って置いていいこと。」

「…………」

「では、お約束したわね。きっとよ。」

　握手を求めて、満里子は熱心に手を差伸べていた。

時　間

　東京へ帰ったものらしく、満里子から書留郵便が来たのを封を切って見ると、ノートが一冊出て来た。紙も綴《と》じも確かな戦争前のものであった。どきっとした感じを宏は受けた。約束した姉の若い日の手記を送って来たのである。満里子の無造作《むぞうさ》なやり方を咎めたくなりながら、やはり、この頃にはないものが、宏の胸の奥に動いた。

　これは読んではいけなかった。人間を裏切ることのような心持がする。しかし、結局、宏は見るのだった。今はもう無い過去のことなのだからと釈明をつけて。節子は、特別に習字を稽古していた。今日から見れば、幼ないものだが、ペンで書いて、きれいな字である。真顔でいる折の様子が目に見える。日記の最初の部分には、日付があって、こまかく、その日にあったことを記してあった。自分のことだけでなく、父母や、その他の者のことにも筆が及んでいる。

　それが、進むほど簡単になり、日付を見ても毎日のことではなく、一週間ぐらい飛んでいて、書きつけてあることも数行の僅かのものに成って来る。

　そして、その中に、宏は自分の名が数多く出ているのを認めた。

「新響の演奏会に行く。宏さんのお隣りに坐る。」

　この短い文章の中に、何が書いてあるかを宏は読んだ。自分の記憶にも残っていることであった。これは、節子の婚約が出来てからのことで、彼女の今の良人《おっと》もいれば、母親も一所だった。けれども節子がここに書いているのは、宏のことだけである。宏の隣りの席に坐ったというのが、それほど大切のことだったと見ているのだろうか？

　別のくだりに、宏の名を記してなくて、自分と、はっきり分るものが、ところどころに見当った。目を放せず、宏は、行《ぎょう》を追い始めていた。この、きれぎれの短い文章の中に隠されている心は遂《つい》に一つの感情だけを追っていて、脇に外《そ》れることをしない。他のことは投げ捨てて、そのことだけを一途《いちず》に思いつめているものなのである。

「何のお話もない。」

「ふたりとも他の何でもない話をしている。まるで嘘《うそ》のように笑顔を向けている。その間にも時は過ぎて行く。」

「行く先は、もう決っていて、私は後《うしろ》を向いているのだ。その後向きのままで段々とあの方から離れて行っているのだ。私は、お顔を見ている。そう遠くなっているような気がしていない。いつでも飛んで帰れると信じている。けれど私の脚は後へさがって行っている。一日一日と遠くなって行くのだ。それを御存じない。」

　はっきりと、自分のことを言ったと分明なものを宏は読んだ。

「弱い方。何も仰有らない。」

「ほんとうに、たった一語だけ仰有って下さるとよい。そうしたら、私にも、きっと勇気が生れる。この弱虫にも、小さいながら火が燃え立って、二度と消えなくなるのではなかろうか。それを、あの方は黙っていらっしゃる。悲しそうな目で私を見ることはあっても何も仰有って下さらない。」

　こう書き記してあるくだりに来て、宏は、日記から目を上げた。卓の上に置いてあった煙草の袋へ腕が伸びていた。そして、ああ、おれは煙草を一服しようとしているな、と思った。読むに耐えなくなる筈のものが、心が乾いていた。
（あの時これを見たのなら、どうだったろう？）
同じくだりを、再び目で追って読んでいた。言葉の裏に飛んでいる火花が見えるようである。熱情が押上って来るような思いである。節子が、そんな強い感情を隠していたとは信じられないようだった。結婚するのがまだいたいたしく周囲に見えたくらいに、二十二歳でどことなく弱々しい影があり、静かで、誰れと瞳が会っても自然と優しい微笑を見せる娘であった。婚約が出来ても、それに変化は見えなかった。ここに書いてあるような強い心持が隠れていたなどとは少しも考えられない。親の意見だけに寄りかかって、安心し切っているものに見えたのである。

この一冊の日記は、丹念に記していたものの中で、嫁ぐ前の最後のものだったらしい。書き込んであるのは、三十枚ほどで、残りは白紙のままに成っている。

何気なく、宏が、後の部分をひらいて見ると、次のように書いてあった。

「日記を書くのを今日限り、やめることにする。今日までの分も、焼いてなくして了《しま》った方がいいのだ。これからの私のいのちには、自分と言うものがないものに成る。いつまで生きて行けるのか、それまでは自分の為でなく皆の為に生きて行くのだとすると、節子と言うものは、ここで、なくなって了う。それならば日記をつけることはない。」

電話のベルが鳴っていたが、やがて女中が出たと思うと、廊下を入って来た。

宏は、あとが空白になっている日記から目を上げた。

「真下さんの奥さまからで御座います。」

宏は電話口に出た。

「お店の方から掛けているんです。買物に来ましたの。降りていらっしゃいません？」

「そう。」

と、ちょっと、ためらうような心持を感じながら、

「すぐ行きます。」

と答えた。

戻って来ると節子の日記に手を置いて、どこへ蔵《しま》うかを思案した。他人に見られたところで別に不都合はないが、それを許せない大切なものに急に感じていた。

宏の親の代からの家のあるこの付近は、もとの東亜ホテルを中心に置いて、神戸でも静かな屋敷町で、下町の繁華街と港を見おろしていた。幸運に大部分が焼け残ったので、松山を背中にして、古い普請の、和洋ともに手間をかけた建物が坂道を挟《はさ》んで、庭木の繁りも美しく、階段状に重なっている。表通りでも、ここは静かであった。往来に沿って大きな花屋の温室があったり、昔を語り顔の旧式な洋館が、深い青い色のペンキを塗って、ひっそりと立っていたりする。塀《へい》にも石垣にも厚味がある街である。東京で学校生活をしていた時のほかは、宏はここに住《すま》って、朝晩に、下町のビルディングの彼方に、海と汽船を

見て暮らして来た。

そしてどうした理由か夾竹桃《きょうちくとう》の花が、よその何所《どこ》の土地で見るよりも、自分が生れた神戸のこのあたりで見る時が一番、美しいと思い込んでいる。どこに植えてあっても、この花は乾いて暑苦しい感じのものなのだが、このあたりで石の塀の上に盛り上るように咲いているのを見ると、不思議と花の色だけでなく葉の色まで落着いたしっとりとしたものに見えるのは、あたりが静かな家ばかりで、埃がないせいだろうか。あるいは、この花が薔薇の垣根などとともに、ペンキを塗った西洋館にはよく調和する為だろうか？

洋館に塗ってあるペンキの色が、また、確かに、この町の古くからの特徴になっていた。深い緑や青い色だが、薄手に塗ったものでなく、建物が古びて来る間に幾たびも上塗りを重ねて来た為に、決して上《うわ》っ面《つら》のものには見えず、言わば、漆のため塗《ぬり》と同じことで、色に自然の深みが出来て、建物から分離しては考えられない落着いた色彩と成っていた。歳月を重ね手間を掛けて始めて、こう言う色が生れるので、外側から塗っただけでは、ここまで厚味のある色は出ない。宏が知っている古くからの神戸の街の特徴が、夾竹桃の花とこのペンキ塗の洋館であった。戦災を受けた部分には、もう、これが見られない。

ペンキは、戦災地の新築の家に、使い過ぎてあるほど濫用されていて騒々しいくらいだが、色は全部、外からくっつけた表面的なもので、古い神戸の街に在った深く美しいものではない。夾竹桃の花の色とも、最早、うつらない。ここに置けば、花の色が、あたりのてんでんばらばらのペンキの色と衝突して、埃っぽく見えて来るに違いないのである。

店に待っていた頼子と連れ立って、宏が歩き出したのは、そうした新らしい街であった。

町なかに、こんもりと深かった生田の森は焼け失せて影も形もなくなっているし、神社の鳥居に隣り合せて大きなキャバレの建物が出来ている。通りは、どの家も、勝手に家を建てて了った感があって街がデコボコである。ふたりが出た元町通りには、ジュラルミンを張った長屋建ての商店街が、細長く続いていて街の顔付に一応の統一はあった。しかし、映画のセットに造られた街を歩いているような心持がする。裏側に廻ったら、壁の代りに新聞紙が貼ってありそうである。

「品物が何でも出て来ましたのね。」

と、頼子が言った。

「どうやって入って来るのか、英国出来のネクタイまで、出ているのよ。」

活気が街に漲《みなぎ》っていた。丁度、正午に近い時間であった。宏は、宗方満里子がこの街を気に入っていたらしいのを思い出していた。

満里子とは同じ年頃の若い娘たちが、街に溢れるように歩いていた。服装も美しいし、屈託なげに自由に振舞っている。戦争の痕跡は、まったく見られなかった。外国と一筋につながっている港町の道路だし、京都とも大阪とも違う軽快で明るいものが、空気の中に流れてあるようである。

だが、それにしても若い女性の変化の急速なのには驚くのだ。男性はまだ戦争の疲労を残していて服装だっていつまでも薄汚ないのに、若い女たちは何と、早く形を変えて了ったことであろう？ 口紅や髪の形が変化したせいだけではない。新時代に伴った解放の度合が、男よりも深かったせいもあろうか。

「女のひと達が、きれいに成りましたね。」

「ほんとうにね。」

と、頼子も受けて、

「夏のせいもありますのね。」

「どう言うのでしょうね。女に比べて、男たちが貧乏しているわけでもないでしょうに。若い女たちだけが、目立って、変って来ている。」

頼子は謎《なぞ》のように笑って言い出した。

「それは男の方が、口紅をお使いにならないせいかも知れませんのね。夏のせいと申上げたのが悪かったら、口紅の影響と言うことにしましょう。シヴィリゼ（文化）のせいではないのは確かでしょう？」

「…………」

「皮膚の上だけの変化？」

「けれど、焼け残った古い町に隣り合せて、新開街と言う感じはあるな。ぴかぴかして、色ばかり強烈で豊富で。ただ、建築物や町と違って、人間の女たちは、生れつき美しい軀《からだ》を持っているんだから、すぐ、きれいに変れるんで、便利ですね。口紅を塗るだけで美しく化けて了えるのだ。」

「お化粧ひとつね。」

「だが、このごたごたした新らしい町の風景に、娘さん達は、ちっとも不調和でない。やはり自然に新らしく出来上っていると言うんですかね。」

「でも、今の日本の若いお嬢さん方を、巴里《パリ》の古い町を歩かせて御覧なさい。アメリカの観光客を巴里で見るのと同じ、いいえ、もっと不調和のことになりましょう。巴里のような歴史のある街は、色彩だけでは、ごまかせないのですから。」

宏の頭に泛《うか》んでいたのは、節子の日記のことだった。日記のどの部分と言うのではなく、その全体が持っている悲しい心が、通って行く雲の影のように、彼の胸をかげらして行った。

「おひるに、好いところへ行きましょう。」

「どこ？」

宏は、まだ心が重かった。

「須磨まで行って見ましょう。あすこなら誰れにも会わないわ。」

梅雨晴れの空の美しい日で、微風があって暑くなかった。須磨浦の公園の松の林の中を歩いて、海を眺めた。休日でないせいか、人が出ていない。静かな午後の光の中に、潮が匂っていた。山道を登って観光ハウスと名乗る二階建ての相当大きな建物があり、海を山の上から見晴らす露台で、食事も茶も取ることが出来た。人家の密集した神戸の町の一部が洲《す》のように平たく海に押出しているのが一面に陽を受けて遠く見える。海原と松ばかりと信じられた眺望の中に、これは突然の調子で意外であった。淡路島の影は、光の中に薄れている。広い海を見おろして、食事の間中、微風が肌に爽やかであった。

「夜になると、沖に、和歌山の灯《ひ》が見えるんですって。」

「信じられないな。そんな方角になるかしら？　月の晩は、いいでしょうね。」

「泊る？　宏さん。」

「ここも、神戸の市内でしょう。」

「そう。汐屋あたりまで、神戸なのでしょう。」

　と答えて、

「一度、ここにお友達ばかりで踊りに来たことあるのよ。月のいい晩でしたわ。町の中のホールと違って、埃がないし……素的《すてき》でしたの。」

　宏の方からは怠りがちな会話であった。食後に海を見て、椅子を並べて腰かけていて、宏は目をつぶった。その腕に、もの柔かく頼子は手を置いた。

「今日は、どうかしていらっしゃるのね。」

「睡くなったんですね。」

「上の部屋へ、いらっしゃったら？」

目をつぶっていて、宏は、頼子が軀を動かすのを感じていた。いつもは甘い誘惑となるものであった。巴里から始まった二人の歴史が、心の隙間《すきま》から息苦しく覗いて見えた。そして、それが思いがけず宏に若い日の節子を意識させた。その遠い面影との間に、真下頼子の裸か身の姿が横たわって白い胸を呼吸で浮き沈みさせていた。細い軀だが、成熟した女の充実を感じさせた。


今日は、ひとりで居たかったと彼は急に思った。すると、ふいと異様に切ない心持になった。目をあいて見ると、間近にある頼子の顔が、白色の藤の花を見るように艶麗で、瞳が奥深い見詰め方をしていた。海が、その肩の上に、鈍く輝き、小さい汽船が西日を浴びながら、動くともなく動いているところだった。


「ねえ、伺い度《た》いわ。」

と頼子は、手をかけて来た。

「何を、考えていらしったの？」

「いろいろのこと。」

と、笑って答えると、

「いろいろのこと？」

と、鸚鵡《おうむ》返しに言い、受け口の唇が持上るようにして笑って、

「女は、ひとつのことしか考えませんし、好きな方といると、その方にも自分のことだけ考えていて頂きたいものよ。」

「たいそう、専制的なんですね。」

「でも、いつも御一所にいられるわけでないでしょう。お目に掛っている間は、燃えていたいわ。燃え切って灰も残らないくらいの思いになれたら本望なの。」

低い声でこう言って肩が深く息をした。海に瞳を放っている顔の輪郭に、靄のように漂っている明るい影がある。

「ほかの世界が見えなくなって了いますの。」

「天才だけが、そう成れるんだ。」

「いいえ、女に生れていたら、誰れでも。……そうは、お考えにならなかった？」

「信じられませんよ。あなただって、お店へ出て仕事をしていられる時は、別の頼子さんが出ているんだ。」

「ですから、可愛がって頂いている時、と申しましたわ。火をつけて下さるのは、宏さんなんです。」

「マッチどころか、松明《たいまつ》で火をつけても、決して燃えないひともあるでしょうよ。」

「焔を外に見せないだけなんです。火の色をしていないでも、燃えることは燃えているの

でしょう。触って御覧なさい。火傷なさるわ。」

話が節子のことに触れて来たような思いが湧いた。自分では、それを避けているつもりだったのである。そして、昔の自分が、節子に想いを焦《こ》がしていて、決して、その肉体を所有したい欲望を混えていなかったことを思って見た。聖母を見るように、あこがれに終始していただけで、現在の彼から見ると、不思議だと思われるくらいである。男として経験も見、成熟もした現在と傷つき易く、つつましかった若い日との相違だけのものではない。結婚を夢見ていても所有の意欲とは別の心の動きであった。他人に渡し度くなかったのは、消極的に動いていた所有の希望だったとも見えようが、節子を捕える力が自分にあるとは信じられない内気で遠慮がちの性質があった。柔かく夢にくるんで、偶像のように眺めて、ひとりで悩んでいただけなのである。他の場合には覚えもある肉体的の感情が、節子に向うと、自分から呼吸を停《と》めていた。この恋は清らかなものと気負って望んで来た風がある。ここに頼子といる宏ではない。すぐ顔を赧《あか》くする彼であった。みだらな話を友達がすると厭な気がして離れて行く男であった。

「宏さん。」

「…………」

「あの寝台が出来上るの、いつ頃。」

「まだ、かなり、手間が掛るでしょう。急がせてはおりますが。」

「くちなしの花の咲く時分には間に合いそうもありません？」

「あれは、いつ頃、咲くんです？」

「七月。あたし、あの花の匂いの中で寝て見たいんです。」

女としては抽象的だったり一般的な話題を持出して可笑しく見えないひとだったが、時折の言葉に、軽く仄《ほの》めかして置いて、如実に五官に伝わる世界を展《ひら》いて見せた。この時、頼子が持出したくちなしの花は、重たく濃く香りを放った。刹那《せつな》の心の閃《ひらめ》きだったが、宏の頭の中にある寝台には、満里子が横たわっていた。若さが全身にみなぎっている満里子は、くちなしの花の色に比べて、桃色に輝く影を抱いていた。この不意の妄像が、宏を驚かしめた。満里子について、そんな風な思念が湧くものでないのを、頼子の言葉が、こういう影を見せたのである。時の間に、かくのとおり自分は変って来たのだと思って見た。見る夢が、一筋に清らかなものを追っていた昔の彼ではない。

「西洋人が、あの花の匂いに刺戟を感じるらしいんです。東方のもので、珍らしいせいでしょう？　薔薇や百合《ゆり》には最早感じなくなっているものを受けるんだって話してくれたフランス人の奥さんがいましたわ。」

と、頼子は話した。

「実際、薔薇のように透明で、軽く、ぱっと散らばる匂いじゃないのね。重たくて、からみついてしまったように、いつまでも匂っているでしょう。あたし、あの花の上に寝て見るの。」

海の色が変って来ていた。梅雨雲の伸びた下に在る部分は、明るい黒い色に成って、それが少しずつ海面にひろがって来る。

「降って来るかも知れませんね。」

「雨だっていいわ。」

こう言ったのが、低く笑って、

「何だっていいのよ。こうしている分には。……大嵐《おおあらし》が来ても、あたし、驚かないでしょう。この家の屋根が潰れて来ても、あたし、平気でいられますわ。」

「あすこでは降っている。」

と、海面の黒い部分を覗き込んで、宏は言った。

「あの雨雲をこっちに惹《ひ》き寄せましょう。」

と、頼子も覗き込んで見た。

「この辺も滝のような大降りになって、帰れなくなりますように。折角、檻《おり》を出て来たのですから……」

潮風とも違う、雨気をふくんだ風が冷たく送られて来た。松原の上に見える神戸の市街は、強い日光を浴びたままであった。

宏は、節子の日記に戻りたいと考えてみた。そして、この数ヵ年の時の上にたどって来た微細《かぼそ》い道筋を思い泛べていた。節子と離れてから何年経っていることだろう。平行して歩いて来たのが、急に道が別れて遠ざかった。節子の日記は、ふたりの道が一筋に合うぎりぎりのところまで相寄りながら、急に左右に別れて姿も見失って了ったことを、分明に記していた。時が隔たると、むごいように赤の他人の関係になる。目のあたりにいる頼子の姿が何と親しみ易く、また確かなものに見えることだろうか。

昼と夜

節子は杜鵑花《さつき》の花が咲き残っている庭に降りた。この庭は、ただ樹木を植えただけのものであった。父親の宗方忠親が、大森の丘の上に空地を見つけて家を新築させたのは、昭和の始めの頃で、仕事も生活の本拠も満洲に持っていただけに、留守の家族の住居に建てたもので、経済的に余裕があったと言っても勤め人の家に過ぎなかったし、上方流に工夫して庭を造るなどの趣味もなかった。家を普請して、残った地所に、空地だった時分から在った松の木に加えて、植木屋が勝手に持込んだ庭木らしいものを植えて、庭らしい形をつけただけのものである。

終戦と同時に失脚した一家に残った不動産と言えば、この家だけだったが、戦災を免《まぬが》れたお蔭で、一家は大陸から送還されて来ても、他の家族のように入る家に苦しむことはなかった。

現在となって見ると、新築される他の家が坪数を制限されて揃って小さい中で、この家は一躍して余裕住宅と認められる空間と、古めかしく鷹揚《おうよう》な落着きを急に目立たせるように成った。客が来て、好いお宅で羨《うらやま》しいと言う。区役所と税務署に専《もっぱ》ら睨まれて、一家に苦労を加えている点を、人は知らない。早晩、持ち切れなく成って手放す時が来るのを、節子は覚悟していた。しかも、節子は家中の誰れよりも、この家に愛着を持っている。物ごころついてから育った家だったし、自分の若い日の思い出のすべてが、この古い家に絡《から》まっているので、満洲で育った妹には想像がつかないくらいに、帰った日には、しみじみとした心であった。子供をなくして弱り果てていた時だったので、一層感じ方が深かったのだろう。満洲から追われて帰って娘時代を過した家を門口から見ると、やっと帰って来たと思い涙を抑え切れなかった。家の中へ入ると、昔の空気がそのまま感じられ、母親の声がどこかから聞えて来そうな心持がした。壁には、もと、飼っていた猫が悪戯《いたずら》した爪の跡が土を掻《か》いて残っていた。

松の木さえ見るのがまれな大陸の都会に住んでいた目で見ると、この平凡な庭が、不意と輝きを増して見えた。また確かに、十年かそこいらの間に、木々も成長して、庭に落着きが出来ていた。どの木も目立って自分の個性を主張しながら、ここの庭だけで聞える揃った合唱を聞かせているように考えられた。新緑の、葉色に勢いのよい今の季節には、分けてその感銘が強い。どの木にも覚えがあった。松の幹の瘤《こぶ》がそれなら、また夕日の影が迷い込んで、下枝の一部だけを彩っているのを見ても、娘時代に眺めたものが、現在でもこの庭で繰返されているのが分った。

子供をなくした時に自分も一所に死に度いと思い詰めたものが、この家に帰ってから、新らしい命が生れて来たようである。

去年のことである。庭の下草の中に、秋海棠《しゅうかいどう》や白粉花《おしろいばな》を見つけた時に、この珍らしくもない小さい草花に節子は急に愛着を抱き始めた。今年は自分から撫子《なでしこ》花や露草を植え、松葉牡丹《ぼたん》の種を蒔《ま》いて育てようとした。花屋で買った花とは違う性質のものだった。可憐な草花だが、現代の都会生活では、人が、あまり振向こうとしない。一日咲いて、しぼむせいか、売物にも出ていない。庭があって、始めて楽しめるのだと満里子に説明して聞かせたが、あまり感服しないで、反対の意見がありそうだった。京都から帰って来て見ると、庭の緑が深くなっていて、やがて毎朝、露草の花が咲くように成った。朝早く、しらじら明けに、花をひらいて、午後の日ざかりには、もう、しぼみかける。そして、翌《あく》る朝は、また別の蕾《つぼみ》が咲く。紫の色がほのかな花である。夫の亮助が事務所に出て行くのを送ると、節子は庭へ降りて、眺めに行く。

「また？　姉さん。」

姉はセルを着て、きちんと、帯をしめている。

「またって、今朝は始めてよ。」

「でも、毎日でしょう？」

「毎日、花が新らしく咲くの。」

「ほんとうかしら？　昨日と同じよ。」

「違うのよ、満里ちゃん、見ていて、見ていないからなのよ。」

日がきまっているピアノと、バレエの稽古に満里子が出て行って了うと、家の中は静かだった。夕方が来ると、自分も店に出て行かなければならず、それまでの時間が節子ひとりのものである。そうしている間の節子を、誰れが見ても酒場の主人とは信じなかったろう。昔を知っている者が、

「あの方が！」

と、呆れたように問い返した。そして、店の仕事は、他の者がやっているのだと聞くと、始めて納得したような顔色を見せる。しかし、事実はもっと深刻で、人を使うのに気持の苦労が多いものである。と言うよりも、温室育ちのような身分から不意に戦後の現実世界の真中に突き出された故《せい》だったのだろう。自分の庭を持ち自分の時間を持っていると言うのが、やがてこれを失う不安は感じていながらまだ幸福の部類に属した。優しいが、気弱い女ではなかった。いためつけられている間に、本能のように、自分の好悪を捨てて、有

りのままに物を受取ろうとする確かな性質が出来上っていた。敗戦の混乱の中で子供まで死なせ、また、信じられなかったほどの人間の頽《すた》れようを見て生きて来れば、物を見る目も変化する。この上、何に出会っても驚かないように、と考えたのである。終戦以来張り詰めた気持で生きて来たせいか、ひとりで静かで居られる時間が、嬉しかった。草や木の、人の期待に背《そむ》かない素直な性質に親しんだのもその間のことらしい。

店の名は「白鳥」と言った。開店して、まだ半年にならないが、性格らしいものが出来上ったと言うのか、きまった客が附いて来た。

気まぐれに入って来た不案内の客は、揃って言うのだった。

「静かなんだね。」

「ええ、女のひとが居ませんから。」

と、言う極り文句が、藤代美恵子の返事であった。

働いている人間はカウンターの中にいて、注文の酒を出し、伝票をつける節子と、客に給仕する美恵子だけなのである。節子より年上でいて、美恵子は白人のような豊かな胸をして顔立も派手だし、ホテルで働いていたので、上品に客を遇することを知っていた。馴《な》染《じみ》でない客は、注文の酒だけ出して退いて行く「女給」を見て、まごつくのである。愛想がないのではなく、ホテルの酒場に入ったように、客は自分たちだけで飲むのである。

半白の髪をした知名の文士がやはり偶然に入ってきた組で、その後、よく来てくれた。

「静かで話が出来ていい。」

　と言い、節子のことを、

「どこかで見た顔だと思ったら、ボティチェリの『春』の中に出ている女の顔だった。」

　節子は、いつも和服でいて、年齢よりも地味な色の好みが、この店の内では逆に印象が鮮やかで、成功だと美恵子の批評である。椅子もソファも父親の客間から移したものだし、壁に飾ってある油画は、亡命ロシア人が持出して来たものをハルビンで買わされて、永く同じ客間の壁に掲げてあったものである。これが、やはり、この店にどこか風変りな空気を作った。

　案内を出したせいもあるが、最初から満鉄に関係のある客が多かった。中には、父親の下で働いていた者もあって、わざわざ節子の前に来て、忠親の安否を尋ねてから、

「とにかく、こういう時代になりましたね。あちらでは夢にも考えなかったことでしたが……」

　と、こちらで挨拶に困るようなことを話す者もある。そんな感情から卒業して了わなければ、節子も、厚かましくカウンターなどに立てなかったのである。

「そう言えば、ハルビンの白系露人の落ち方なのね。程度は違っても。」

　と、ある時、美恵子が言い出した。

トルストイの小説の中にも出て来る古い貴族の姓で、兄がキャバレの客引をして、妹が喫茶店で働いていたのがあったのを思い出したが、

「そんな、もとが好い身分だったと言うのでもないわ。」

と、節子が答えたのは、本心だった。もっと幅の大きい没落の例が、現在では無数に伝えられていた。少し前に聞いた話に東京でも料理屋で、もとの華族の夫人達が交替で座敷の給仕に出るのが名物になっている経営があると言うことであった。夫が側にいて言い放ったむごいような言葉を、節子は、忘れていなかった。

「それア淫売の一歩手前だ。」

節子は、夫の言葉を聞いた時、非難しようとした。それは言い過ぎだと。けれどその言葉が、胸にも突き刺さった感じだった。黙っていた。

元子《し》爵《しゃく》夫人とか、男爵夫人のお給仕が売物とは、如何にも悪い趣味だったし、不思議なものが売物になったものである。けれど、それを悦ぶ客が、売る方よりも、もっと下等なように感じられた。明治時代の落語に、元の士族が零落して急に商人になる話には境遇が起す滑稽《こっけい》の中にも、まだ愛情があった。元の殿さまや奥方さまがやる汁粉屋にしても鰻屋《うなぎや》にしても、とんちんかんで失敗ばかりして、可笑しいが可愛らしい性質がある。士族たちも、決して気位や誇りを捨てて了ってない。それに比べて現代の日本人の崩れようははるかに劣弱な性質を示していた。節子の夫の神経が触れたのも、その点だったのだろ

う。堕《お》ち始めたら、どこまで堕ちるか境遇一つのことに変って来て、人間の抵抗ははるかに軽く成っている。崩壊がそれほど大きかったのだろうが、自分からのようにして、もろく崩れ去って怪しまないのである。

節子は旅順、大連に、ハラショ・マダムと称《とな》えられた不幸な日本の女性が出たのを知っていた。目もあてられない悲惨な事実だったが、誰れも何ともしてやれなかった。人間が弱いと言うよりも終戦時の満洲の切迫した生活に追い詰められたせいである。戦争が生んだ不幸なのだ。抵抗を試みた者は、自分から死を選んだか、餓死を免れなかったろう。生き残ると言うのは大変なことであった。店に通《かよ》う電車の中や、往来の混雑した中で、節子は、人間のもろさを考え始めて、息苦しいような心持になることが、よくあった。顔に化粧した若い街の娘たちの、傍若《ぼうじゃく》無《ぶ》人《じん》で無邪気とも見える姿が、悲しく思うことがある。また男女と限らず、疲れた顔付をしている人を見ると、その疲労が自分に伝染《うつ》って来たように、気持が沈んで来るのが常であった。

大変な世界、と強い力で自分も身を挟まれているような心持で、胸の奥底から感じるのだった。現代の人間は、どうにか工夫して生活している人間と、どうにも出来ないで堕ちる一方の人間と二種類にはっきりと区別出来るようである。そして現在の日本人の生活は、自分のことだけで脇目もふれないくらいに追い詰められているので、他人の不幸を感じる余地がない。幸福と言うのは、自分がどうにかうまくやっていると信じていられることであろう。自分を離れて心遣いは働かない。他人のことを気にしていたら生きて行けませんよ、誰れの返事も、ここから動かないように見える。

「白鳥」は一応、成功した。これは幸福と言うものであろう。売喰いだけだった一家に多少なり収入が出来たのである。だが、これも、偶然の倖《さいわ》いを拾ったものだけのように節子には見えた。何時《いつ》、ぐらつき出すかわからない性質のものである。生きて行くのには勇気と自信が要《い》るわけだが、住む世界そのものが大きく動揺していることも認めざるを得ない。

夫に宛てて、とどいた郵便が速達だったので、その日は店に出る前に、事務所に寄って、亮助に渡すことにした。

満洲で懇意だった建築会社が、仕事はなくても顧問と言う名目で、部屋だけを使わせてくれたので、家に手持ぶさたで遊んでいるよりは、健康の為にも毎日そこへ通うことにしていた。

西銀座の裏通りに在る小さいビルディングで、三階まで階段を歩いて昇るのである。通風が悪いので、扉があけてあった。夫が窓越しに外を見まもって椅子に腰かけているのが、廊下から認められた。客もなく孤独でいたのだが、節子が来たことにも気がつかず、ぼんやりと外を見ているのが、家に一所にいる時は見たことのない年寄臭く、やつれた影を持っていたので、節子がはっと思って見なおしたくらいであった。

窓の外は、水のよごれた市中の川に電車が大きな響《ひびき》をさせて過ぎて行く省線の高架線が平行していた。

不意を驚かすのが悪いような気持を感じて、ためらいながら、

「おひとり？」

と、声をかけた。

やはり、亮助は、不意を衝《つ》かれたような調子で振返って迎えた。何を考え込んでいたのか知らないが、四十そこそこで、仕事もなく身を持ちあぐんでいる夫の立場が強く感じられた。

「どうしたんだ？」

「速達が来ていましたから。」

亮助は、封筒の裏を返して名前を見てから卓の上から鋏《はさみ》を取った。冗談のない事務的な性質が、手つきに見えていた。

「さっき、満里ちゃんがやって来た。日劇を見に行くんだと言っていた。」

「御一所にいらっしゃると、よ御座んしたのに。」

亮助は、ちょっと笑って見せただけで、手紙に目を落していた。

「やはり、就職口はないかと言う話だ。華北にいた若い技師だ。」

「どなたもなんですのね。」

夫は返事を与えない。椅子に腰をおろしてまた、窓の方を見た。高架線の向うに沈んだ

夕日が、埃によごれた低い空に残りの光を留めている時間であった。

「これから、このお部屋、西日で暑いでしょうね。」

「まあ、仕方がない。」

と、顔を上げて笑って、

「それよりも、どうも、東京が、満洲に似て来ているね。しきりと、そんな気がして来た。雄大なところは似ないで、悪いところだけ似て来たようだ。人間もだが、埃がひどい。それはそうと、もう店へ出る時間だろう？」

「ええ……まだ。」

別れて、自分が働きに出ると言うのが、この場合、変に淋しかったし、更に、夫の胸にある淋しさが、はっきりと見えたように思われた。

亮助は、仕事以外に碁将棋《こしょうぎ》のような遊び事に馴染めない性質で、大陸の生活で酒だけをたしなみ、豪酒の方だったが、「白鳥」の店に来たことが、まだ一度もなかった。他所《よそ》の店で飲んでも節子の店へは決して来ない。節子も自分の方から誘う気持もなかった。亮助は、そんな店を出すことに最初から反対だった上に、節子が当然失敗すると見ていたのが、どうにか成功してやっているので、自分が何か発言する権利はないと認めたらしく、沈黙を守っていた。

片側が大きなビルディングの壁の陰になっていて、夕方の色が入って来るのも他所より早い。

「満里ちゃんなんかは、のんきですわね。」

「うん、のんきだ。」

　と亮助も答えた。

「手紙を書いて出て行った。それから、ここで返事を受取れるようにしてくれと言うのだ。自分の事務所にするつもりらしいね。」

　姉らしい心遣いが働いたが、節子は、別にその話を問題にしなかった。

「あのひとのような生き方をしていれば、強いわ。羨しいと思うことがあります。」

「まあ、そうだね。」

　と笑って、

「あの年頃の若さと言うのは特別のものらしいが。」

　ふと、珍らしく、亮助は、節子の店のことに話を触れた。

「店の方へ、満里ちゃんが行くことはないだろうね。」

「とめてあります。何かあって来ても、すぐ帰らせるようにして居りますから。」

「気焔を吐いていたよ。」

「なんて？」

「満里子に手伝わせれば、もっと客を集めて見せるって。」

節子も苦笑した。

「馬鹿なことを言って。お父さまに対して、そんなこと出来ませんわ。けれど、ほんとうを言えば、あたしなどより適任かも知れませんわ。明るいし……人を可怖《こわ》がらないし……」

「それア、あのひとに、やらせてはいけない。」

「そうなんです。」

満里子のことだけでなく、お互いの心が通じ合っているのを感じて、節子は、励みを覚えた。淡い関係の夫婦であったが、不幸を重ね子供まで失くして来てから、どちらからも、いたわるような心持が深まって来ていた。自分にそれを言う資格はないようだが、仕事から隔てられて、もともと凡《およ》そ酒の他に楽しむことを知らない亮助の生真面目な性質が、妻から見て、急に気の毒に思われていたのである。

何気なく、明るく、彼女は言った。

「満里子では、第一、美恵子さんと、よく行きませんわ。」

返事がないと思ったのが、亮助は重い口の下から急に答えた。

「そうだろう。人間の好き嫌いを言ったところで仕方がないが、……僕もあまり、あの奥さんを好きな方じゃない。うまく、やって行けるのか？」

「ええ。」

節子は、素直に答えた。

「あの方がいて下さるから、お店が出来ているんですわ。」

だが、協力者の藤代夫人について、節子は自分も危《あやぶ》んでいる点を、亮助に打明けなかった。この友達があって、「白鳥」が立っていたのは事実だが、またそれ故に、このひとの心持一つで、店の運命に動揺が与えられる心配が起きていた。店に来る客の大半が、藤代夫人がホテルで働いていた時分に懇意だった人たちで、夫人にすすめられて店を開いて見て、節子は、自分の無力に気がついた。この半年の間に、藤代美恵子は、節子が、知らなかった面を次第に現わして来ていた。ホテルに勤めている間に自然と下地が出来ていたものだろうが、最初は客にすすめられても遠慮して椅子に掛けなかったのが、知っている客だからと言うので平気になり、酒の相手をして時には深く酔うように成った。節子のところへ来て、

「しょうばい。」

と、断りを言っている間はよかったが、近頃は、平然と大胆な真似を見せるように成った。二重の性格があるような感じだった。

「いいのよ。いいのよ。そのひと。」

と、節子を呼び出そうとした酔った客に向って、

「お雛様なの。そこへ飾って置けばいいのよ。」

已《や》むを得ないことだったけれども、「白鳥」は店の空気が最初と違って来ていた。それも美恵子ひとりで自然と起した変化であった。このひとがいて繁昌していることなので、節子から意見は言い出しにくかった。柄《がら》は大きいし気ままに振舞っている藤代夫人を、マダムと呼ぶ客があって不思議はない。

「マダムは、そっちよ、その静かな方。」

女同士の協同経営の難しさを、今更、節子から良人《おっと》に告げられなかったし、自分で処置して行く覚悟だけである。

「節子さん、でも成功したわよこの店。」

京都から帰って来て間もなくのことで、不意に、美恵子が、こんな話を持出した。夕方の、まだ客もなく二人だけでいる静かな時のことである。

「権利金を出して買ってもいいって話があるのよ。考えて御覧になる？」

コンパクトの鏡をのぞいているのを節子は呆れたように眺めて、心に泛んだままを言った。

「だって、そんなこと！」

「でもね。こう言うお店は、評判のいい間だけ、権利金もつくものなの。だから、利口なひとは、はやらして置いてお店を売って儲けて、また別のところで新らしく始めるものなのよ。ほんとうの商売人だと。」

「でも、そんなこと、私たちには出来ないでしょう。」

「やって出来ないことは、ないんでしょうけれどね。」

その話は、それで打切りに成ったが、動き易く見える藤代美恵子の心持が、不安なものを残していた。店のことで口をきいたことのない亮助に、美恵子のことを簡単にそう批評されて見ると、やはり節子は弁護する役に廻った。言うまでもなく、責任は自分に在った。

出て行く時、節子は夫に告げた。

「行ってまいります。」

亮助は、ああと答えただけで、他に人の居ないがらんとした部屋に残った。

外の鋪道には、退勤時の男女が溢れるように動いていた。車道を横断して、時に途切れてはまた列を作って流れているのも、それである。働かなければ生活出来ないこの世の在り方が感じられ、勇気が戻って来た。だが、今の仕事が身につかぬものだと言う自覚だけが、気力の躓《つまず》きと成って残っていた。早く慣れて、自分の心の形がきまれば、と思うだけである。

店に入ると、少し前まで窓を閉め切ってあったと見えて、むっと昼間の温気《うんき》がこもって、箱の中に入ったようであった。水を打った床の埃がにおい、壁の塗料が慣れるまでは息苦しいような思いをさせる。カウンターに置いた花瓶から、花が落ちて板に散らばっているのは昼間も出る鼠の仕事であった。食物を冷蔵庫にしまってあるので、鼠たちは草花までに悪戯するのである。

「節子さん？」

と、美恵子が奥から声をかけて、確かめた。

「お風呂へ行って来たので、暑くって。」

「婆やさんは？」

「八百屋へサラダを見にやったの。」

花をさし直すつもりで、節子が花瓶をささげて入ると、大柄の美恵子はシュミーズ一枚になって台所口に椅子を持出して団扇《うちわ》を使っていた。

「満人街の夕方の風景ね。」

と、自分で笑って、組合せた脚を解いて節子に道をひらいた。

流し場に立って、節子は花を直しにかかった。水道の水が、なまぬるいので、流し放しにして冷たく成るのを持っていると、

「あたし、脚気かも知れないのよ。」

と、美恵子が言い出した。

節子は、花を揃えて持ったまま振向いた。美恵子は、別に脚を押して試しているのではなく、もとのようにゆったりと団扇を使っていて湯上りの化粧をした派手な顔立を向けていた。

「そう大したことはないと思うけれど、時々ひどくだるいのね。」

「ヴィタミンの何か注射して頂いたら。あれ利《き》くんでしょう？　美恵子さんがお休みになるようなことに成ったら、ここの店は休業よ。あたしと婆やさんでは、どうにも成りませんもの。」

「いいえ、お客様の方で、ちゃんと呑込んでいて下さるわ。お馴染の方だったら。」

そう答えてから、花瓶の水が新らしく成った頃になって、美恵子は急に言い出した。

「とにかく、もう、そろそろきれいな若い方を置くことね。この店にあうような品のいいひと、今だったら幾らでも探せると思うわ。」

「美恵子さんが見て下さるならいいのよ。お願いしますわ。」

「夏枯れを控えているし、人は幾らでも見つかるわ。でも、節子さん、この間の話、考えて下さった？　お目にかかったら、前より熱心に仰有るのよ。権利金も、このくらいなら出すって、はっきり言うのね。」

　そんな話が、他の者でなく美恵子から出たせいで節子は心細くなるのである。自分ひとりでは、とうてい、やって行けそうもないと思っているところへ、絶対に頼みにしている友達が、店を譲ってはと勧めるのでは、返事が出来ない。

「美恵子さんは、どうお考えなの？」

「あたしは、持主じゃないんですもの。」

「でも、私、あなたが、この店をやっているんだと思うわ。お蔭で、立って行っているんですもの。若《も》し、私の方へ他所から、そんなお話があったら、私、そうしたくても、どうしましょうって、美恵子さんに、御相談するわね。」

「でも、私からは何とも申せません。」

と、わざとらしく、切口上《きりこうじょう》な調子で断ってから、笑った。

「ただ、私が病気なんかした場合のことを考えると、ちょっと、心配ね。無理におすすめして、あなたを、こんなことに誘い出した責任……と言うのでしょうか。だから、他のひとを置くことも考えたの。今から、一所に働いてくれるようなひと達を、上手にしつけて置いて。そうなれば、私も楽なんだけれど。」

「ほんとうにね。気がつかなかったんです。あまり、あなたばかり頼っていたものですから、もっと早く、それを仰有って下さると、よかったんです。」

「いいえ、私は、もし失敗したらいけないと思って、なるべく人手をふやさないように考えて来たのね。ほんとうの素人《しろうと》のする仕事だから、反《かえ》って、経験ですれた人たちが入って来てはいけないと思ったの。」

「でも、あなたばかり働かせて。」

「そんなことはいいの。ただ、そこが水商売の難しさでしょう。気まぐれで、倦《あ》きやすいお客に頼っている不安定な仕事なんですもの。あたし、節子さんのような方に、悪いこと、おすすめして了ったって、可怖く思ったこともあったわ。あなたって方は、何かなさるのにしても、もっと地道で、きれいなお仕事に向いた方でしょう。洋裁店のようなことでも。」

「美恵子さん、お願い。もう少し、このままで、私を助けて下さるわね。この仕事が不真面目なものだなんて、少しも考えたことありませんわ。地道にしていても出来るものだと、気がついて来たところなの。」

「なかなか難しいものよ。」

「いいえ、他の御商売だったらもっとその道の経験も要るし技術も要るし、外から飛び込んで出来るものではないでしょう。美恵子さんが附いていて下さったから、とにかく、思い切って踏切《ふんぎ》りが切れたのです。ほんとうに有難く思っていますわ。その内、私も、まごまごばかりしていないで、何とか出来るように成るでしょう。実際、私たちったら生活の能力がなく出来ていたんですから、困ったからと言っても、美恵子さんのお蔭で、どうやら街へ出られたのね。」

「では、その話、お断りなのね。」

どことなく不満らしい口調が挟まったのを、節子は押切るようにして答えた。

「そうお願いしますわ。倒れるまで、やって見ましょう。」

「お嬢さんね。相変らず。」

と、美恵子は着替に立ち上りながら、言った。

「何の仕事でも、倒れてはいけないものなのを御存じ？　一本気過ぎてもいけないのね。」

昼の間死んでいたような店が、電燈をともすと、呼吸を取戻して、動く気配を見せる。昼光燈の光である。美恵子は、新調のライラック色のドレスを、この晩おろして着て、いきいきした様子でいた。節子は、自分の仕事場の膳棚《ぜんだな》の前に立って、動く用のない時は、瞳を向けて、見るともなく客や美恵子を見ながら、時折、我に復《かえ》ったように、他所にいるのではない証拠に、話の内容に微笑して見せた。ロボットには見えたくなく、自分で哀《かな》しいと知りながらする努力であった。

その晩の客も、美恵子に惹きつけられて来ている人達で、美恵子もそれを意識して、陽気にはしゃいだり、また急に、技巧的に静かになって、客の注意を集めていた。むき出した腕を昼光燈が白く浮き上らせていた。豊かな肉付で、同性が見ても形のいい腕である。客の一人が、酔った顔をして、それに手をかけた。その掌だけが独立して虫か何かの別の生きものに成ったように、肌の上を匐《は》って行った。

「日本は、まったく、子供が多過ぎるよ。」

こんな話が出ていた。

「あれが、皆、おとなに成ったら、どう言うことに成るのかと思って怖ろしく成るね。」

いつも来る髪の白い作家が、ひとりで入って来た。

美恵子が側に行くと、

「早いね。もう些《いさ》さか酔っているんだね。」

節子は、この客がいつも注文するチーズや胡瓜《きゅうり》のカナペを支度し始めた。それから気がついて聞くと、美恵子が、こう言っていた。

「だって、この狭い国に、こんなに人間がいたら、誰れが勝って生き残るかってことに成りましょう。」

老作家は、柔和な目を向けていたが、相手の熱心な話に、自分がてれているようであった。

「そう。弱肉強食って言うの。私たちの人生って、いつまで経っても、そうなんでしょう？　喰うか、喰われるか、ねえ、先生。」

作家は、ビールを一口飲んでから、何か言わないと悪いと思ったように、

「まあまあ。」

と笑って、

「僕だけは喰わないでくれ。仲善く、生きることにしようよ。」

「駄目！　先生は闘志がないから。」

「いやいや、人間が、どうして、もっと平和に暮らせないものかと思っているんだよ。戦争は、もう沢山だからね。」

美恵子が、前からの客の方へ上手に戻ると、作家は独りでおとなしくビールを飲み、節子がこしらえて出したカナペをつまんだ。口をきかずにいるのに満足しているような顔付である。このひとの書いた小説を、節子は、二、三読んでいたが、会ってみると、作品よりも人間の方が、ずっと上に出来ているような気がして、不思議であった。

ゆかり

姉妹の父親は、冬あたりまで京都に落着くことにすると知らせて来た。医師の意見に従ったものだと真実を知らせて来なかった。住んで見ると、ここは静かで、年寄に向いている。東京あたりのように戦争の傷あとが、すぐ目につかないだけでも息が楽だ、と言って来た。

「少し心配ね。あの女中さんだけで、いいかしら。」

「いいわ、あたしが、時々、見に行って上げるわ。」

と、満里子は、この知らせを悦んだような顔色を見せた。宏のことを考えたので、父親の容態は気にしていなかった。

「行ったり来たり出来ていいわ。」

「夏が暑いところでしょう。それに、冬は寒いし……お軀だって、どんな風なのかしら。」

経済的の不安も節子は感じた。父親は、やはりお大名のような手放しの習慣が残っていて、持っていたものを失くしていながら、貧乏臭くするのを嫌っていた。

「まあ、お好きになさることね。」

この前の時の話でも、一貫して軍人嫌いだった忠親が、敗戦の痛手を忘れかねているらしいのを意外の思いで眺めたことであった。

「これでいいと思う人間ばかりになったのは可笑《おか》しいね。」

と、皮肉な調子で短く言った。

京都の風物が、その父親の慰めと成っていることは分る。ここに住みたいと言うのも理解出来た。しかし、本統を言えば、西洋風の、自由でハイカラな環境に住《すま》わせて見て一番似合う人であった。京都の居間の机にも、週刊のニューヨーク・タイムズが置いてあった。昔から外国人と話して、洋化した日本人にありがちな変に卑屈な風が見えないのが、娘から見ても頼もしく見えた父親である。京都に住んでも古い寺などに興味を持つとは思われない。送れと言って来た夏物の衣類を出して揃えながら、節子は忠親が、南禅寺の「いせや」で食事して帰る道で、戦争の犠牲となった人たちのことを忘れがちの世間を非難したことを思い出した。

「一度クリーニングしてから、お送りした方がいいかしら。」

と、側《そば》にいた満里子に相談を掛けるともなく、節子は呟《つぶや》いてみて、どれも、しまう前に、手入れがとどいているのに気がついた。地の厚い麻が、指に痛いようであった。忠親は、おしゃれなのと同時に、洋服など、やかましく手入れを大切にさせる習慣であった。

「ロンドンの服屋ね。」

と、満里子が、マークを見て、言った。

「贅沢していたのね。パパ。」

「やはり、洗濯させてからトランクでお送りした方がいいわ。何かと言って、一杯になるでしょう。仰有っていらしったものだけでなく、冬近くまで彼方《あちら》にいらっしゃるとすると、お忘れになっているものも考えてとどけて上げなければ。」

トランクは、運送屋に頼んで取りに来てもらった。

「姉さん、姉さん。」

と、満里子が飛び込んで来た時、節子は庭に降りていた。

「大変よ。山椒魚よ。」

姉には、何のことか分らなかった。妹は縁側でおなかを抑えて、笑って後の言葉が続かないのである。

「何を、言っているの？」

「山椒魚よ。」

「山椒魚って、なに？　何がそんなに可笑しいのかしら？」

「それ、姉さん。山椒魚をスキ焼にして喰べるんだって、若いひとがいたでしょう。京都のバスで一所になったひと！」

始めて、意味がわかったものの怪しむように、

「訪ねていらしったの？」

「来たわよ。運送屋さんになって、お父さまのトランクを取りに来たんですわ。」

「ほんとう？」

と、節子も目をまるくして驚いて、露草の繁みから引返して来た。

「あのひとが、運送屋さんになっていると言うの？　人違いじゃない。」

「来て御覧なさい。」

ばたばたと、先に立って玄関の方に出た。節子が行って見ると、暑そうにして、上半身はシャツ一枚の青年が、トランクを持出して縄を掛けているところである。たくましく見えた横顔が、高山寺へ行った帰りに乗合の中で出会った若者に違いなかった。

満里子は、平気で出て行って、声をかけた。

「姉さんよ、覚えている？」

「ああ。」

と、顔を上げて、からだを直立させながら歯を見せて微笑した。

「暫《しばら》くでした。」

「ほんとうに！」

と、節子も会釈しながら、

「妙な御縁ね。ずっと、こちらに、いらしったの？」

「そうなんです。」

「あの山椒魚、戦友のひとと殺して喰べたの？」

と、満里子が、横合から尋ねた。

「ああ。」

と笑って、

「そうでしたね。もう忘れていました。喰ったことは喰ったのです。ただ、戦友は、気味悪がりましてね。東京のひとは見たことがないと見え、無理だったんですかね。ちょっと、見場《みば》が悪いから。」

「満里ちゃん、お茶でも持って来てお上げなさい。」

節子は、こう言いつけてから、

「それで、ずっと、この駅の運送屋さんに働いてるんですか。」

「そうなんです。」

と、単純に答えた。行くところがなかったのだと言った。それ以上は説明しなかった。

「戦友の方には、皆さんにお会いになって。」

「会いました。」

「皆さん、もとのお仕事に戻っていらしって？」

幸福にしていらしって、と言う意味で尋《き》いたものだったが、青年は布っきれを出して汗をふきながら、影のある笑い方をした。

「いろいろでしたよ。」

節子は、若ものが元の戦友たちにどう待遇されたか、こまかい話を聞き度いと期待していた。

しかし、青年は、その話に興味を失くしているように別に話すこともなく、茶を貰うと礼を言って口を附けた。日に焼けていて、前に見た時よりも健康そうであった。

「東京で働くことになさったの？」

「仕方がなかったからですよ。」

と、青年は答えてから、丈夫そうな白い歯を見せて、笑いながら、

「ほんとうの話をすると、奥さん、私も間が抜けていて油断だったんですが、電車の中で持っていた金をそっくり、スリに盗《と》られて了って、帰るにも帰れなくなったんですよ。誰れに話したって、自分で遭った者でなければ、こんなことは本統にしてくれやしません。戦友だって、そうでしょう。丹波の山の中から人をだましに出て来たって思うだろうから

ね。」

「そんなひどい目に遭って？」

「油断も隙もなかったですよ。」

「で、戦友の方にはお話もしなかったの。」

　青年は、暫く答えなかったが、やがて、

「貧乏で困っているのと、金持過ぎるのと、ふた色でしてね。」

　と言った。

「そんな嘘と思われる話をして、貸してもらう気にならなかったから、考えて、職業紹介所へ行ったんです。盗まれただけの金を作るまで、東京にいてやろうって考えていたんですね。それで、今の店に来たんです。」

　簡明過ぎる話であった。

「商業学校を出ているから、事務の方の口があるかと思ったけれど、人夫より他、なかったんで、それでもいいと思って来たら、大した仕事ではなくて、気楽だったので、店の大将が良いひとだし、田舎へ帰ったって、兄貴の厄介人になるだけだし、ずるずるに東京にいることに成ってしまったんですね。まあ、ゆっくり世間を見てから、先のことを考えるんでしょうねえ。」

「移動証明もお取りになって？」

「そうですよ。東京にいる気だから。」

「東京が気に入ったの？」

　と満里子が口を出すと、青年は、ゆったりと笑って答えた。

「気に入るも、気に入らないも、ないですよ。けれど、兵隊の時に苦労して来たせいか、たいていのことに驚きませんからね。」

　こう話してから、真顔で、節子を見て言い出した。

「こんなこと、お願いしては悪いのかも知れないが、本が読み度くても今の値段では買えないので、それだけ淋しいんですよ。古いのでいいんですから、奥さんのところで何か貸して貰えると有難いのです。」

「本が好きなのね。」

「戦地で覚えたんです。本を読むより他に暮らしようがないひどい田舎に二年もいたもんで。」

「じゃア、小説？」

「ええ、それが少し古い方が好きなんです。鷗外と漱石のものが一番好きなんです。けれど、貸して下さるなら、何でもいいんです。その代り、躯を動かして済む用事だったら、いつでも来ますから呼んで下さい。」

　肩が厚かったし、腕が太くて、一人では持上るまいと思った重いトランクを、脚を張っただけで、調子をつけて肩に乗せてから道路のリアカーにまで運んで行った。

「兵隊さんね。」

と、思わず、節子は感心して言った。考えて見れば、これは現在は時代おくれの賞め言葉であった。

「ほんとうのことでしょうか。スリにお金を取られて帰れなく成ったって。」

と、後で満里子が疑うように言った時、

「あたし、嘘と思わないわ。もっとも、帰ろうとすれば帰れたのでしょうけれど、帰る気がなかったから居たのね。」

「そう。」

と、満里子は急に、また可笑しがって、

「スリから見たら、素晴らしい鴨《かも》に見えたろうことは確かね。とにかく山椒魚を真面目で東京へ連れて来るひとですもの。傑作よ。善い人には違いないのね。」

駅の往復に気をつけて見ると、荷物のプラットフォームに立っていたり、近くの小さい店の中で卓に向っていたりした。節子が見て、質実な生活者らしく、自分が酒場のような仕事をしていることを知らせ度くないように感じた。

立話したことがあって本を取りに来るように言うと、丸太のままの薪《まき》が積んであるのを見つけて、

「割って上げましょう。」

と言い出した。

見ていると、無造作に手際よく片付けて行く。

「なアに、これしきのこと。」

と、笑って、

「田舎で散々やって来たことですよ。」

「丹波の、どこって言ったかしら？」

「周山ですよ。つまらない田舎ですが、今時分は、川で鮎《あゆ》が取れるんです。」

満里子がいたら、また山椒魚のことを持出して、からかったろう。

「高山寺より、ずっと奥？」

「なアに峠二つですよ。乗合が朝の六時から出るし、映画なんか新京極へ見に出て日帰りで帰れるんですから。」

そして、ぽーんと音をさせて、きれいに薪を二つに割ってから、

「秋が、いいですね。」

と、ひとこと、言った。

節子は京都の田舎の景色を漠然と思っていたところであった。この一語が、そのあたりの高く澄んだ秋空の色を鮮やかに感じさせた。何でもない言葉が、そうさせるのであった。

赤松の幹がすくすくと現れている松山や、竹藪や水草の漂っている静かな池のある風光を思い泛べさせたのである。

満里子を転げまわって笑わせたのは、青年の名が前島五郎七と言うのだと知った時である。この名前は数代前の先祖に、この名で成功した人があったのにあやからせようとして親たちが真面目に考えてつけたのである。周山の山の秋は清らかで静かで明るいのに違いない。

「簡単に五郎でよかった筈《はず》よ。」

前島君は笑って答えた。

「いや、自分の名となると、五郎七は五郎七で、七がなくてはいけないんだ。」

宏は、用事で京都に出たついでに、忠親を訪ねて見舞った。

「おや、君が来てくれたのか。」

と、悦んで言った忠親に、いつも一所に暮らして来た家の者には気がつかない衰えが、宏には見えた。話は、病人とは見えない気力で、衰えは年齢だけのもののように感じられた。

「大したことはないのだよ。寿命のあるだけは生きるのだろうから、これは倖《しあわ》せと言うものさ。」

学生時代、宏は、家族の一員のように待遇せられたことだし、忠親を小父《おじ》さんと呼んだのである。

「相変らずなんですね、小父さん、ちっともお変りになってない。」

「あたり前さ。」

と、忠親は笑って答えた。

「人間が、そう七面鳥のように変って、たまるものか。」

それから、言った。

「ニュウルックと言うのだそうだな。戦争が済んだら、若い女だけならよいが、男まで競争でニュウルックに身をやつしているそうじゃないか。看板の塗りかえだけでないと、倖せだ。宏ちゃんなんか、どうなのだ？」

「小父さんは、戦争以前から、デモクラット（民主主義者）なのだから。」

「冗談じゃない。私は私さ。不器用に、ひとつ面《つら》きり持っていない。これア年取って頑固になった加減と言うのではなかろう。持ち前のものなのだ。オールドルックだ。取りはずしの利くものではないから、このまま私のデスマスク（死面）になるのだろう。」

宏は、忠親が死と言う言葉を使い過ぎるようで、不吉な心持を感じた。身辺のことを尋ねると、またしても忠親は言うのであった。

「これからの世の中を、どう暮らして行くかと考えると、時々、不安に思うことがあるな。

私はよいが、子供たちがだよ。私たちの年齢の者は明治の人間で、野武士のように乱暴な育ちだが、娘たちは、生活が安定してから育ったもので、生活力が稀薄だ。ひとり歩き出来るかどうか、だね。」

と、珍らしく分別臭く老人らしく見えた。

「教育に失敗したのだな。こんな世の中の過激な変動を想像しなかったせいだ。大正、昭和初めの日本に暮らしていたら、油断するのが当然だったね。子供を貧乏に耐えるように強いものに育てるなどと言う考えは、親の頭に起らなかった。」

「今だって、小父さん、世間の親は、そう言う考え方をしていないですよ。」

　忠親は、言い出した。

「子供に生活力をつけてやることを考えない親なんて。私たちのやった失敗を、これから、もっと悪くなって行く世の中で、もう一度、繰返すことなのだ。千万長者の息子が自分で労働して学費をかせいでいて親も子も怪しまないアメリカあたりと、頭から違うのだね。出なおさなければ駄目だ。ブールジョアと言える金持が算《かぞ》えるほどしかいない貧乏国で、まったく思い上りだったのだ。」

　一所に、外を歩こうと誘われた。忠親は部屋着にしていたピジャマを着替えて、きちんとした背広姿になって出て来た。若王子から疏水《そすい》の流れについて、銀閣寺へ出る道が選ばれた。梅雨曇りの、歩いて暑くない日である。すぐ近くにある吉田山あたりは靄につつまれていた。

「本でも読んでいらっしゃるんですか。」

「結局、そう言うことになる。」

と、笑顔を見せてから、

「やはり、世間並の隠居の生活かね。働くのをやめたら、何をしてよいか判らなくなった。」

「まだ、そんな年でもないでしょう。」

「有難う。」

と、洒落《しゃれ》た様子で礼を言って、

「ところで、追放と言う奴だ。これが覚悟を落着けてくれたものだ。しかし、どう暮らすかと言うのは別の話だろう。しかし、老年と言うのは、よく出来たもので、急に、不精《ぶしょう》にする習慣が出来て来た。若い頃のように注意が散らばらない。身のまわりだけを見て満足するように変ったのだね。だが、以前よりも何となく、深く見るように成っているとでも言うのかね。爺になったよ。」

狭い疏水の流れはなみなみと厚みを持って流れて、青かった。岸辺とすれすれの水量である。

「人間が年を取って老眼にかかると言うが、自然に生活の幅が整理されて狭くなって来ているのだね。老人は、必要なものだけしか見ないで済むことに成る。と、同時に、それだけ、死んで来ているわけさ。ほんとうに死んで了うまでに実は気がつかないで少しずつ死んでいるわけなんだね。」

「小父さん。」

と、宏は、おだやかに抗議した。

「御病気のせいで、そんなことを仰有るのですか。」

「そんなことはない。」

と、忠親は宏よりも強く言い返した。

「私は、ただ自然の寿命のことを話しただけさ。これからと言う若い者を、むざと死なせた戦場のことでなくてね。畳の上の生活のことだ。」

こう言ってから、急に思い返したらしく、

「そうかね。そんな風に聞えたかね。気にしないで欲しい。閑だから、いろいろと勝手なことを考えるのだろう。」

疏水のほとりに山羊《やぎ》がつないであって、青草を喰《は》んでいる。どこかで、郭公《かっこう》が鳴いた。新緑に蔽われている片側の山の上かと聞いて歩いていると、これに答えるように人家のある平地の方にも聞えた。あまり人も通らず静かな道であった。肩を並べて歩いていて、宏は、見舞いに来てよかったと感じた。この失意の老人の晩年に自分などが、時に話相手になって閑を賑わす役に立つなら、と思ったことである。若い時分から彼は、忠親の囚《とら》われない自由な態度を敬愛していた。節子に寄せた思慕にも、間接にはこの小父への敬愛の情が影響していなかったとは言えない。忠親の生活は富裕だったし、当時の社会でも精神的にも高く、明るいものだったのである。

「祇園祭が復活するそうですね。小父さん。」

「ほかに復活するものがないからだろう。」

と、忠親は微笑を向けた。

「だが、私なんかには、祭礼は、なつかしいものだ。」

「小父さんなんかが、祭のようなものがお好きなんですか？」

忠親は真顔である。

「名所旧跡となると、気の向いた時に見に行けばよいが、祭礼は、時日がきまっているので、その日を逃がしたら、来年まで待たなければ見られぬ。今年は、幸い、京都にいるのだし、見たいと思っている。」

「御案内致しますよ。何でしたら。」

と宏も言い出した。

「土地の旧家に友達もおりますから。」

忠親は、それに礼を言ってから、付加えた。

「祭ばやしの笛や太鼓を、遠くで聞いているのは好い気持のものだね。殊に、静かな夜がよい。子供だった時分の夜を思い出すよ。」

　しかし、忠親は自分の健康が、祇園祭を今年は見られても来年は見られるかどうか分らないのだと、思って見たところであった。

「大阪の天神祭は、いつだっけな。」

「七月二十五日でした。」

「ひとつ、各地の祭礼を、順に見て回るかね。江州の長浜の祭もある。あれは、確か、秋だ。木犀《もくせい》の花がよく匂う時分だったようだ。」

「いらしったことが、あるんですか。」

「偶然にね。昔の友人の墓参に行ったら、丁度、長浜の祭だった。古いことだね。十何年前のことだったろう。町内毎に山車《だし》が出て、小さい子供が、ほんものの衣裳を着て、床の浄瑠璃に和《あわ》せて芝居をやっていた。おとなは重詰めなどを置いて毛氈《もうせん》の上で酒をやりながら見物している。何とも古めかしくて、ゆったりとした不思議な世界だったな。行って見たことがあるかい？」

「いいえ。」

　と、宏が思わず微笑すると、

「なんなら、この秋は一所に行こうよ。なかなか風情がある。そうだったね。小人島の歌舞伎を見ているような感じだった。昔風の暗い町を夜歩いていると、山車の出ている辻《つじ》だけが、ぼっと明るく遠くから見えている。それから近寄ると、赤や青や金ピカの衣裳で舞台で動いているのが見えて来る。あの町あたりも、戦争で変ったろうが、祭は夜のことだから、現代風なところは闇が隠してくれる。なるほど、こうして思い出して見ると、ほんとうにこの秋には行って見度くなった。」

　忠親の話は静かである。

「お年のせいだといわれると、まことに、そのとおりだと答えるより他はないが、今の私には、新らしいものよりも昔から在ったと言うようなものがなつかしい。過去の日本に在ったものが全部悪いのだと言いたげな物の見方は勇まし過ぎるな。原子爆弾は物を毀《こわ》すことは出来るが、まだシラミ一匹、新らしく作れないのだからね。作ると言うのは、こわすことなどより、ずっと難しい仕事だ。昔の人間が造って残してくれたものは、いつまで経っても大切なわけだ。時代に依《よ》って意味が違って了ってもね。これが、ただ年寄の言いぐさだとは考えないで欲しい。」

　七月十六日の夕方、宏は神戸から出て来て、木屋町に宿を取り、忠親に電話で連絡して、少ししてから自動車で迎いに行くことにした。サンマタイムで暮れるのが遅く、まだ東山の背に西日の色が残っていた。この祭の前後が、京都が一番暑い時だと言われている。

　暮れて来てから、自動車を呼んだ。まだ暑いので、上着もネクタイもなしで出かけたかったが、忠親が始終きちんとしているのを考えると、そうも行かなかった。しかし宏も忠親のような老人がお洒落で身だしなみのよいのには好意を感じていた。戦前の行儀や習慣を世間が急に失くして了った時に、忠親のようなのは珍らしい部類であろう。あるいは老人だからそうしていると言うべきなのだろうか？

　自動車を降りて、門を入ろうとした時、漸く涼しくなった中に、何かの花の匂いを宏は感じた。どこかに、くちなしの花が咲いているのである。そして、門の戸をあけて内に入った時、玄関まで、植込みの続いている道に、宏は、節子が立っていたのと、突然に、顔が会った。人がいると見た刹那《せつな》に、節子とわかり、昔のままの白い笑顔が見えた。静かだった心に、驚いたような感情が湧いたのは、それから後のことであった。

「いつ、いらしったんです？」

「もう少し前。」

　と、答えて、

「京都は暑いんですね。」

　くちなしの花は、和服でいる節子の後《うしろ》に咲いていた。それを見に出ていたのだと、直ぐにわかった。

「小父さんは？」

「さっきから、お待ちしています。」

普通な調子で一所に玄関の方へ歩きながら、不意と宏は、満里子が送って来た日記のことを思い出して、自分が節子に悪いことをしたような感じで、顔に血が昇って来るのを感じた。

「何年振りでお目にかかったでしょう。」

笑顔を見せただけで返事はなかったが、それは七年ぶりであった。少しも変っていない、と宏は感じた。七年の月日が急に消えて、自然な様子で、前から続けて一所にいるような工合であった。

忠親は、出かけるばかりの服装をして、廊下で、椅子に掛けていた。

「や。」

と、宏の方へ会釈してから、節子に向って、

「一所においでよ。折角、宏君が案内してくれるのだ。」

「でも……」

と、静かに小首を傾《かし》げた様子も、昔のものである。

「お留守番しています。」

「若い癖に、なんだ！」

と忠親は叱るように言った。

「いつ来ても見られると言うものじゃない。丁度、いい時に来たのだからね。」

「でも、碌な御案内は出来ないでしょうよ。私も小父さんに曳摺《ひきず》り出されたようなもので、どこへお連れしてよいのか知らないんです。」

節子は、笑顔を宏に向けた。昔と同じ、心のときめきを、はっきりと覚え、宏は、瞳を庭に逃がしていた。

ハム・エッグス

急な石段になっている近道を吾が家の方へ亮助が昇って来ると、満里子がどこかへ出かけるところと見えて、夕日の色の輝いている丘の上から降りて来た。

「兄さん。」

と、遠くから呼んで、駆けるように急いで来て、

「姉さんのお店のこと、聞いた？」

「いや。」

と、亮助は無表情に答えた。

「何かあったのか？」

満里子は短気らしい様子で、

「何も話さないのね、姉さん、急に京都へ行くなんて、逃げたのね。」

「どう言う話？」

「兄さんが冷淡だから、いけないのよ。今になってから、美恵子さんが姉さんを捨てて自分だけ引込んでしまったのよ。」

「僕は、あの店のことは、あまり尋《き》かないことにしていたのだ。」

「御夫婦でいて、どうして、そんなに冷淡にしていられるんでしょう。さ、一所に行きましょう。」

「どこへ？」

「どこへって、白鳥によ。」

「休むって話だったろう。」

それよりも亮助は、行きたくないのだ。

「休んでいるところへ行って、どうするのだね？」

「店をあけるんです。」

「君がか？　それア、いけないよ。」

「だから、姉さんが味方なしに孤立して了ったんじゃありませんか。」

「僕は、最初からああ言うことを始めるのは反対だったんだ。素人で出来る筈はないんだから。」

「見栄も外聞も言っていられなかったのね。それに美恵子さんの話がお上手過ぎたし……満里子は決して悪いと思っていなかったわ。どんな商売だって、生活だと成ったら、ほんきでやるものでしょう。これは良い、これは悪いって区別なんかない筈よ。兄さんは、まだ古い考え方しか出来なくて、姉さんに少しも同情がないのよ。これだけ思い切ったことをするなんて、姉さんとしては大変なことだったのに。」

「家へ帰って聞くことにしようよ。」

無愛想というより、むっとしたように見えた。

「僕なんかが、そんな店へ顔を出して、何をすればいいと言うのだ。」

「そこを、お皿ぐらい洗う気持になって頂きたかったんです。」

「馬鹿、言うな。お帰り。満里ちゃんなんかが、口を出すことではない。」

「兄さんにはお皿が洗えないでしょう？　それが不思議なんです。」

「まあ、お帰り。」

「もっと満里子は真剣なのよ。逃げてはいられないわ、兄さんは、知らないことなのよ。」

亮助を捨てて、石段を降り始めていた。

呼び止めようとしていて亮助は急に無気力な感情に囚われた。満洲から帰って仕事もなしに暮らしている間に、いつの間にか癖のようになったものである。一つのことを追及する根気が失くなったようで、自分も不安に思っていたものである。

駅に近い運送屋の前を通ると、山椒魚の前島が、店さきに椅子を出して、何か本を読んでいた。満里子が通っても気がつかなかった。

改札口まで行ってから、満里子は急に戻って来て、声をかけた。

「前島さん。」

「やあ。」

と、顔を上げて見て、にこりとした。

「もう、おひまなの？」

「ええ、今日は休みだから。」

「では、あたしと一所に来て下さらない。」

「どこへです？」

「姉さんのお店。」

と、答えてから、

「ああ、洋服、持っていないのね。」

「そんな、おしゃれする必要があるんですか。」

「シャツだけ、きれいなの着て来て欲しいわ。そのままでは、困るんです。」

「難しいんだな。」

と笑っていたが、店の奥へ入って行った。満里子は外に立って待っていた。夕方で、駅からは、さかんに群集が吐き出されて、左右に分れて散らばって行った。埃ともガスともつかぬ濁った大気が街をつつんでいた。

　やがて、前島は洗濯した開襟シャツを着て出て来た。

「上衣《うわぎ》は要らないんですね。」

「いいでしょう、夏だから。」

「何か私でお手伝いすることが、あるのですか。」

「まあ、行って見てからでないと、満里子にも分らないけれど……私ひとりでは少し心細いから、来て貰うの。」

　満里子は自分で急に自信を失くして、これから行ったところで無駄なように心細い気持になっていた。しかし、大男の前島と一所になって見ると、この青年の素朴で、一本調子な性質が、急に突っかい棒の役になるように見えた。青年は例によって、口重く、向うから何か問いかけるようなことはなかった。

「姉さんがお友達とお店をやっていたの。そうしたら、そのひとが急に手をひいて了ったので、姉さんが困っているの。」

「京都へいらしったんでしょう？　駅のところで会って、自分も行き度いなと思ったんです。」

「厭になって京都へ逃げたのね。姉さんの弱虫ったら！　もっとも、そのお友達を頼って始めたことで、自分ひとりでは、どうにも出来ないと思って悲観したのでしょう。」

「何のお店です？」

「酒場。」

青年は、別に意外ともしないで、

「ああ、酒場ですか。」

と言って、

「三村先生も毎日そこへ行っていらっしゃるんですか。」

「違うわよ。兄さんは変人なの。自分の仕事以外のことは何も出来ないし為《し》ようとしないひと。」

白鳥の店は入口のドアに、「今日は休ませて頂きます」と節子の字で半紙に書いて貼り出してあった。

「きれいな字でしょう。」

そう自慢して見せてから、満里子は、勇ましくその札を剝《は》ぎ取った。そして裏口へ廻って留守番の老婆を呼び、戸をあけさせて、前島を連れて入った。

「電燈を、つけて。」

と、命令してから、どうしたらよいのかと思い惑ったように、満里子は、店の中を見廻した。

前島も同様であった。螢光燈が急にカウンターの天井に美しくともったのを、珍らしそうに見上げて土間に突立っているだけである。

「婆やさん、女給さんの人が来ていたんでしょう。どこに住んでいるのか分っていて？」

「電話番号が書いてあります。」

「遠いのかしら。とにかく、すぐ来るように電話を掛けて。」

留守番の者が出て行ってから、満里子は気がついて、身を屈《かが》めて小さい出入口からカウンターの中に入り、前島と顔を見合せて急に自分も照れたような顔色で笑い出した。

「なるほど、勝手が分らないものね。どうしたものでしょう？」

「お客さんが来たら、注文のものを出すのでしょう。」

と、前島はまだ棒のように突立ったまま、答えた。

「そんなことは、わかっているわよ。ああ、女給のひとが来れば、教えてくれるわ。」

「私のすることはないようですね。」

「まあ、いいわよ。附いていて頂戴、その内お客様が来てよ。」

「その場合、私は、どこに立っていればいいのでしょう。」

「なるほどね。男のひとが、ただ、立っているのも変だわね。」

「用がなくいるのは、間《ま》が悪いもんですよ。奥へ引込んでいましょうか。」

「待って。」

満里子は、カウンターの板に肱を突いて、小首を傾げた。もう少し前島がシャツもきれいで、髪の毛も、不精にもしゃもしゃさせていなければ、カウンターの中に立たせてもいいのであった。そして、女給が来てくれて代るまで、満里子が、美恵子がやっていた役をつとめるのである。

「いいわ。」

と、明るい声で叫んだ。

「前島さん、お客さまってことにして、そこのテーブルにいらっしゃい。ビールを出して上げるから、飲んでいらっしゃい。」

「そりア悪いですなあ。」

「悪くないわよ。変に突立っているのよりは形がつくわよ。演出ね。まあ、腰掛けて下さい。お客が誰れもいないのより、一人でもあった方がいいわ。」

「いや、お客ならば、ほんもののお客になりますよ。でなければ、わしは帰りましょう。」

「まあ、いいわよ。」

満里子は、冷蔵庫のふたをあけて覗いて見た。感心に氷も入っていた。

「よく、冷えているわ。」

と、ビールを一本カウンターに出して、

「取りに来て。」

前島は思わず苦笑した。

「ひどい酒場だな。」

「ここの店は、お客さんを使うことにするの。あなた、お酒が好きなの。」

「兵隊でしたし、労働していますからね。ああ、栓《せん》を抜いてくれなけりゃア……」

「なかなか面倒なものね。けれど、練習になるわ。」

「コップを忘れていますね。ビールをラッパ飲みするのではね。」

前島は、一本のビールを簡単に空けて了った。客は、まだ来なかった。

「不景気ですね。こんなに場所がよくて、もう少し客がありそうなものだ。」

と、彼は呟いて、煙草をくわえながら立ち上って、戸口から外を見に行った。のっそりした後姿を、カウンターから見送っていたが、満里子は急に変に悲しくなった。姉の影を感じたせいらしかった。

「前島さん、電報を打って来て下さる？」

「どこへです。」

「神戸の宏さんて、お友達のところ。」

「神戸？」

と、意外に思って、

「何て、打つんです。」

満里子は急に元気になって、いきいきとした顔色を見せていた。

「あたし、応援を頼もうと思うの。そのひと良い人だし、きっと加勢に来てくれるわ。」

「神戸とは遠いですなあ。」

と、前島は、もとの卓に戻って来ながら言った。

「わざわざビールを飲みに出て来るにしては、神戸は遠すぎるですよ。明日でいいことでしょう。それはそうと、わしに、ビールをもう一本下さい。」

「まだ飲むの?」

「お客になることに決めたんです。もう三本ぐらいは飲むでしょう。」

「ほんとに?」

「お客ですよ。練習のつもりで、そうらしく待遇して下さい。」

「そこまで運んで行くの。」

「そうですとも。」

前島は、ゆったりと笑って、テーブルから動かなかった。大きな体格で、満里子から見れば、不意に、粗野な空気を見せたように取れた。

「からかっては厭!」

「からかっておりませんよ。そうです。教育なんだ。客って者は、横暴なものなんだし、あんたのは、その客を機嫌よくさせるように待遇することなのです。」

「野蛮なのね。」

「そうです。野蛮なものです。金を払うか受取るかと言うだけでね。持って来たまえ。」

そう言ってから、急に短く言い放った。

「おい、ビール一本。」

「よして頂戴。」

「わしだから、しないのですか。」

満里子は急に可怖《こわ》くなった。

「いいわよ。お金、要らないわ。」

けれども、可怖かったので、カウンターを出て、ビールを持って来た。

「あたし、お酒のみ、嫌い。」

「それでは、商売にならない。」

と、前島は、特徴のあるゆっくりした笑い方を見せて、ビールの栓は親切に自分で抜いた。

「肴《さかな》を下さい。」

「おあいにく様。」

と、満里子は、答えた。

「山椒魚は、切らしておりますから。」

「はは、山椒魚ですか？　が、わしの言うのは、頭も尻尾もヒレもない肴でいいんだ。話だけでもいいんですな。」

不意に彼は自分から笑い出しながら、勿体《もったい》ぶって言った。

「どうだね、姐《ねえ》さん、銀座の景気は？」

満里子は怒ってカウンターの中に退いた。前島は、ぐいと、一気にコップのビールを空けた。

「田舎のお酒のみは、困るわ。」

「いや、東京のには、もっと困るだろうよ。けれどね、お嬢さん。東京ってとこは、変なところだね。どの人間を見ていても、足のない幽霊を見ているような気がして来るよ。」

「お国にお帰りなさいな。いることはないわ。」

「いや、見ているのは面白いからね。ほんまに、いろんな幽霊ばかり歩いているようだ。わしが訪ねて廻った戦友がね、みんな、しっかりした男だったのが、東京へ帰っているのを見るとね、幽霊だね。居る場所のせいなんだろうなあ。わしが顔を出したら、びっくりしたね。それに、皆、いそがしいことだ。呆れましたね。頭がいそがしいんだね。毎日のことと違うことが起ると、すぐに、びっくりして、どうしたらよいことか、判らないらしいんだね。山椒魚にも、わしが出て来たのを見て、皆、困ったような顔をするのだ。」

「山椒魚にも、びっくりしたでしょう。」

「ほんまに、それだ。」

と、前島は、自分でひどく可笑しがって笑い声を上げた。

「山椒魚が、喰って、うまいなんてことを頭がのみ込めないのだ。自分の、いつも喰っているものより他、喰えると考える余地もないんだね。不自由さねえ。毎日繰返していることにだけ安心しているんで。そのほかの事には、手を出すのが、おっかないのだ。わし等、何が起っても一向に平気ですがね。」

「…………」

「戦友の中に学校の先生がいましたよ。立派な家で、ピアノがあって、きれいな奥さんがいた。贅沢な応接間へ通されて、困ったことだと思って話していたら、うっかり戦地の話をしたら、急に癇癪を起したように、ボクは戦争は大嫌いだ。と頭から叱りつけられたんで、二の句がつげなかった。戦争なんて、わしの方がずっと苦労したし骨身にしみて嫌いなんだ。わしの上官で、シャツから、ふんどしまで、わし達が洗って世話してやっていたのに、急に、叱られたんでねえ。まあ、こんな話は、つまらないね。」

「あまり歓迎されなかったのね。」

「いや、こっちから行って見てやる気になって歩いたのだから、一度廻れば、自分は満足なんです。何かして貰うつもりはなかったんで。けれど、お嬢さんの家へ行った時は、びっくりしたなあ。あの時の奥さん達は、こんな家で暮らしているのかと思って。」

「やはり、幽霊に見えた？」

「いや、それは違います。」

と、はっきりと打消して置いてから、また、影のある様子で笑って、

「でも、今日はまた違ったね。あんなに大きな家に住んでいて。」

「……………」

「御免なさいよ。あんな贅沢に暮らしていて、やっぱり、東京のひとは、あぶなっかしいことしているんだなあって、ほんとうに自分は感じたのだから……」

「少しばかり幽霊に見えて来たってわけ？」

と、満里子は、真剣に、きめつけるように言い返した。

「けれど、私のような張り切っている若いひとをね。」

「でも、お嬢さん。」

と、前島は、満里子の顔を見返しながら言った。

「わし等から見ると、何だか、ほんきでなく遊んでいるように見えるんだね。足が地面に着いてないと言うのかしら。」

「それア私たちが素人だからよ。第一、姉さんは別だけれど、私、今夜が始めてでしょう。そうね。姉さんだって……他に方法がなくて始めたことだわ。でも、真剣なのよ。生活ですもの。」

「生活ったら、お嬢さん。」

と、前島は単純に言った。

「もっと、自分で汗をかくことでしょう。東京のひとは、まだ、それをごまかしているように見えるのかね。それで、わしなんかにはあぶなっかしく見えるのかね。これだけ金をかけて、なんだって、こんなことをしているのか、腑に落ちないね。」

「あなたには、分らないのよ。」

「ええ、わからないね。やっぱり金が余っているせいで、遊んでいるんだろうって考えるくらいだ。」

くやしがって満里子は言った。

「もっとぎりぎりのところへ来ているのよ。あなたには分らないんです。」

また、ゆったりと、前島は笑った。

「ぎりぎりのところって言うのは、まだまだ先がありますねえ。」

「もう聞きたくないわ。」

「はい。」

と、返事をしたのが、からかったのではなく、素直に承知したものらしいのである。

「自分も言い度くないですよ。もう一本、ビールを下さい。」

彼は椅子から腰を上げて、テーブルの上の空瓶を片付け、新らしい分と取換えにカウンターに来た。

「大丈夫？　酔って了わない？」

「心配してくれないでいいんです。けれど、ほんまに客が来ませんねえ。まさか、いつも、こうって訳ではないでしょう？」

　その理由は、電話で呼び出した女給が来てから、やがて判った。満里子よりは、ずっと年上だし、小ぢんまりと、ひき緊《しま》った顔立の女だったが、前島を客と見た様子で会釈してから満里子のところへ行った。

「御免なさい。おそくなりまして。でも、奥さまから、当分、お休みのようなお話でしたから。」

　こう言ってから、

「やはり、お店をお続けになるんでしょうか。」

「あたしも知らないのよ。」

　と満里子は言った。

「でも、美恵子さんも御病気がなおったら、また出ていらっしゃるでしょう。やはり、お礼のことなどが、原因だったのでしょうし、あの姉でしたら自分の方から譲って出るのに決っていますから。」

「あら。」

と、さも驚いたように、

「まだ、御存じないんですか。」

「何を？」

「藤代さんの奥さんは、他所《よそ》で、御自分のお店をお始めになるんでしょう。」

そんなことは、満里子は姉からも聞いていない。藤代夫人が、健康を理由に店を休みがちだったのが、突然に、やめると申入れて来たとかで、困っていたのを知っていただけである。

「御病気ではなかったの？」

「毎日、銀座でお見かけしますわ。実際は私も、こちらへいらっしゃるお客さまから始めて伺ったのです。御自分でやっているとは、流石《さすが》に、まだ仰有ってないようですけれど、新らしいお店に出て、いろいろ指図していらっしゃるそうですから、やはりお話のとおり、パトロンがお出来になって、そちらを御経営になるのでしょう。それで、お客さま方が、急にこちらへお見えにならなく成ったんです。」

「姉さんに、この店をやらせるように勧めたのは、美恵子さんなのよ。」

「ええ、ですから、このまま、このお店を引継ぐように、お話があったのを、こちらの奥さんがお断りになったので、他所で新らしくお始めになったと言うお噂《うわさ》ですわ。」

「聞いていないわ。」

と、満里子は、顔色まで変っていた。

「流行《はや》るのを見て、売らないかと言う話を持込んで来たとかは聞いていたけれど。そして、そんな話を他のひとでなく美恵子さんが取次いで来るのはどうしたものかって、大分前から姉さん、心配していたけれど……」

「その話が、それなんですよ。こちらの奥さんから譲って頂いて、御自分で、おやりになるおつもりだったのでしょう。」

「それで、姉さんがお断りしたので、ほかで始めて、ここのお客さまを取ってしまったの？」

「まあ、こう言う社会では、ないことでは御座いませんけれどね。」

「だって、何も知らない姉さんを無理に引込んで、この店を開かせて……まるで赤ん坊の腕を捻《ひね》るようなことよ。」

「…………」

「古くからのお友達でいて、それから、これまででも姉さんにはいろいろ世話になっていて。」

黙って聞いていた前島が急に言い出した。

「ビールをくれたまえ。」

満里子は、この男が一所に来ていたのを忘れていたのである。

「もう、およしなさい。」

「よしませんよ。」

と、前島は例のように笑っていた。

「ところで話を聞いていると、奥さんもお嬢さんも段々、影が薄く見えて来たんで驚いたんですよ。全然宙に浮いて了っているじゃありませんか。」

「同情ないのね。」

「いや、同情始めたところで仕様がないことですよ。同情すると言ったら、嘘だね。」

「黙っていて。」

と、満里子は叱りつけるようにして叫んだ。そして、ひとりで、わなわなして来たように、

「それで、美恵子さんのお店、どこか、知っていて？」

相手は、返事をためらったが、

「外からは見て知っています。」

「教えて頂戴。どこ？」

満里子の様子を前島は、注意深く見守っていた。何か考え込んでいるような面持だったが、思ったよりも彼女は平静に見えた。

身を屈めて、冷蔵庫の蓋をあけて、何か取出していたが、

「ハム・アンド・エッグスと言うのね。あたし、その美恵子さんのお店、見て来よう。」

と、急に言い出した。

「ちょっと、行って来るから、あとをお願いしてよ。」

そのまま、ひとりで、外に出て来ると、前島が附いて来ていた。

「よしなさい。」

と、彼は言った。

「見たところで、不愉快になるだけのものですからね。」

「あら！」

と、スカートのポケットに手を突込んだ姿勢で、

「愉快になることかも知れないのよ。あたし、美恵子さんに会って話して見るの。」

「何を話すんです？」

「姉さんでは、どうせ、言うわけがないから、私から何もかも話すの。」

「喧嘩をするんですか。」

「喧嘩ではないわ。」

と、満里子は答えた。

「喧嘩はもっと対等のものよ。姉さんのような人の好いひとを瞞《だま》して裏切ったんですものね。」

前島は、黙って一所に歩いて来た。何を考えているのか分らなかったが、必ずしも心配して附いて来てくれたのだとは言えなかった。

「けれど、世間て、そう言うものでしょう。」

と、彼は言った。

「奥さんが瞞されたのにも、きっと奥さんの方にも落度があるんですよ。」

「けれど、学校の時からのお友達なのよ。」

「困って来ると、人間って、悪いとわかっていることでも、して了いますよ。」

「それで、いいと仰有るの。」

「そうではないんです。何と言うのかなあ。良い生活をして来た人たちの間で急にこんなことが起ったから、目立つのですよ。」

「醜態だと思うの？」

「いいや。」

と、前島は、ゆったりした調子を失わなかった。

「あって不思議はないことなんですよ。そう腹を立てたら、お嬢さんの損なんだね。話しても、そのひとは、もとのようには成らないでしょう。反《かえ》って意地悪くなるだけでしょうよ。」

「平気だわ。」

と満里子は言った。

「あたし、姉さんのように気弱く引込んで了わないわ。敵ならば敵、味方ならば味方で、附くか離れるか、はっきりさせて出なおした方がいいと思うの。」

「もう、それが、はっきりしていることじゃないですか。」

と、前島は譲る気配なく、しっかりと言ってから、独りごとのようにして呟いた。

「わしから皆さんたちを見ていると、何か、ひどく足りないか、逆に、余分のことが多過ぎるような気がするんですね。」

満里子は、むっとして、思わず口走った。

「えらそうに言うわね。」

すると相手は驚くこともなく、

「そうではないですよ。」

と、おだやかに答えた。

「ただ、わしは、お嬢さんが、これから行って何を話したって無駄だし、言うだけ損だと思うんですね。」

「あたし、気の永い話、嫌いなの。」

「別に、いそぐことはないですよ。ゆっくりでよいことです。まったく、わしなんて東京へ来て、人間が急ぎ過ぎるので、びっくりしているくらいでね。」

「でも、私が言う権利はあるのよ。」

「それを言わずにお置きなさい、わざとね。」

　と前島は言った。

「ただ、その店へお客で入って、何も言わずに見て帰るんですね。その方が、何もかも言って了うよりも、きっと効目《ききめ》があるだろうと思いますね。向うのひとも、いけないことをしたのだから、自分が気がとがめているのだ。あなたを見たら、何か言われなくても気がさすでしょう。あなたは、黙っているだけでいい。下手《へた》に攻撃しても駄目なのだし、今夜のあなたは決して上手に話せやしませんよ。」

「黙って、お茶でも飲んで帰って来るの。」

「その方がいいですよ。姉さんが、どう考えておられるかも、まだ知らないんでしょう。」

「黙っていたら、相手の言分を認めたことにだってなるわ。」

　満里子は烈しい調子で、こう言い出したが、気が永くも見える前島の落着き方に知らずに同化されて来ていて、急に折れて出た。

「でも、今夜は、見るだけで帰りましょうか。」

「その方がいいんです。急ぐことはないんですから。」

「あたし、かっとする質《たち》よ。姉さんのようには行かないわ。」

「我慢するんですよ。」

店の名のハム・アンド・エッグスが、壁に英文で新らしいネオンライトで出ていた。ここだと思うと、満里子は、やはり急に胸が騒ぎ立ったが、連れは相変らず変に落着いた平気な調子で、

「ここなんですね。」

と見上げてから、逆に満里子を誘い込むようにして、自分から戸口をくぐって入った。

店に入って満里子の視線は、真直ぐに、美恵子が客のテーブルに加わって何か話込んでいたのに向った。果して美恵子は、ぎょっとしたらしく満里子を見て、客との話を途切っていた。

満里子も、あがり気味だったが、さり気ない前島の行動に習って、気を鎮めることが出来た。彼女は、店の中を見廻した。壁に油画の額があり、椅子も卓も新らしく、開店間もなくの、ぴかぴかした空気が目立っていた。

「満里子さんね。びっくりしたわ。」

と、美恵子が立って来た。

「妙なところで、お目にかかるわね。どうしたの？　姉さん、京都へいらしったって、お父さま、お悪いのじゃないでしょうね。」

満里子は、首を振って見せただけで、何も答えなかった。その動作が、はにかんだような子供っぽい表情に見せる。年が違う点から言っても、美恵子の相手ではなかった。

「何を御馳走しましょう。」

と、美恵子は言った。

「レモン・スカッシュのような冷たいもの？」

と、自分も椅子に腰をおろした。

「御免なさい。やはり、脚気の気味なんです。休んでないといけないのに、頼まれると、つい出て了うんでしょう？　このお店が開いたばかりのものなのですから。」

満里子が何か言い出しかねないと見て、前島が代って口を開いた。

「ハム・アンド・エッグスとは、こう言う店にしても変った名前ですね。洋食の名でしょう。」

「ええ。」

と笑って、

「でも、以前、横浜に同じ名前のお店があったと申しますわ。けれど、ここのは、私がハムのように肥っているからかも知れませんわ。」

「玉子が足りないわ。」

と、満里子が急に言い出した。

「では、美恵子さんが、このお店をなさるの？」

「いいえ、まだそうとも決っていないんです。調法に出来ていると見えて、お手伝いには呼ばれますのね。健康さえよければいいんですけれど……おちぶれたせいか易者の言うことなんか気にするようになったら、節子さんと私では、星まわりが悪くて、どちらにも好くないように言われたんです。満里子さんなんか、新らしい方だから、そんなこと、気になさらないでしょう。」

「私は……」

「私の方は脚気ぐらいならいいんですけれど、節子さんにも何か、よくないことが起るのでは、気になりますものね。」

「わしにビールを下さい。」

と前島は言い出した。

「けれど、自分のは、勘定を取って下さい。」

「あら、よろしいんですのよ。」

「いや、いけません。」

前島は、美恵子をカウンターまで追って行って、無理やりに金を払って戻って来た。すると、満里子が急に言い出した。

「前島さん、あたし、お先に帰るわ。」

慰めようのない、もっともな言分に聞えた。前島は、満里子の顔色を眺めて、急に可哀想になりながら、

「ビールを一本飲むだけですよ。我慢して待って下さいよ。」

と、椅子に腰をおろした。

美恵子は、自分で、ビールと満里子の為のレモン・スカッシュを盆にのせて運んで来た。

満里子がそれに口をつける筈がないと感じながら、前島が見ると、満里子はポケットから卵らしいものを一個出して手に持っていた。

「美恵子さん。」

「なアに。」

と、振向かずに返事だけすると、

「ハム・エッグスを、こしらえて上げましょう。」

満里子はテーブルで、かちんと音をさせて卵を割った。そして、パーマネントをかけてある美恵子の頭に、その卵の中味を落した。

瞬間の出来事だったし、始終を傍で見たのは前島だけであった。

「さよなら、ハム・エッグスさん！」

と、言う声を残して満里子が戸口から外に姿を消したのは、出がけに冷蔵庫から取出して持って来た一つの卵が、美恵子に取っては原子爆弾のような恐怖を与えた後のことであった。いくら若い娘でもこんないきいきとした顔色があるかと感心するようなものを、満里子は満面に示していた。

卵の中味は、縮らした髪にからまって、黄味が自分の目方で、垂れ下って肩に落ちるまで、正体がわからなかっただけに、悲鳴を上げて美恵子を立ちすくませた。肩から胸に落ちて見ると、それは、ただの卵の黄味であった。しかし、刃物で斬られたかとも思われた悲鳴で店中の客が総立ちになっていた。そして、前島は、実に当惑して来ていた。

「失礼な、……なんて失礼な！」

実際そのとおりだと彼は素直に感じて来たが、自分のせいではない。

「出て行って下さい。ハッちゃん、つまみ出して。」

美恵子が、こう叫んだので、若いバアテンが、カウンターから出て来て、前島の前に立った。

「帰ってもらいます。」

前島は、自分が金を払って、まだ手をつけてないビールの瓶を見た。

「こいつを飲んでからにしよう。」

大きな体格と、持ち前のゆっくりした調子が、青白い好男子だったバアテンに対して、自分も期待していなかった効果を発揮した。

「お勘定なら返します。」

「いや、もらったものだから飲む。」

不器用に、そう言って、腰をおろして、自分で瓶を取った。それから、他の客を見ると、全部の者が彼が向ける視線を外《そ》らしたのを見て、自分で落着いて来た。バアテンは立って番をしているだけで、黙り込んでいた。不意に、前島は、可笑しくて可笑しくてたまらなく成った。しかし、笑うのはまだ不謹慎なことだと信じられ、ごまかすのが苦労であった。出て行くのを急いでいたわけだが、一本のビールが、なかなか空けられなかった。その間に、彼は満里子のやった仕事を次第に是認して来た。

「あんた、誰れ？」

と、美恵子がまた興奮して出て来て、かん高い声で、前島を詰《なじ》った。

「満里子さんの何？」

「わし？」

と、首をひねりながら、見返して、

「下男ですよ。」

「大したお嬢さんね。帰ったら、よく、そう言って頂戴。いたずらにも程があるって。」

前島は、落着き払って笑って答えた。

「卵一つですよ。奥さん。」

「…………」

「わしは、何も知らなかったが、可愛らしいと思いましたね。まあ、奥さんは迷惑したでしょうなあ。」

「あんた、下男ですって。今時、そんな封建的なもの！」

「いや、そうですな。薪を割ってやっているんでね。だが、いろんなことがあるものですなあ。帰ります。お邪魔しました。」

やはり、彼は動作や語気に兵隊時分の癖が出た。

昔の祭

遠くないと定められた死の暗示がやはり宗方忠親の朝夕に影となっていたようである。祇園祭の宵宮の町を宏たちと歩いていて、それであった。

「大変な人だな。」

と、老人は笑いながら、節子を振返って見た。蒸暑い晩だった上に、押流したような人出で、車道に溢れ出るのを警官が出て、呼笛を鳴らして防いでいる。戦後急に体裁をかまわないのが当然となった街に、女も男もシャツ一枚なのが多いせいか、人に揉《も》まれていて他人の体温の海に突込まれたようなものである。人間の生きている活気と言うのだろうか？

「裏通りへ出ましょう。」

「うん、これでは蒸風呂へ入っているようなものだ。」

漸く、辻を折れて、人がまばらに成った道に入ってから、

「だが、人間が多い。戦争で死んだのにね。」

無慈悲なほどに、と忠親は付加えたかった。生きている者の力は強い。年寄などは押しのけられる。そして、今、たくましくしている者も、いつかは死ぬ時が来るのだが、元気でいる間は、それを無視して、そんなことは有りようがないと極めて平気でいられる。これは、忠親自身が、そうでないとは言えない。来年のこの祭を自分が見られるかどうかと、考えて、現在のままなら、まだ見られそうな心持でいる。では、その次の年は？とは尋ねようとしない。そこまで考えなくともよいと信じているのだ。忠親の場合に、死は不思議なくらいに、清明な感情で考えられた。怖ろしくないのである。いざ、その場に立ち向って見なければ、何とも言えないじゃないか、と言うのが返事である。

　気力の弱っている時など、いつもよりも最後の時が近いような考えを誘われていることがある。その時も、気にしたところで仕方がない、と忠親は考え直す。若くて戦争で死んだ人々のことが、頭に泛んで来るのも、そう言う時であった。失敗に終った一代としても寿命を先《ま》ず生きて来たのは、その若い人たちに対して一言何か断らなければならぬことだと忠親は正直に信じている。もう二度と世間に立てない自分が今もいのちをむさぼっているのは余分の恩恵に違いないからである。戦争が順番を狂わせなかったら、彼も、こうは

考えなかったろう。やはり、忠親は、過ぎ去った戦争を怒り悲しむ心が烈《はげ》しい。その為に、自分の一代の仕事が亡び、唯《ただ》一人だった孫まで死なせたことを、忘れられないのである。

それにしても、来る日、往く時を見送るのに慣れてしまっていた。悲しくも、平気になって了ったと言うのだろうか？　それも、老年のせいであろう。どこで幕を引こうが、よし、と思うのである。

三人が入った裏町は、細長く東西に通った往来の両側に、高張提灯が列《つら》なって点じられて、灯の、林に向ったようであった。柔かく美しい光の連続である。けばけばしく光り輝く電燈ではなく、家毎にその家の定紋を見せた提灯で、暗い町が、なお奥行を深めている感じである。さすが、京都と思われる。

そして、どこの辻からともなく、飾りつけてある鉾《ほこ》の祇園ばやしの笛やカネが、優雅に聞えて来ていた。

「やっていますね。」

「うむ。」

と、忠親は、節子を振返って、

「あれが、祇園ばやしだよ。コンコンチキチコンチキチと言っているのが。」

節子が、父親の様子に笑顔を向けると、

「優しいものだ。関東のとは違う。」

「落語に、何かありましたね。上方っ子と江戸っ児が、祭ばやしの自慢をして喧嘩をするのが。」

と、宏も耳を立てながら言った。

「コンコンチキチですか。」

「そうらしい。のどかだね。織田信長か秀吉が出てから、この祭を今のようにさかんにさせたと言うのだろう。信心の方は、昔ほどでなかろうが、祭の形だけは何百年と変らずに、親のやったことを子供の代に、また繰返して孫の代に伝えて来た。」

忠親は、そうして過ぎて行った長い時間のことを考えた。一代ずつ、人が死んで行き、残った子供が、また、この祭を年々に繰返して、その子に代って行った何百年と言う時の流れのことである。細長い町の夜に列なる提灯の林は、それを思うのに、不釣合とは感じられなかった。むしこ造りの、外側に格子《こうし》をはめた古い家々は、鯨幕《くじらまく》を張り、店の中を片付けて屏風《びょうぶ》を飾り、段通《だんつう》を敷いてあるのも覗かれた。家人は祭の気分に浮かされているらしく、門口に出て立ったり、縁台に腰かけて、通る人間を眺めて、知りびとと見ると言葉を交《かわ》した。

晴着を着た子供たちが、縁台に置いた煙草盆の火をつけて線香花火を燃やして遊んでいる。

節子は、これを見て、目を輝かした。忘れていた世界が、不意に、花火の光を囲んで、闇の中から浮き上って見えたのである。子供たちは、日本の晴着で帯を締め、女の子は白粉《おしろい》で顔を化粧していた。無論、お祭の為なのだ。いつもは別の、現代風の便利で簡単な服装をして、はね廻っていることだろう。

「花火なんて、忘れていた。」

と、宏が無邪気な声を上げた。

「いや。」

と、忠親も立ち止って見まもって、

「今夜は賀茂川で花火の大会もやっているのだろう？」

「いや、私が忘れていたのは、この、子供の線香花火のことなんですね。」

「いや、そう言えば、何もかも忘れて了っているわけだ。おとなに成って了ったり、年取ったせいかね。いや、五年前に在ったことさえ覚束ない。よく言うが、人間が死ぬ時になると、急に一代に在ったことを思い出すって？　あれは、ほんとうだろうがね。行手が急に何もなくなるせいで、歩いて来た後だけを振向くものかね。」

　前から、宏が気にかけていたのは、忠親が、死と言うことを、よく口にすることであった。これも、その話である。抗議したいような心持で聞いていたが、忠親は決して暗い気持でいるのではなく、明るいのだった。年取ると言うのが気づかず緩やかに人間が死んで行くことなのだと前に話したが、その言葉どおりに感じていて、動揺はない。

「老人には、過去に在ったことだけが、いのちだ。」

と、忠親はまた言った。

「だが、私にはまだ、毎日、目の前に起ることが残っている。これは、大切だね。大切と言う言葉の古い意味で、大切なのだ。知っているかね？　大切と言うのは、もと、愛と同じ意味で用いられていた。失《な》くせないのだ。決して離れられないのだ。」

翌《あく》る日の昼の本祭にも、宏は、鉾の通る通りの知人の家に、忠親や節子を案内して見物した。ひどく暑い昼間だった。鉾もこの白日の光で絢爛《けんらん》として動いて行くのを見るよりも、前夜、数十の提灯を鈴蘭の花のように列ねて、暗い町辻で優雅なはやしを聞かせているのを見た方が、風情あるような心持がした。古いものを見るのには、夜の光の方がよいのであろう。ただそれこそ織田信長の時代に渡来して今日まで伝えられているゴブラン織の飾り幕の色が、夏の光をあびて如何にも鮮やかなものだったのが目に残った。青い色が特にきれいであった。

暑さで、忠親はひどく疲れたらしく見えた。宏から頼んで、奥の部屋で休息させて貰った。

籐《とう》をこまかく編んだトモシロに、忠親が上衣を脱いで横になったのを見ると、思ったよりも瘠《や》せていて、見た目にも軽そうなのが気になった。祭はまだ終っていず、祇園ばやしが遠くで聞えていた。忠親の休息を妨げまいとして、遠慮して宏は廊下に出て坐った。

節子は、父親に団扇《うちわ》で風を送っていた。宏が坐っている廊下からは、よし戸を透して、団扇の動く白い影が見えていた。間口が狭く、奥行の深い京の町家に独特の建て方で、採光の悪いのが反って今日のような暑い昼を日に遠く涼しく感じさせた。日光は、石の井戸のある狭い庭を隔てて、あたっているだけである。井戸の根もとに背のひくい木や下草を植えて、土には苔がついている。眩《まぶ》しく晴れた空に屋根越しに祇園ばやしが伝わって来るだけで、屋内は真昼のものうさを籠《こ》めて実に静かであった。

何を考え出したのか、不意と、忠親は、目をあいて節子を見て、言い出した。

「三村は、まだ何もしないでいるのか？」

節子が頷《うなず》いて見せると、忠親はまた目をつぶって黙り込んだ。

「つらいことだね。」

と、暫くしてから忠親は、また、口を開いた。

「わしのように、もう一生が終って了ったものとは違う。あの年齢で、する仕事がないとはね。」

そうした内輪の話が不意に出たと言うのが忠親の気性として珍らしいことのようだし、第三者として宏が聞いていては悪いような、異様に切迫した空気が、忠親の語勢には感じられた。

用があるように見せて、宏は立ち上って廊下を出て来た。店の方には、鉾の見物も終った客が、往来の雑沓がやむのを待っているらしく、まだ残っていた。盛装した舞妓が二人連れで、取り忘れられたような調子で、畳廊下に坐って庭を眺めていた。

店の主人は、浅黄の紋服に袴《はかま》、白足袋《しろたび》で、扇子を持って、客に応対していた。張り廻してある六曲の屏風を眺めて、宏が、蕪村の筆だと気がついた時、お祭らしい天気でよかったと、人が長閑《のどか》に挨拶しているのが聞えた。屏風の前には、花が生けてあった。

いつもは閉ざしてある出窓の格子を全部、取払ってあるので、日ざかりの往来が、じかに、暑苦しく店の中とつながっていた。鉾が帰って行った後で、見物の群衆は急に動き出していた。

宏は、忠親が老人のことで不吉なことまで想像し初めていた。落着かなく成ったので、舞妓が人形のように帯を垂らして坐っている畳廊下を通って、戻って見た。

杉戸があけてあるところから、節子が縁側に出て、立って庭を眺めているのが見えた。静かな様子なので、自分が入って行ったものかどうかを、ためらった。その宏の影を感じたらしく、節子は振返って見て、微笑し、父親の方を眺めてから、忍び足で出て来た。

「うとうと初めましたの。」

と、小声で告げて、

「でも、こちらに御迷惑じゃ御座いませんか？」

「そんなこと、御遠慮無用ですね。」

と、宏は答えた。

「僕から断って置きますし、まだ気分がお悪いようだったら、お医者を呼んでもらってもいいんです。」

それまでのことはなかろうと、節子は打消した。

「ただ、暑かったからでしょう。」

「僕らでも、こたえましたからね。でも、御元気なんですねえ。」

これは無沙汰していた永い年月に触れた言葉だったと気がついて、宏は言い足した。

「病人のようじゃない。」

誘われるともなく、節子は、宏に附いて、畳廊下まで出て来ていた。

「宏さん、御迷惑でしたのね。」

「とんでもない。僕の方から無理に誘い出したようなもので。」

壁に寄せて、籐椅子のセットが置いてあった。そこからは、丸窓の簾《すだれ》越しに、忠親のいる部屋も見える。

「お掛けなさい。」

と、すすめて、

「お薄（茶）でも貰いましょう。」

節子がとめる前に、宏は、幅のひろい背中を見せて、廊下を出て行った。

　そして、戻って来ると、

「もう、外も静かになって来ましたから、帰りの自動車も呼べる。どうせ、僕もお送りしますから。」

　夕方に大阪から真下頼子が来て会う約束になっていた。それまでに時間は、まだ充分あったのだが、その約束が、ひそかに今は重荷と思われていた。静かにしている節子の前に、何か自分が、きらきらして落着かないものに見えるような感じだった。

　節子の目を驚かして、きららかな衣裳の舞妓が、ふたりして菓子と薄茶をささげて出て来た。真昼の光は、不自然に厚く塗った白粉の下にも、若い生気を感じさせた。小ぶくさは、鮮やかな朱色に金を散らしていた。

「きれいなこと！」

　と、賞められて、子供たちは目で笑ったが、整い過ぎた顔立は、彫刻した人形のように取り澄《すま》した感じで、長く垂れた帯を揺るがせて、遠のいて行った。

「京都ですことね。」

　と、節子は、静かに言った。

「お蔭さまで、やはり、来てよかったと思ったわ。」

「これだけのものなんですよ。」

「でも違ってよ。」

節子は、不快なことがあって一時だけでも離れて来た東京のことを思って、顔に影をさした。

「いつまで、おいでです？」

「さあ、わかりませんの。遊んでばかりいられないでしょう。」

と、笑顔を向けて、

「あたし、働いてますの。」

「そうですってね。」

「変りましたわ。いいえ、世間だけでなく、私が。」

「そうは見えない。」

と、宏は、思わず、力を入れて言ってから、知らずに、その話を避けようとした。

「この前、高山寺へ、いらしったんですって？」

「あすこは何もなかったでしょう。」

「ええ、まいりました。」

「でも、よ御座んした。」

一枚ずつの楓《かえで》の葉が、光に濃淡を分けられて空を隠している静かな境内《けいだい》を、それから、苔のついた石の登り坂を、急に思い泛べていた。妹が小さい虫に刺されたと言って、大げさな、足踏みして踊るような形を見せたことも。

「ああ、満里子が、いつも……」

「あ。」

と、宏も笑って、

「よろしく言って下さいよ。時々、愉快な手紙をくれるんだけれど、どうも、いそがしかったり、筆不精して……」

「ほっといて下さって結構なの。」

その満里子の明るい姿さえ、現在の節子には、思い出して見て、やはり荷物の一つに成っていた。ただ、それを、誰れにも明かせず、心ひとつで、あせるだけである。

節子も、話題を変えるのを急いでいたようである。

「宏さん、やはり、方々を、お歩きになって？」

「そうしたいんだが、なかなかそう行かないのでね。」

と、自分も笑って、

「変りましたよ。自分も知らない内に。」

「あら、宏さんは、ちっとも変ってないわ。変ったのは、私です。」

「そうは思わない。」

一気に言って了ってから、触れてはならぬ話題にまたも近付いたのを知った。

「変った、変らないって、まるで、お爺さんお婆さんの話のようだ。」

「ほんとに！」

忠親が起きなおったのが見えた。節子を相手に話しているので、宏も見に行くと、老人は柔和に笑って迎えた。

「世話になったね。宏ちゃん。」

と、昔の呼び方をして、

「心配かけたが、胃が重苦しかっただけなのだ。もう治った。」

その癖、不意だったせいもあって、少し前まで、このまま一度に悪くなるのじゃないか、と忠親は未知の不安を感じていた。考えて見ると、どう言う工合にして自分の最後の時が来るのか、まだ医者に説明を求めてなかった。用意に尋《き》いて置くことだと信じた。若い者の前で、とりみだしたようなのが、羞《はずか》しかった。それだけ気力が戻って来たのである。死を怖れているのではない。死ぬまでの経過が不安なのである。

「我慢なさるのは、いけないんですよ。」

「そんな無理はしない。もう普通になっている。」

庭石に、大きな蜻蛉《とんぼ》が降りて翅《はね》を休めているのを見た。子供の時分、見つければ夢中で後を追ったことがあった記憶が、頭に走った。

「蜻蛉だね。」

と、忠親は言った。

「ひどく、久振りで見たものだ。」

宏は、忠親がまだ動きたくないので、そんな小さなことに、さも興味を感じたらしく、話込んでいるのだと思った。蜻蛉は、作りもののように、いつまでも、石にとまったまま動かない。

「人間って見ているようで物を見ていないものだ。」

と重ねて忠親は言った。

「いそがしいから、見て来られなかったと言うことだろうがね。また、見ようとも求めていない。皆素通《すどお》りして忘れて来て了うのだ。出来れば、もう一度、君なんかの年齢になって、この世を生き直して見たいものだが。」

と、明るく笑った。

「人間が気がつく時は、もう遅いものなんだよ。君ぐらいの時から用心した方がいい。間に合わなく成ってから、ああすればよかった、と考えるようではね。」

宏は、忠親の方に頷いて見せ、節子を見ていなかった。節子は、父親が脱ぎ捨ててあった上着を畳み直しながら、顔を上げなかった。

忠親が大阪の病院に来ると聞いた日に、容態を尋ねるつもりで宏は神戸から出て来た。

主治医は、前から名を知っていたひとである。受付で問い合わせると、まだ忠親は、来ていなかった。病院の前にある川に、爽やかな夏の朝の光が対岸の建物の影や色を映していた。

この大阪の市中の川を宏は以前から好んでいた。ゆたかな水の上に通る舟を見たり、対岸に建て混んだ家並や、人が出入りして動いているのを眺めながら歩いて、決して倦《あ》きない。町の中に美しい川を持つのは、都市として他に取換えるもののない幸福なことである。

河岸づたいに歩いていて、眺めは絶えず変化する。明るく動いている風景である。形もペイントの色も新らしい汽艇が、星条旗を立てて、幅を厚く川波を起して通って行くのも見送った。波のあおりは他の舟を揺り上げて騒がせながら、岸の石崖を強い勢いで洗って次第に川筋を上って行く。鎮《しず》まった水面は、もとの滑《なめら》かなものとなって、風と光に戯れはじめる。果物の皮だの、野菜物の屑《くず》が漂って来ても、邪魔とは思われない豊かな水の量である。その水は、鈍い色をして、きらめいている。

甕《かめ》の形に竜舌蘭を植えた欄干にもたれて宏は川を眺めていた。街路樹の柳が緑の枝を垂らして、日陰を作っていた。付近の会社や事務所で働いているらしい若い娘たちが絶えず通る鋪道であった。如何にも都会の夏らしい、あくぬけた近代風景が出来上っている。御《み》堂筋《どうすじ》の銀杏《いちょう》の並木が繁って青い影を抱いているのも、背景として美しい。水のない神戸から出て来るとつくづくと羨しいのである。時計を見てから、宏は御堂筋に出た。洋画や古い陶器など飾った店の窓を覗いて歩いた。それから喫茶店にも入った。

忠親に附添って節子が一所に出て来るように宏は期待していた。静かな心持で節子のことを考えることが出来た。会うのを自分の方から避けていたし、会えば、やはり、切なかった昔の心が戻って来そうで、厭だった。思いがけず、すらすらと、もとのように近付き、平気な心持で、向い合っていられるのが不思議に思うくらいであった。それだけ時が経ったと言うのだろうか？　あるいは自分も知らぬ間に成人《おとな》になっていて、若い日の感情の嵐は過ぎ去り、落着くところへ心が落着いたと言うのだろうか？

ある淋しさはあっても、宏は幸福を感じていた。彼は老人としては気性の明るい忠親が好きだったし、昔のまま敬愛を感じていた。他人と居る時とは別の、うちとけた心持でいられるのは、少年の日に受けた影響が、今日また戻って来ても、少しも無理と思わせないからであろう。それに老年と病気でいる忠親に、働きざかりの自分が何かの役に立てば、と言う感情が、子供が親に向った時のように自然に動き、自分が楽しくしていられたのである。

道をもどって、病院の玄関に入ろうとすると、丁度節子が内から出て来たのと会った。

「どうしたんです？」

節子は、笑顔を作った。静かなのが、昔のとおりな笑顔であった。

「附いててては、いけないと申しますの。」

「なぜ、でしょうね。」

「ゴムの管をのんで胃液を取るんですって。おれが迷惑なのを、附いて見物してることはないだろうって。」

如何にも忠親が言いそうな挨拶だったので、宏も微笑した。電話で話した医師の命令で、忠親は昨日から絶食して胃液を見て貰う支度をしたとのことである。

「長いゴムの管を呑むんです。厭がっていました。」

「では、伺ってもお目に掛れませんね。」

「夕方まで来るなって。」

「すると、あなたは？」

「追い出されたのですから、どうしようかと思っていたところなの。」

「御案内しましょうよ。どこへでも。」

不意に、宏は思い立って、

「いっそ、神戸を見に来ませんか。夕方までなら時間も充分ありますから。」

節子は、ためらうような顔色になった。

「ねえ、いらっしゃい。僕の店も見て下さい。満里ちゃんは一度訪ねてくれたけれど……」

「夕方までに帰れますの？」

「無論ですよ。折角、ここまで来たんだから神戸も、どんなに変ったか見ていらっしゃい。」

節子は、まだ決断がつかない様子だったが、誘われるままに、宏について歩き出した。

「映画でも見て、待っていようかと思ったんです。」

「それでも時間が余りますね。映画を、二箇所見るのは労働だし……」

「神戸は焼けたんでしょう。よく、満洲の帰りに、歩きましたわ。タワー・ロードって言うんでした？　広い坂道になっている静かで、きれいな街。」

「ああ、御存じだったんですね。あれは、バラックの街になって了ったけれど。どんなに変ったかを見るだけでもいいでしょう。満里ちゃんは、気に入ったようでしたよ。そうだな、節ちゃんは違うから……あるいは、見て、がっかりするかも知れない。古い神戸の面影らしいものは、実に少ししか残ってないんでね。」

電車は空《す》いていて、並んで腰かけることが出来た。膝を並べて席を占めてから、宏は、自分が何気ない気持で運んで来た仕事に、急に心にぎょっとするものを覚えた。満里子が送って寄越した節子の昔の日記に「新響の演奏会に行く、宏さんのお隣りに坐る」とだけ書いてあった日があったのを、はっきりと思い泛べた。同じように、宏は、ここで節子と並んで走る電車の響につつまれていた。車が揺れて、ふたりの肩と腕が絶えず触れ合っていた。窓の外を見て無言でいる節子が何を考えているのか知らない。新響の演奏会に行った折に、日記に書き残すほどの深い感動を与えたとも知らずに過ぎたのと同じことで、心の中に在る世界は外から覗けないのである。

今更に、日記を手に取って読んだことを宏は後悔した。物を盗むことなどよりも人間を裏切った卑劣で下等なことだったと腹立たしいのである。自分の義務は、どこまでも節子に、その事を感じさせないことであろう。そう考えた時、新らしく雄々しい感情が宏の胸に動いた。知らなかったとは言え若い日に不幸を感じさせた相手に、重ねて、借《かり》が出来たようなものである。

彼自身は、節子と一所にいることを、失われた幸福が戻って来たように感じていた。別れて離れていた歳月が急に消え失せて、昔の時間がそのまま続いて来たような自然な心持さえしていた。節子に良人《おっと》があることも気にならないでいるように思われる。心から節子を好いているのだ。二度と離れまいと、出来るものなら告げてよい。内気で臆病だった昔の自分とは違って来ているのも自覚出来た。熱情を調整出来ると信じていられるのである。節子の日記は、忘れて了うことであった。節子もまた、成人になっている。そんなこともあったと、振返って笑うだけで、すべては過ぎ、現在の心は別の方角に向っていることであろう。この世に生きて行くと言うのは、若い日に夢でくるんで想像したものとは確かに違うものなのだ。

六甲山の麓《ふもと》の丘の上に、赤や青の鮮やかな色に塗ったアメリカ村が出来ているのを、宏は指さして教えた。

「洋画の風景ですね。」

と、言い添えた。

「かなり高い場所だが、自動車やジープがあるから、平気で神戸に往復する。」

節子は、無言で、それを見まもっていた。六甲には、山腹まで雨雲が降りて、濃淡のある墨画のように見せていた。その前景に夏の光を受けて、かなりの数の洋館が強烈な色彩を屋根瓦や壁に燃え立たせているのだった。遠方で小さく見えるせいもあるが、子供の積木の家を見るような思いがする。何としても、色が派手で、節子ならば住んでいて、気が鎮まる時がないのではなかろうか？

宏は、海の方を眺めていた。白い入道雲が幾つか重なり合って沖に立っていた。日記のことを忘れなければならぬと思い立ったせいだろうか、暗記して了ったと言ってもよいくらいに明白に、それぞれのくだりの一言一句が、抑える術《すべ》もなく次々に頭を持上げて来ていた。消え去った過去のものとしても、その節子が隣りにいるだけに、苦しいようであった。日記の最後のページであった。

「これからの私のいのちには、自分と言うものがないものに成る。いつまで生きて行けるのか、それまでは自分の為でなく皆の為に生きて行くのだとすると、節子と言うものは、ここで、なくなって了う。それならば日記をつけることはない。」

車の方向が変化したのか、太陽が廻って来て、節子の横顔を彩った。金粉を塗ったように眩しい光が、顔から胸に縁《ふち》を取って輪郭を鮮やかに示していた。この苦しい世の中に住む生身《なまみ》の姿と、新たに考えられるものであった。

「見て下さい。ごたごたしているだけなんですけれど。」

店に入りながら、宏は、こう言った。大学生だった自分が、その後成人して、とにかく、これだけの店をやっている。彼は、節子にこう告げたわけである。自分の家を見せると言うのは、自己を紹介することなのだ。

「家の仕事を自分がやるなんて、考えなかったんだけれど。」

「宏さん、美術史を勉強するんだって仰有ってたのね。」

と、節子も昔のことに触れて出た。

「大学院にお入りになって……」

「変りましたね。だが、偶然が幸いしたとしても、自分の勉強に関係のない仕事ではなかったのだ。」

と、自然に話に力が入った。

「ヨーロッパへ行って、方々の美術館を見て歩いていて、急に、親の仕事の家具に心を惹かれ初めたんです。世界的に知られた大家の画だの彫刻とかでなくて、地方地方に残っている昔の工芸品ですね。それこそ誰れが作ったのか判らない、古い時代の無名の職人の仕事なんだけれど、それが稚拙《ちせつ》なものでも、何とも言えない美しい物を残しているでしょう。驚きましたね。こんな世界があるのかと思ったんです。ただの椅子やテーブルには違いないし、親方の雛形の真似をして弟子《でし》も作ったものなんでしょうが、今の職人には出せない美しい線や、模様を出している。それが行く先々の田舎で、特色のあるものに、ぶつかるんですから驚きましたね。もっとも、まだ自分の仕事にする気はなかったんですが、おやじに見せてやろうと思って、スケッチしたり写真を集めていたら、段々、病みつきに成って了って、……巴里にいるよりも田舎を廻って暮らしてる時間の方が、いつの間にか多くなって了ったのです。」

　宏は、自分が嬉しそうだった。

「変なことに成って了いましてね。」

「いいえ。お倖せだわ。」

「僕も、そう信じて来たんです。けれど、日本へ帰って、真似だけでも、そんな仕事がやれるとは考えなかったんですがね。帰って見たら、日本にも同じような職人仕事でも、立派なものが古くからあるのに気がついて、二度びっくりしたんです。ヨーロッパで目をあけて貰ったから、それが見えたんですね。こういう仕事で日本人の腕と言ったら大したものだったんですよ。今、内にいる爺さんの職人でも外国には、もう居ないと言ってもいいくらいですね。ほんとうなんです。」

「…………」

「ただ、誰れにも、しっかりした良い仕事をするチャンスがなかった。注文もなかったんだし、腕も落ちるし、弟子も続かなく成る。それに、やらして見たんです。当人も知らずに持っている可能性を、ひき出して細工をさせて見る。仕事をやって腕を揮《ふる》わせて見ると、実に平気なくらいに楽にやってのける。現代のフランス人でも、もう出来なかろうと思うようなこみ入った仕事を、日本のノミやカンナを使って、苦もなく、こしらえて来るのには呆れた。昔の大工の仕事などを見ても、判ることですがね。いや、失敬、自分のことばかり、喋《しゃべ》って。」

「いいえ、宏さん。……」

節子は、急に顔を染めた。何を言おうとしたのだろう、と自分も迷いながら、

「お倖せなのね。」

節子は、手に余って捨てるようにして離れて来た東京の店のことを考えて見た。ただ必要に追われて踏み込んで了ったものである。打込むまでの心持がなくて、他の力に曳摺《ひきず》られて動いていたものなのだ。

「御自分のお仕事をなさるのが、そんなに楽しかったら。」

「いや、そう言う仕事ばかりとは言えませんよ。雑な注文も多いんです。けれど、時折、

自分の道楽をさせて貰う。アメリカ人にも目があって、仕事を解ってくれる客が稀れにいたんです。」

　やはり、宏は熱心な性質を見せた。節子は若い日の宏を思い出した。古い建築や仏像の美しさに、惹き附けられて熱中していた宏である。年月の隔たりはない若さであった。

「この仕事には、確かに人の知らない未来や希望があります。職人の腕を、戦争前のものに帰らせたら、それだけで外国人を驚かすことが出来ます。実際、やらせて見ると誠実で確かな仕事をしますからね。ステインレスや合成樹脂の家具が目新らしく悦《よろこ》ばれているようですけれど、木工家具の味や、落着きは別のものなんです。使って見るほど、愛着が湧くと言うようなことは、ステインレスの世界にはないと僕なんか考えてます。そして、他のものでなく木を扱わせたら、それこそ日本の古い職人ですね。松だの、桐だの、楢《なら》だの、豊富に木の性質を知っているし、チーク材や黒檀、紫檀などの外国材を渡しても、自由に、こなして見せる。」

　宏の調子に節子は、思わず微笑した。実に、若い日の彼と変りない。他のことには気弱くも見えるくらいに、つつしみ深いひとが、急におしゃべりになり、ひとつ話だけになるのだ。そして、自分の心からの微笑が、逆に節子を淋しくさせるのだ。離れて暮らして来た間のお互いの変化が、こう明白に見えるのでは、知らぬ間に自分が、どう落ちて来たかに気がつかずにはいられない。希望を持っている人間と、失くした者との相違ばかりとは言えない。現実に強く生きているか、敗れて力なく生きているかの相違なのだ。

「久振りよ。宏さんが、そんなに話していらっしゃるのを見るの。」

「そうだ。」

と、急に照れたように笑って、

「いや、僕だって、そう、誰れを見てもしゃべるわけではないんだ。話したところで、わかってくれない人間もいるから。」

「…………」

「節ちゃんなら、僕の仕事を、わかってくれると思ったんだ。そうでしょう、日本は木の種類に豊富に恵まれているだけでなくて、まだ腕のいい職人の伝統が細々とながら残ってるんです。若い者が戦争に出て力が落ちて了っていても、今の内ならば、まだ失くしたものを回復出来るんだ。」

満里子が来た時よりも店の内は充実していた。

「麻雀テーブル。中国人の注文の品なんです。それから、この寝台を見て下さい。フランスのブルターニュの田舎に残っていた古い形式を取って自分で設計して見たんです。全部、チークに彫刻さして、永い間かかって、やっと出来上ったので。」

モデルが他に在るものとしても、自分の工夫を加えた設計を腕のいい職人に任せて作り上げた悦びは、つつみ切れなかった。別れてから後の自分を紹介するのに、この寝台を見せるのが、宏としても実は頂点だったのだ。寝台と言うよりも、これは彫刻した模様で飾った重々しい寺院の祭壇か何かを眺めるようであった。慣れない目にも、落着きのある確実な坐りようと、手の込んだ装飾の素朴なりに優雅なのが見えて来た。

「これ、獅子です。可愛らしい獅子でしょう。この葉飾りはアカンサス……」

説明しながら、自分が、ほれぼれと、手でさすりながら、微笑が絶えない。

「アメリカ人が来て、見てびっくりしていましたね。日本で造ったものではないだろうって言うんです。」

「こんな寝台におやすみになる方も、いらっしゃるのね。どこの方？」

「いや……僕が道楽させて貰ったようなものですよ。けれど、これだけ難しい仕事を仕上げると、新らしく自信が湧いて来る。職人たちが、やはり、そうでした。硬いから細工しにくい木なので……カンナまで工夫して特別に幾つも造って、やっと仕上げたんです。スプリングにも銅線を使って……ちょっと腰かけて御覧なさい。」

花模様のある藁布団《わらぶとん》に、節子はほほ笑みながら、腰をおろして見た。柔かい弾力が腰に伝わって来た。

「贅沢ね。あたしなどには、可怖いくらい。」

影がさすように節子は、傾いて来た自分たち一家の運命を感じた。殊に、年を取っていても昔のまま屋根を支える柱のように自分たちをかばってくれている父親の病気のことを思った。ひょっとして、これで父親が倒れたら？ そこまで自分が想像しようとしているのに気がついた。この寝台とは別の消息である。

「もう、そろそろ失礼致しましょうかしら。」

「どうしてです。まだ、早いですよ。いらしったばかりで。」

父親のことが気になる、とも言えない。落着かぬ心持で、節子は、寝台を撫《な》でながら、この店の中を見廻していた。やがて帰らねばならぬ東京で、当然に自分を待っている事情も胸をかすめて過ぎた。もとは決して、そんなことはなかったつもりだが、この寝台などを作らせるような豪奢《ごうしゃ》な生活をしているひとが居ると聞いて、自分たちの落目が急に惨めに見えて来るような、どことなく、さもしい性質が自分に出来上っているのだろうか。

「クレオパトラのような方の寝台ね。」

と、節子は華やかに笑顔を向けた。

「どんな、きれいな方が、この上に、おやすみになるのでしょうか。」

明るく見せて節子が誘った話題に、宏は乗って来なかった。

「ああ、満里ちゃんが、これを図面で見て、出来上ったら、一晩、貸してくれって言ってたんだ。」

「満里子が！」

「出来上ったら電報で知らせろと言うんでしたよ。」

「満里子ね。」

姉は、優しく心から微笑した。それも悲しい色合になって来たのは、姉の目に妹もまた、沈もうとして傾《かし》ぐ舟の乗手のひとりとして考えられたからであった。


外は風があって涼しかったが、その午後の節子には神戸の街が乾いたものに見えた。元町通りを歩いて、トンネルの中に在るように昼間も電燈をつけてある路地の奥の小さいレストランで、食事をした。いろいろのサンドイッチを取合せて、軽いが洒落た食事だった。ただ、店がひどく狭い。宏が見せた寝台だったら縦にしてもこの店に入るまい。

「相当な家の奥さんが、経営しているんですよ。」

と、宏が註釈を加えた。

「こちらの女の人たちは、家に引込んでない性質がある。」

節子は微笑した。

「節子も、仕方なくなって、自分でやって見たんです。」

「それで？」

と、宏は、熱心になって尋ねた。

「どんな風なんです？」

「駄目、ね。」

「それア、そうだろう、満里ちゃんから聞いて、どうかな、と心配していたんです。」

「難しいものね。どうしてよいのか判らなくなったわ。ほんとうは、それで、お店を休んで、京都へ逃げて来ましたの。」

この狭い店の中を見廻して、節子は、自信のない様子で言った。

「こう言うお店の方がよかったんでしょうか。飲みものより、軽いお食事の方が。」

「節ちゃんが、店をやるのが可笑しいんですよ。」

「やらずに済めばですわ。」

三村氏のことを尋ねたかったが、宏は何となく躊躇《ちゅうちょ》した。忠親が、京都で言ったことが、まだ印象強く残っていて、事情はおぼろげに察しがついた。

「ほかの方法があったのじゃありませんか。」

「どんなこと？ 教えて下さらない？」

「さあ、そう、急には、何とも言えませんがね。」

「宏さん。考えて下さる？」

むきな顔色であった。気軽く話しているつもりでいて、そうでなく、重たかった。

「どうしても、あなたが、何かしなければ、いけないんですか？」

首を傾げて笑って、

「ええ、多分、ね。」

「それならばそれで、節ちゃんには無理だなんて考え抜きに、考えて見なけれア……」

「そうなんです。また、あたし、何でも、やるつもりよ。」

「…………」

「みすみす、舟が沈んで行くのを見ているようなのね。無論、満洲で何もかも失くして帰ったからなんです。宏さん、あたし、子供がひとりあって……それまで、終戦の時に、なくしました……」

声がくもって、言葉がやんだ。口もとに、こまかく動いている影があった。

「子供さえ生きていてくれたら、もっと勇気も出たと思います。こうして苦労していて、何の為かと考えますもの。父がいてくれるので、どうにか力になっていますけれど……なんですか、近ごろ、急に弱って来ていましょう。ああ言う明るいひとですから……何もしなくても、居てくれると、力なんですけれど。」

「まだ、小父さんはね……そんな！」

と、自分が無益と気がついた挨拶であった。

「まだ御元気じゃありませんか。」

節子は、無言でいた。心細さを、しなやかな首筋に支えているように見えた。

「生きて行くことが、悩むことだと言うのも分って来ましたわ。覚悟も出来たつもりでした。同じ引揚げの方で、もっと、むごたらしい目に遭った方たち、見ていて、これからどうなさるかと、はらはらするような方たちがいました。」

「…………」

「奥地に置いていらしった御家族が、全部、殺された方などあって……地獄より、むごたらしいことなんです。そして、内地へ帰って来ると、この世の中でしょう。誰れにも、どうも出来ないのは分っています。皆さんが、手一杯に暮らしてるんですもの、あたし達なんか、父がこちらに居りましたから、まだ倖せで、ほかの方のように路頭に迷うと言うような心配もなく、雨も漏らない屋根の下に入って、寝《やす》みました。でも、これから先は、と考えました。早く来るか遅く来るかなのね。それから、苦労性のせいか、あたしには、それが見えるんでしょう、満里子と違いますのね。それから、三村のように、大陸的と言うのでしょうか、大ざっぱな考えで、どうにかなるさ、とは申せないんです。水が足もとに来ているんです。それから、これが、今の世の中に生きている人間に、普通のことだと考えられるのでしょう。これまでが甘やかされて来たのですから、気がつくのが遅いんでしたし、まだ、どうにか、ごまかせたので……」

「いや、何とか出来るものですよ。」

「いいえ、宏さんは、そう仰有れるの。あたしどもは違っててよ。宏さんは、御自分の腕があって、それに御運のいい方だから、よい仕事をさせるお客さまもあるのね。そうでない人達でしたら、どうでしょう？」

「それはね。」

「いいえ。」

と、強く、真剣な語気で遮《さえぎ》っていた。

「違うわ。けれど、人間が食べて生きて行くと言うのは、なんて大変なことだったのでしょう。それだけで一杯なのね。宏さんのように仕事をなさるのが楽しいなんて、他ではあまりないことではないでしょうか。ただ、家族を食べさせる手段に、面白いとも思わない事務机に向っていたり、重いリュクサックを背負って駆け廻ったり……それでいて、世間の方たちは、当然のことだとして笑って暮らしていらっしゃるでしょう。強いんです。ところで途中から落ちた私なんか、意地にも笑えません。笑うだけの力がないんです。今ですからいいようなものの、ほんとうに落ちた時は、どうなるかと考えましょう。氷の上を歩いているようです。」

「考え過ぎますね。考え過ぎますね。」

と、思わず、宏は繰返して言った。

「それこそ、もっと、他の惨めな人たちのことを考えて御覧なさい。」

「いいえ。」

と、昔からの特徴のある静かな笑顔をひらいて、

「自分を慰めるのに、他の方のことを考えても仕方がありませんわ。」

「慰めるのじゃない、勇気を出すんですよ。生きる勇気をね。」

「宏さん。あたし……たったひとりの子供をなくして了った女です。誰れの為に、生きる勇気が要りましょう。」

節子は、それを感情の激した様子では言わない。他人のことを話すように、静かな調子で言う。

若い時も、このひとは、そうだった。時として大理石に端正に刻んだ像を見るように、冷やかで静かなところが見え、他を排して動く熱情が中に宿っているとは考えられないようなところがあった。内気で、つつましい性質に、体力もまだ弱かったせいであろう。今日の節子は、宏を驚かした。つつましく静かなのは、以前のとおりだが、話の内容は突き詰めたものだったし、終始放さない笑顔に背《そむ》いて、暗い見方、考え方なのである。外へ出てからも、宏は自分が苦しく成って来るような心持であった。そして、自分の案内で、さりげなくして、飾窓を覗いたり、道行くひとを見まもったりしている節子に、やはり変化を認めた。前よりも静かなだけでなく淋しいひとに見える。

そして、自分の生活に安定と、幸福を見出している人間は、知らずに利己的な性質を出して了うものなのだ。宏は、店にいる間の自分が相手の心を構わずに、自分の話ばかりして得意だったことに急に気がついた。

戦後に建てられた町と、古い町と、はっきりと二つに分けられているこの神戸では、一所に歩いて見て、やはり節子は、静かで落着いた北野通りを悦んだ。

「東京へ行ったら、必ずお訪ねしますよ。」

と、宏は言い出して、すぐに、これに訂正を加えた。

「そのお店の方を見に行きましょう。」

「どうぞ。……けれど、それまで続いてましょうかしら？　どうやったらいいか、考えるつもりで、こちらへ参りましたのに、まだ、何も考えてないんです。」

「僕で、出来たら、意見を言いますよ。」

「ほんとに？」

「ええ、そのつもりで、いましょう。僕で、何か、お役に立つことがあったら。」

「うれしいわ。」

と、節子は、素直な感じで、感動を声に現わした。

「誰れも味方がなくて、自分にまた、働きがないんですもの。考えて見れば、無茶だったのね。でも、他のことより易《やさ》しいつもりだったんです。」

夕方からの約束があり、宏は病院へ行けなかったので、別れる時が来た。坂道を降り始めると、斜《ななめ》になった夕方の光で、人家の涯《はて》に港の海が青く浮き出していた。細長く、高架線の上に電車が重なり合って左右に別れて行くのが見えた。

「僕で出来ることはしましょう。」

と、宏は、繰返して言った。

「真剣に、そうして見ましょう。これまでは遠くに居過ぎましたから。」

節子は、道の行手《ゆくて》を見たまま、頷いて見せただけであった。ガードの上には、今度は、煙を吐いて汽車が通っていた。

影

フォームに一杯に差込んでいる西日に顔を背向《そむ》けて歩きながら、真下頼子は、そう離れていないところに長身の宏が立っているのを見つけた。一度立ち止りかけたものを、頼子は、急いで通り過ぎた。電車を待っている人の影がどこにも長々と横たわっていた。宏は、こちらに背を向けて、連れと熱心に話込んでいた。その大きい肩に半ばまで隠れて連れは和服で、形のよい立姿を見せている。

頼子は、宏に気付かれぬように早足で、群衆の中にまぎれ込んだ。それから振返って、宏の連れを、静かでいてすばしこい調子で、観察していた。胸の動悸が急に速くなっていた。澄んだとも言える上品な顔立、すらりとした肩。……その全部が、頼子の直覚を、一々、確かにする。

階段の降り口まで来ていて、突然に自分がこのまま段を降りて行く意味も目的も失くしているのに気がついた。宏に会うために、西日の烈しい時間の急行電車に揺られて来たのである。

目的を失くしたまま、ハイヒールをはいた脚は、階段を降り始めていた。爪先を紅で染めた指を、二つそろえてのぞかせている靴である。自分の目で、その脚の動作を追っていて、不意と、頼子は、今のふたりが並んで立って、何となく優しく調和した空気を他所目《よそめ》に感じさせていたと気が付いた。それを自分の心のひがみと見ながら、まぎらし切れぬ感情が湧き立った。もう一度、彼女は振返って見た。階段の中ほどまで降りて来ていたので、もう、そこからは、宏たちは見えない。そう知ると、見えるところまで自分が段を昇って戻ろうとしているのに気がついて、反対に、思い切りよい動作で、階段を降り始めた。暑かったが、降車口の隧道《トンネル》には、もう暮色が立ちこめ、電燈が点《とも》っていた。

（どこかへ御一所に行くところだろうか）

頼子は、それとは、信じなかった。そう信じまいとしたのか知れない。多分、宏は、電車に乗る節子を見送りに来たのだ。

とうとう、あのひとが出て来た。あのひとを見たと思いながら、何をしに節子が神戸まで宏を訪ねて来たのかと、その動機や理由を、想像のつく限りの頭の働かせ方で考え始めた。宏の住居の方へ行ったのか、あるいは店の方だったのか、それから宏の方から誘ったものなのか、節子が自分から思い立って訪ねて来たのか？駅前の騒然とした空気が、まだ夕日のまばゆい暑熱とともに、軀《からだ》をくるんで、目まいを感じさせるようであった。頼子は、自分から気を取直すようにした。

出て来るかも知れない宏を、ここに立って待つことにするか？ それとも、このまま、どこかへ行って了《しま》うか、である。流れるような調子で、新型の自動車がエナメルの車体を光らして目の前に入って来た。その向うの広場や、横断道路には、退勤時間の混雑した人出が、途切れたり、一度に押出されたように動き出したりしていた。

まだ決断がつかず、頼子は出口にたたずんだままでいた。その間も大またで駅に出入りしているアメリカ人の男女のきびきびした動作も、眺めていて、常のように楽しいと言うよりも、逆に頼子の心を沈ませて行った。

やがて頼子は、よく宏と待合せたことのある茶房の二階に上って、窓際の卓から、外の道路を眺めていた。戦後の建築としては、しっかりしたものだし、落着いた空気の店で、主人の好みに由《よ》るものか、陶器や画のデッサンなどを壁に、またレンガを積んで造った暖炉の中には、火をたかぬ季節の故か、古めかしい石仏を飾ってあると言う調子である。道路に向って店の外に、青桐《あおぎり》が植えてあった。西日は漸《ようや》くおさまって、バラックの町の空遠く、花キャベツのような形をした入道雲の上の部分を彩っているだけである。

日陰になった道路を見おろして頼子が待っていたのは、自分が来たのと同じ道を宏が来ないかと言うことである。アイスクリームに匙《さじ》をつけている間に、そこに絶えず人通りがあった。

宏の店は近いし、駅から来れば通る道順だが、宏は遂《つい》に来なかった。道路には仕事から解放された若いむすめたちが絶え間なく通るのが見えた。みんな、木からもぎたての果物か、菜園から出たばかりの新らしい野菜のように、いきいきとしている感じが、否応なく、頼子に自分の年齢を重たく思わせた。

頼子は、他人に自分を美しく見せることを知っていた。現に、この茶房の卓にいて、他の客の視線を感じると、媚《こ》びようとはしないが、自分を他人に不快に見せない用心が本能のように働くのであった。そして、宏と会った場合に、今日だけはこれまでのように節子のことを話に持出して宏の心を傷つけまいと、早くから気をつかっていた。その心づかいが自分を弱くするのであった。だが、これは、生れや育ちのものに違いないし、確かに戦前の日本の女に共通のものだった。船場《せんば》の旧家に生れて、音楽の勉強に巴里へ行くなどと、はねっ返り振りで近所や知り合いの人間を驚かして置きながら、頼子は文楽の人形の心中物などの義理にせかれ情につまされて命も身も細めて行く女たちを見ると、現在でも振り落すように涙が出てたまらないことがある。それこそフランス仕込みで、洋装の似合う人だけに、他人が意外とする気性である。むき出しの光線はもともと嫌いであった。話すことも、することも、優しく柔げられた調子で、相手に心地よく通るように、こまかく心を働かせていた。その代り、たくまない技巧や、ある場合には、嘘さえも、この世に生きて行く上には避けられないことになっていた。嘘でも陰険なものでなく、相手に不快を与えないのなら、自分にも他人にも罪悪とはならないと信じている。家柄が古く、封建的な昔の習慣が多分に残っている生活では、真実も露骨なものは通用しなかったのである。上手に美しく用いられる嘘で、他人を傷つけないものならば嘘とは見ない。フランス人の生活がそれであった。手段と原則とをはっきり区別していて、原則の方が人間に大切だと見ると、嘘や技巧が手段に加わっても人間が幸福になれればよいとしているのである。罪がある場合も他人を許す心の余裕のある生活である。下の道路を通る戦後の日本の若い娘たちを眺めながら、頼子は、自分と宏との仲を振返って見ていた。やがて別れる時が来ることも予定して親しくしている間柄だったし、遊びであって幸福は損《そこな》われていなかったのである。だが、今日のように、宏を昔の恋びとと目《ま》のあたりに並べて見ると、平気のはずのものが、そうとばかりは言えず、胸に何かが重たくつかえていた。

他に一ヵ所、宏と行ったことのある品のよい酒場が生田《いくた》の社の近くに在った。無駄と思いながら入口のドアを押して見ると、宏は、スタンドに立っていた。

こちらを向いて驚いたように見えたのを、頼子は猫のように音をさせないしなやかな動作で、側《そば》に行って立った。

「若しかしたら、いらっしゃるかと思ったんです。」

やはり、頼子はうれしくて顔の皮膚に光があった。

「電話でも下さった？」

と、宏が尋ねると、

「いいえ。」

と、笑っただけで、宏と向い合っていた豊満な顔立のマダムに目で答えて、

「外に咲いている黄ろい小さい花、何なんです。垣《かき》にからめてあるし鉄線かと思ったら、違いますのね。」

「御覧下さいました？ 実の成るレイシの花なんです。あまりに御覧になることないでしょう。」

「へえ。」

と、宏が間から、

「そんな植木が植えてあったかしら。」

「真直ぐに、お酒の方へいらしったので。」

と、頼子は、宏の顔を見て微笑した。その笑顔は、同性のマダムが見ても美しいと思う艶麗なものであった。

「可愛らしい花。お気がつきにならなかったのね。何を召上っていらっしゃるの。」

「コニャック……ほんもののヘネシイなんだ。今時、こんなものが、どこから出たんですかね。」

「何か、幸福なことが、おありだったのね。」

と、頼子は自分が悦んでいるように言って、

「あたしにも御馳走して下さる。」

「どうぞ、……マダム。」

「御夕食でも御一所にしたいと思って伺ったんです。」

「結構ですね。が、おなかが空いてる？　ぼくの都合は、食事は、ヘネシイともう少し仲善くしてから後の方が好いんですが。」

「どうぞ。……お久振りで宏さんのお酔いになったところ拝見したいわ。いつかの須磨の観光ハウスへでも、お供しましょうか。土曜日ですし、ダンスのパーティがあるかも知れません。」

「アルコールが入ると、遠いところへ動くのは、おっくうになりますね。」

「何か御機嫌悪いことがあるの。」

「僕が？」

と、問い返しておきながら、宏は、すぐに自分で言い更《か》えた。

「そんなこと、ありません。」

「じゃア御機嫌をよくなさることがあったのね？　何でしょう？」

首の傾《かし》げ方が無邪気のようであった。

「奥さん。あなたも、どうぞ。三人で乾杯致しましょう。今日の幸福の為に。」

宏は言った。

「三人でいる現在の幸福の為に、と言うことに訂正しましょう。」

隠そうとなさってる。頼子は、こう思った。彼女が心の底で望んでいたことは、宏の方から今日の話を打明けてくれることだった。

「そうね、現在は幸福のようね。」

と、少し前までの自分のやる瀬ない心持を思い出しながら、頼子は反対に笑顔を作って見せた。

それとなく頼子が言う言葉が、無意識でいた宏の目をさまさせて来るような工合であった。変っていないつもりでいて、明らかに今日までの宏になかったものが、新らしく芽を出そうとするか、よみがえり出ようとしていたのである。当人がそれを知らぬ前に、頼子はそれを直覚していた。また、その故に、自分からは触れまいと警戒していた。そして彼女は悲しくなるから、出来るだけ明るい顔色を見せているのだった。

宏は自分が節子の為に何かの役に立つと考え始めたのだ。明るい自覚であった。酔いが昇って、顔付までたくましく男らしく見えて来ていた。彼は無上に幸福であった。ダイスを振って勝負をしても、この店のマダムを立続けに負かした。

「今日は、ほんとうに、何か憑《つ》いていらっしゃるわ。」

　と、勝気らしいマダムも、抵抗を断念したらしかった。

「この子に代らせましょう。慾のないお嬢さんの方が強いんですから。雪ちゃん、代って頂戴。」

　頼子もあきらめて、ただおとなしく宏のすることを見まもっていた。何があったのだろう？　何がこの方をこんなに強くしているのだろう？　そして今夜の宏は、若い虎を見るように美しく見えた。

　マダムと代った娘は、外人の血が入っているように彫《ほり》の深い顔立をしていて、つつましく静かな様子で、勝負の相手を続けた。唇のすみに笑いをふくんでいるだけで、別に自分は面白がっているとは見えなかった。ひとりで気負っていた宏も間もなく負け初めていた。

「おかしいね。こんなはずはないんだ。」

　頼子は批評を控《ひか》えていた。相手の少女は、勝っても唇のすみで笑っているだけで、動揺のない清らかな目をして宏を見ている。その瞳が入口の方に向いた時、新らしく客が入って来た。

　その客がどんな人間か、宏も頼子も見ようとしなかったが、その男の方では席が空いているのを見て、その方に入りながら、二人を変に注意深く見て通った。開襟シャツ一枚が一般の外出着となって了った今日、この男は、ネクタイを結んでいるばかりか、麻の背広をきちんと着ていたし、洋服が身についた感じの、中年の、日本人に珍らしく頬髯を生《は》やした男で、ヘルメットを脱ぐときれいに櫛《くし》を入れた額《ひたい》が深くはげ上っていた。

　マダムが注文を聞きに行くと、男は椅子に反《そ》らしていた体を急に前に屈《かが》めるようにして、

「あすこにいるの……」

　と、宏の苗字を、はっきりと言って、

「田代君だね。」

　宏の耳に、それが入って振返ると、男は立ち上って西洋人のように両手をひらいて、声も大げさに挨拶した。

「やあ、久振りですなあ。巴里以来ですよ。」

　と、つかつかと出て来て、

「しかも、おふたり、おそろいで。」

　宏も驚いたように、

「平岩さんですね。」

　カトリックの神父のように頬髯を生やした平岩哲造は、突然に、尻上りの発音のフランス語でまくしたてるようにしゃべり出しながら、握手を求めて来た。

「いや、暫《しばら》くでした。御無事で。まったく、えらい戦争でしたが、お変りなく。」

同じ様子で、真下頼子にも握手の手を差伸べて、

「マヅモアゼル、真下。いや、失礼。巴里で御懇意に願った時が、マヅモアゼル（お嬢さん）でしたからな。相変らずシャルマントで、お美しい。ちっともお変りなくお若いのには、まったく驚き入りますな。お目にかかれたのは、倖せです。」

頼子は仕方なく握手したが、平岩の手は、ねばねばして変に暖く、それとなく、後でハンケチを出してふいたくらいであった。不意と声を掛けて来た相手が誰れだったかと判った時、嫌いな虫を不意に見た時に覚える悪寒《おかん》に似たものを、頼子は皮膚に感じたのである。

「そうでしたなあ、あなたは神戸でしたなあ。それから、奥さんは大阪で。」

平岩は、宏と並んで、カウンターに肱《ひじ》を置いた。

「おなつかしいですよ。実に巴里以来だ。あれは、三十八年か九年でしたな、私は、あれから戦争中を仏印に行ってまして、終戦で帰って来て……すっかり裸かにされたのですが、実際この年になって外国語で飯を食うなんて、考えてもいなかったんですが、一時横浜の進駐軍に入って働いてまして、現在は専ら、貿易関係の仕事です。何と言っても、日本のこれからは貿易ですからなあ。今度も、向うのバイヤーのお供をして、大阪、神戸を案内して廻っているんです。ああ、この男なんです。」

と、紙入れから数枚の横文字の名刺を取出して、見ようとも望まない宏にわざわざ見せて、

「実際に貿易だけですよ。それはそうと、あなたは、やはり美術の方を御研究で……いや、巴里は、なつかしいですなあ。外に出られるように成ったら、是非また出かけるつもりで、今から、いろいろと魂胆を廻《めぐ》らしているんですがね。日本人の力だけでは、もうだめです。何とかして、好い外国人をつかまえないと、いけません。バイヤーも随分面倒なことを言って、困らせられますがねえ。やはり彼等は紳士ですよ。逆立ちしても、かなわないことは、この戦争で実力がはっきりと判ったんですから。」

濃い髯が飛び出した頬骨を隠して表情を柔げていたが、巴里にいた時代にはなかった卑屈らしい表情が、現在の生活があまり正々堂々としたものでないのを物語っている。服装だけは外国仕込みの、きちんとしたものである。巴里では貿易商と触込《ふれこ》んでいたが、実は、憲兵か、在仏の日本人の思想を調べにその筋から秘密に廻されて来た人間だと風評があった。事務所を構えて金も自由だったらしいが、商売をしている様子はない。モンマルトルあたりで美術家や音楽家や留学生に接近して、自分も道楽で画を習っていたが、ある画学生に金をやって、思想関係のスパイをやらせていたのが、酒の上でその青年の口から漏れたとかで自然と在留日本人が警戒するように成った人物なのである。突然と、これが、自から名乗るとおりならば、外国のバイヤーの案内役となって出て来たのであった。

言わなければいいのに、と頼子が感じたことを宏は正直に話して了った。

「え！　進駐軍相手に家具を造っていらっしゃる。有望なお仕事です。それア、好いところへ、お目をおつけになった。西洋家具とはね。」

と平岩は、フランス人が感嘆した時に、よく見せる身振りで、大げさに慎重らしく首を振って感心して見せるのだった。そして、熱心に宏の顔を覗き込みながら、

「それア一度バイヤーに御紹介しましょう。そうだ。名刺を頂いておくと、お互いに都合がいいでしょうね。連中の趣味は、なかなか大したものですよ。やはり日本人とは違いますからね。そうですな、機会を見て、お宅へ私が案内して行きましょう。無論、好いカモが見つかったらですよ。」

と、突然に狡猾《こうかつ》な顔色を見せて笑った。

宏が急に不快になって来たのは、この言葉を聞いてからだった。出しかけていた名刺も渡したくなかったのだが、受取らずに済ます相手ではなかった。

「そうですなあ。いい仕事に目をおつけになった！　洋家具とはね。」

「いや、じじい（祖父）からの家の仕事だったので、私が始めたのではない。」

「では、老舗《しにせ》だ！　大したものですよ。外人は、仕事をさせるにしても、店の格や信用を第一にここ（頭）に置きますからね。結構ですよ。これからは、何と言っても入って来る外人を客に取った人間が勝《かち》なんです。セ・サ。ネ・ス・パ？（そうでしょう）マダム。」

と頼子の方へも同意を求めた。

「それも神戸のような土地で、やっていらっしゃるとはね。やがて、ここは上海《シャンハイ》のように各国人が流れ込んで来るのに決っているし……いや、お互いのフランスのために乾杯しましょう。奥さん、その後、ミュジック（音楽）の方は？」

「ちっともなんです。」

「でも、遂に目出度く御結婚にゴールインなさったんですなあ、失礼ですが、あの時分から私も陰《かげ》ながらおふたりの御幸福をお祈りしていたんでした。さきほどは、マヅモアゼル（お嬢さん）などと、うっかりお呼びして失礼しました。ですがね、マダム、おふたりがおそろいでいらっしゃるのを不意と拝見したら、実際に、数年前の巴里のどこかのカフェで、御一所のところに、偶然に、こちらが入って行ったもののような錯覚が起りましてね。それも、マダムは日本人でいて、パリジャンヌの中に入っても、決して敗《ひけ》をとらないシックな様子をしていらっしゃったから。……いや、マダム！　今でも、実にそのとおりですよ。」

「有難う、ムッシュウ。すこし可怖《こわ》くなるくらい、お世辞がおよろしいんですこと！」

「いや、ほんとうですよ、さっきも、あちらの婦人が来ておられるのだと思いましてね、ひょっと見ると、マダムだったので。」

　頼子は、目で宏を促した。

「失礼致しません？」

そして平岩の方に向きなおると、

「ムッシュウ平岩。お断り申上げておきますが、私たちは、まだ別々で、結婚はまだなんです。」

外に出てから、頼子は、たまりかねたような強い調子で言い出した。

「厭なひと！　私が巴里にいる間に、わざわざ郵便で、二度まで、大阪の父のところへ、宏さんと私のことらしいのを密告して来たひとがあったんです。ふしだらを働いていて、日本人の面汚《つらよご》しだって、それは、ひどい手紙！」

「そんなことがあったのですか？」

「なくなった父が注意するだけで気にしないでくれましたけれど、一日本人だなんて、名前も隠して、ひきょうなひとだと、くやしかったんです。すぐと、私、あの男の仕事だと気がつきましたわ。だれか他のひとで、そんなことをしそうなひとが、いたでしょうか。」

「岡焼《おかやき》だったのでしょう。」

と苦笑したが、

「なるほど、あの男だったら、そのくらいのこと、するかな？　一日本人ですって？」

「そうなんです。」

「その日本人が、急にまた変ったものだな。今は外人様々なんですね。どこかの役人で、スパイだったんでしょう。」

と、宏も流石《さすが》に不愉快そうに言った。

「僕のパンシォン（下宿）にも訪ねて来て、本だなを見て行ったんだ。大層な御蔵書ですな、拝見させて下さいって、赤い本が入っていないか、見に来たんですね。他の友人のところへも、拝見に来たって話で、笑ったんですけれど。それは別としても永く外国暮らしをして来た日本人の中には、ああ言う人間の卑屈なタイプが出来るものらしいな。日本人の中にいる間は、日の丸の旗をちらちらさせて、毛唐、毛唐と言っていたのが、外人の中へ入ると急に卑屈な性質を見せて、しっぽを振って、何でも、あちらでなければいけないようなことを言うんだ。」

急に宏は宗方忠親のことを思い浮べて、自分が何とも言えず幸福なような心持がした。不遇な中にいて、忠親は態度を変えていない、戦争中と戦後で、国内の事に向っても、外国に対しても、態度を二様にはしなかった男である。

「振るしっぽなんて決して持合せない日本人もいる。外国を知っている人でね。」

忠親のことを思う時、宏には今日の節子の姿が鮮やかに目に泛《うか》んで来た。病院の診断の結果も気がかりであった。靄《もや》のある夜で、街のネオンサインが闇に滲《にじ》み出ている。遠くから歩いて来る人間が、影を動かしているように薄れて見えて美しい夜である。

夕方から頼子の心にさしていた影は、急に、更に色の濃い絶望的なものに見えて来ていた。暗い夜と言うのがあるならば、今日などはそれであろう。平岩哲造のような思いがけない人間が出て来たことまでが、別に理由はないのに、頼子に不安を感じさせるのだった。

「あんな男と親しくなさってはいけないわ。」

と頼子は言い出した。

「きっといいことが、ありません。」

宏がそうまで気にしていないで、神経過敏になっているらしい頼子を慰めようとしたのは、今日一日をこの上なく明るい気持で過して来たせいであろう。

「たとえ、好いことがあっても、あまり、附き合いたくありませんね。あの男がバイヤーを連れて来るなんて、真平ですよ。その程度のことなら、自分で出来るんだから。」

「そうね、宏さんでしたら。」

そう笑顔で答えている自分があわれであった。宏が節子のことを隠そうとしているのを、改めて念頭に置いた。

凮

極めて急に、大きく金をつかむと、その威勢を見せたくてたまらない男もあるものである。まだ三十代の若さだったが、洋服の生地も仕立ても戦後派で、きちっとすればするほど、植民地風に安手に見えて来る恨みがあるのだが、当人は一向に感じないで、鏡を見ると、我れながら映画のスクリンから脱け出したようで得意なのである。どこのホールや、バアへ行っても、そう言う紳士は見当るのだ。

この男が、「白鳥」の店に入って来たのは、もとより何かの風の吹き廻しだったろう。誰れだって、行きつけの酒場に倦《あ》きが来ることがあるし、金の威力を自覚している限り、知らない店に入って、新らしい征服を試みたい気まぐれを起すこともある。つまらなかったら二度と行かないだけの話だ。金づかいは荒いが、功利的なのである。

満里子がカウンターから見ていると、この男はテーブルに着くなり、手さげ鞄《かばん》から部厚い札束を取出して、満里子たちに見えるのも構わず、ゆっくりと、上衣の内ポケットの左右に入れた。持っているわね、と誰れだって感じる方法なのだ。つまり、この紳士は、初めて入った店なので、名刺を出す代りに、持っている金を見せて自己紹介をしたわけなのである。それから、ビールでも貰おうと告げ、おもむろに店の中を見廻した。

確かに、この店は、銀座裏に、ざらに在るものとは変っている。女たちも上品に見え物腰が静かである。紳士はカウンターにいる満里子を見た。

ひどく素人臭くて、顔の白い影が清純である。しかし、男の目が気がついたのは、はつらつとした肩から胸の肉体の線の張りようであった。

少し酔って来ると、

「あのひと、ここへ来ないのか？」

と、附いていた女給に言った。

満里子はカウンターをあけて出て来ると、

「何か、御用？」

と、尋《き》いたので、こちらが、まごついたようなものである。

「いや、別に用ではないよ。そこへ掛けたまえ。」

「いそがしいのよ。私。」

と満里子は断って置いて、客には、おとなしくするものと考えて、向い合って腰をおろした。

「健康美人だね。張り切ってるじゃないか。」

「あら、そう？」

と、満里子は言った。画のモデルになっているように、体の置き方を変えずに椅子に掛けているだけで、話しかけられると、首から上だけを動かして答えるのだった。

「ホールなんかへ行く？」

「滅多にね。」

「踊るんだろう、でも。」

「ええ、それア……あたし、バレエのおけいこ、してるの。」

紳士は、バレエが何物か知らなかったし、また、そんなことは、どちらでもよかった。この不景気に、しけた酒場で、こんな、うぶな感じの若々しい美人を発見したのは、今夜の収穫になった。

「いいお乳、しているね。」

と言い出した。

満里子は胸の上で、腕を組合せただけである。色の白いのが特徴の顔の皮膚が、明白に、男の言葉を弾《はじ》き返しているような感じだった。

「君が、ここの店をやってるの？」

「ええ。そうなの。」

「必要なら、後援して、やってもいいんだよ。」

「そう。有難う。」

「ほんとうにね。」

「でも、要らないのよ。」

男は黙って了った。他の客が入って来たので、丁度、いいしおに、満里子は、カウンターに戻った。その後も、その男は、段々と酔って来ながら、目で満里子を追っていた。しつこいばかりか、傲慢《ごうまん》な調子が顔に出ていた。

満里子は、平気でいた。そして、満里子も驚いたくらいに、それから続けさまに客が入って来たので、その男が、まだねばってビールを飲んでいても、居ることさえ忘れがちだった。髪の白い小説家が友人を連れて入って来て、満里子が出て行くと、

「姉さんは、どうした？　病気じゃなかろうね。」

と、親切に尋いてくれた。

それから、連れに紹介した。

「ハム・エッグスのマダムの頭に、生たまごを落したのは、このひとだよ。」

満里子は真赤になって、カウンターに逃げ込んだ。小説家は、誰れか知人から話を聞いたものらしかったが、その後で来た客の中に、あの時ハム・エッグスにいて、騒ぎに立会った者がいた。わざわざカウンターに来て、満里子の顔を覗くように見ながら、

「君はね、君はね、物騒なことをするね。」

「どうして？」

その客は、黙ってポケットへ手を入れて、卵を一つ出して、爆弾でも扱っているように、そっとカウンターの板に置き、

「こいつだ。」

と、笑って、自分の連れのところへ戻って行った。満里子の顔を見に来るので、途中で思いついて、わざわざ卵を買って来たのに違いなかった。その客は、小説家の方へも会釈を送った。この店の古い客らしかった。客が来ると、店の中は急に活気づいて、ビールを

出すのに満里子はいそがしかった。百円札の束を露骨に見せた客は、勘定を払って出て行った。いそがしいと言うのは、よいことであった。少し手が空《す》いて見ると、カウンターの上にまだ置いたままに成っている卵が急に満里子に気になり始めた。片付けてよいものかどうか、分らなかった。白い優しい円味《まるみ》が、卵とは、こんなきれいなものかと改めて感心して見ないといけないようであった。満里子は、そっと指で突いて転がして見た。ただ何となく愉快で、笑顔になっていた。

小説家は、連れと何か熱心に話込んでいて、他の客が帰って行っても、まだ居残っていたが、やがてカウンターに勘定に来て、

「姉さんと君で、ここをやるのかい？」

と尋《たず》ねてから、約束してくれた。

「また来るよ。静かな店なので、いい。姉さんもいいひとだが、君も、なかなかいい。……ハム・アンド・エッグスは僕は、嫌いだった。」

満里子は嬉しくて顔を染めた。

自分の運を試しているような心持で、満里子は毎日を緊張して迎えた。海のように広い東京に向って、釣糸を垂れているようなものであった。客は来るかどうか分らない。

潮の加減か、連日、魚たちが、よく集った。一匹も喰わなく成ることがあり得るものだとは、満里子は感じない。姉に出来なかったことが自分に出来たようである。

満里子がここのカウンターに立つように成ってから、一週間経った。一日置きぐらいに来る客の顔も決って来たようである。いつかの札束を見せびらかした男が、かなり酔った様子で入って来たのは店をしまって伝票を整理している時であった。

「もう、お終《しま》いなの。」

と、満里子は断った。

男は、構わず入って来て、カウンターの板を隔てて向い合った。

「ビールぐらい、いいだろう？」

「では、一本だけね。もう遅いんですから。」

通《かよ》いの女が帰り支度して出て来て、客を見て、満里子の為に残って手伝おうとした。

「いいのよ。」

と、満里子は告げた。

「遅くなるから。後は小母さんにして貰うわ。」

店の中に、二人だけに成ると、男は気取った姿勢を作って自信のこもった様子で言い出した。

「どこかへ、河岸《かし》を変えようよ。」

満里子は男の顔を見た。

「なアに？」

「どこかへ行こうって言うんだ。」

「厭！」

と、はっきりと言った。

「何故《なぜ》ね？」

「なぜって……そんな理由がないからよ。もう、帰りましょう。」

「では、自動車で送って行こう。」

「それには及ばないの。あたし、歩くのが好きなの。」

「強盗が出るよ、君。」

男はこう言ってから、ボタンも外《はず》してなかった上衣の内ぶところから、帯をした札束を出して、カウンターの板に置いた。

「お小遣いをやろう。一万両ある。」

満里子は、驚いた目で、金を見詰めた。男はいやしい目の色で笑って満里子のすることを待っていた。満里子は手を出して、札束を取ると、

「ビール一本ね。」

と言って、その代金の分だけ抜き取って、残りを男の前に返した。

「こんな愛想のないことはないね。」

「生れつきなの。」

と、満里子は答えた。

「もう、しまわせて下さいね。」

悪いことに彼女は、潜《くぐ》り戸をあけてカウンターから外へ出て来た。男は、急にその肩を乱暴に抱きすくめて、ひき寄せた。

「いいよ、君、なんだ、そんな野暮なこと。誰れだって……君。金だったら、場合によって、もっと出すよ、ひょっとすると、処女なんだろう、君。」

隣り近所は愚《おろ》か東京中にも聞えるほどの大きな声を満里子は出した。それだけでも男はびっくりしたのに、これは決して弱い者の悲鳴ではなく挑戦的な性質のものだった。身を振りほどくと、満里子は、すっかり腹を立てて赤くなって、

「負けやしないわよ。」

と、強く言った。

誰れかが、入口の戸をあけて入って来た。満里子は振向きもしなかったが、男の方はそれを見ると、弱り切って、

「馬鹿だなあ、君は。」

「どこが馬鹿なの。あなたこそ、馬鹿以上の何かだわ。」

と、満里子は言った。

入口から入って来たひとは、静かに近寄って来た。それが、姉の節子なのに気がついて、

満里子は、

「あら！」

と叫んだ。

男は、非難するような節子の顔色を見て、カウンターの上の金をポケットに急いで、しまい込んで、挨拶もしないで、出て行った。

「満里ちゃん、断って置いたのに、困るわね。いいお客さんばかり来るのじゃないのよ。」

と姉は静かに咎《とが》めるように言った。

満里子は抗議した。

「満里子は知らないわよ。絶対に。」

「いいえ、こう言うところへ、満里ちゃんが来てはいけないと言うの。」

「だって、姉さんは……店をほっといて逃げたんじゃないの。でも、いつ、帰っていらしったの？」

「もう少し前に。」

と節子は答えた。

「家へ帰って、満里ちゃんがここに来ていると言うから、迎いに来たの。」

「姉さん、満里子にお礼を仰有っていいのよ。お留守番をしたんですから。それも、下手《へた》にはしなかったわ。満里子なら、美恵子さんなんかに負けやしないから。」

「あなたが、そんな気持を起さないで欲しいの。私の為を思ってしてくれたんでしょうけれど、私には、こんなお店よりも満里ちゃんの方が大切なのね。」

「あたしは、何でもないことよ。」

と、満里子は笑った。

「どこにいたって、満里子は、満里子に変りありませんもの。」

「だって、今のような乱暴なお客さんがいるんですもの。」

「平気なの。満里子を見損《みそこな》ってるんですわ。満里子が好きなひとは別にあるんです。その時、何が出て来たって可怖くないわ。」

「何を言うの。」

と、節子は思わず笑顔を誘い出されて、

「とにかく、お嫁入り前のひとが、あまり近寄るところではないの。好い方ばかりは来ないんです。」

「そうは思わないわ。あたし、姉さんが気の毒で見てられなくなったんです。これから、あたし、姉さんに手伝って働くわ。ちゃんと働いて見せるわよ。」

「いいえ、私も考えて来たんです。人間って自分の持っている力以上のことは出来ないものだと分ったのね。出来ないことをしようと、あせるよりも、その限りで働くことが大切なんですわ。それならば、そうしようと気がついたんです。私で、出来るだけ、やって見るつもり。」

満里子は、気短く、じれて足踏みしそうに成った。

「姉さん、姉さん！」

「……」

「今に始まったことじゃないわ。そんな弱いことで、これからだって何が出来るでしょう。」

「いいえ、違うわよ。美恵子さんのやるようにしなければと思ったのが間違いだったんです。私は私で、自分の出来るような風にすればよかったの。それで、失敗したら、それまでの話でしょう。満里ちゃんは私を弱いと言うけれど弱いことが力になる場合だってあるのね。」

「姉さんがひとりでなさるつもり？」

「やって見るつもりなの。やはり、上方《かみがた》へ行って無駄でなかったわ。ようやく覚悟が出来たと言うの。遅いのね。実に遅いのね。けれど、性分だったら仕方がないわ。」

「……」

「さあ、帰りましょう。」

留守番の老婆に火の注意をして、姉妹は外に出た。

「姉さんのいない間、お店は毎日、繁昌してたのよ。平田さんが驚いていたわ。」

「ほんとうに？」

と節子は、驚きを明るい瞳に見せて、妹を優しく眺めた。

「何を満里ちゃんがしてたのかしら？　お父さまに分ったら、御心配なさってよ。御病気も、あまりよくないのよ。御元気にはしてらしっても、すぐにお疲れになるの。」

満里子は目を伏せて歩いていた。多少、彼女は不平であった。自分が熱心に努めたことを、姉は余計なことと見ているのである。父親の病気の話も、それほどでもないのに、姉が大事を取り過ぎるような心持でいた。

「満里ちゃん。」

と節子は、明るい声で言い出した。

「あたし、宏さんにお目に掛って来たのよ。」

満里子は、立ち止りかけた。それから、いつもとは違う声で、問い返した。

「どこで？」

「神戸へ連れて行って頂いたの。」

「宏さんのとこへ行ったの？」

「ええ、お店の方へ。いろいろこしらえていらっしゃる家具を見せて頂いたわ。仕事に熱心に打込んでいる方って、羨しいと思ったわ。お目に掛って、やはり、よかったのね。私の店のことでもいろいろと心配して下さったの。」

姉の語気とは反対に満里子はその話に乗って来ないように見えた。そして無言で暫く歩いてから、急に言い出した。

「宏さんのところで、大きな寝台が出来てなくって？」

「出来ていました。」

と、節子は答えた。

「チークで彫刻してある贅沢なものでしょう。立派なものが出来るのね。宏さんも職人の腕を自慢していらしったわ。」

更に満里子は、口重く成って来た。節子は、まだ、その不機嫌の理由を知らなかった。

「宏さんが、その内に、私の店を見に来て下さるって。お仕事のことで、よく、こちらへ、いらっしゃるらしいのね。」

暗い鋪道に、酔っぱらいが坐り込んで何か喚《わめ》いていたので、二人は道を避けた。

「いやなひと！」

と、満里子は乱暴な調子で声高く叫んで姉を驚かした。

翌《あく》る朝、亮助が例のように事務所へ出かけて行ってから、節子は、久振りで自分の庭を眺めた。一週間ほど離れていたばかりだったが、見なれた庭の草や木が、なつかしかった。庭木もまた節子に朝の挨拶をしているようである。

つゆ草も咲いていた。水引も穂を伸し、ほおずきも花を持っていた。柚子《ゆず》の実も七つ成っていた一つを落しただけで、玉のように小さい青い実を葉の陰から見せている。今度は京都でも、お寺の庭を見に行かなかったのだが、美しい庭園のどれを見て帰って来ても、この小さい庭ほど節子の心に親しいものはなかった。小さいが、これは節子の領分であった。留守にした間に、掃除もしないで落葉も残り、雑草が夏の勢いを見せて、はびこっていたが、荒れた姿を見て廻って、その草や木が各自の言葉で節子に話しかけて来るような心持だった。朝顔の花は、朝顔とはよく名附けたと感心するくらいに、一つ一つが、まるい顔を持っていた。

節子は、熊手を取出して、庭を掃き初めた。まだ寝ていた満里子が起きて来たらしく、二階の硝子戸のあく音がした。落葉をはき寄せながら、節子は、強い雨が降ると二階の屋根が雨漏りすることを思い出していた。古い家なのである。自分が無邪気な娘時代を過したことを改めて考えた。戦時中に金属の回収で強制的に屋根の樋《とい》を外して献納したせいで、家のいたみ方が急に速くなっていた。洋館の壁も落ち、床の根太も腐って来ているらしかった。

満里子は、ひとりで朝の食事をしていた。節子が居間に入って片付物をしていると、廊下から入って来て、

「姉さん。」

と言った。

「満里子、姉さんに、聞いて貰いたいことがあるのよ。」

「仰有《おっしゃ》いな。」

と、軽く答えると、

「ここではいけないの。梅に聞かれたくないし、二階に来て下さらない？」

妹の顔色を見て、特別のことを認められなかった。

「大層、改まって……」

と、節子は笑いながら、胸で押すような形で箪笥《たんす》を閉めた。

「なんの話？　お店のこと？」

「それもあるけれど……それだけでもないのね。もっと根本的な問題ね。」

「大変なのね。」

「でも、遅かれ早かれ、満里子がそのことを決めなければいけなかったんです。」

と、満里子は言い出した。

「昨晩、おそくまで考えて起きてたんです。どうしても、ここで、そうしようと決めたんですわ。姉さん、聞いて下さるわね。」

改まっていたのは姉の方だったかも知れない。満里子は、朝にふさわしく充実した顔色だったし、いつもの無造作な動作で、先に立った。

付いている感じだったばかりか、スーツケエスが二つ、床に置いてあった。

居間にあててある二階の洋間に入ると、普段は取り散らしてあるのが、変にきれいに片付いている感じだったばかりか、スーツケエスが二つ、床に置いてあった。

「姉さん。」

と、自分は立ったまま、椅子をすすめて、

「満里子、お願いがあるのよ。」

「なんでしょう?」

祈る姿勢のように満里子は、胸のところで手を組合せた。

「あたし、外へ行って、ひとりで暮らして見たいんです。」

「………」

「姉さんさえ、いいと言って下されば いいの。」

節子は真顔に成った。

「なぜ、急に、そんなこと、言うの、満里ちゃん。」

「別に、急なことではなかったのね。随分前から、満里子は、そうするつもりでいたの。でも、姉さんが心配すると思って、言い出しにくかったの。けれど、やはり、そうしなければいけないんですわ。」

「ここのお家にいたくないわけがあるの。」

深々と、妹の顔を見まもった。不安な思いと、姉の愛情が、入り交っている目もとだった。

「姉さんには、あまり不意過ぎるような気がしてよ。ゆうべ私の言ったことに何か悪いことがあって？」

「いいえ、そんなこと、ないわ。」

「では、どうして急に、そんなことを言うのかしら？」

「だって、満里子には満里子の考え方があるわ。姉さん！」

「で、どう考えたの？」

満里子は、ちょっと唇をかんだ。それから急に、決心したように言い出した。

「ここの家にいたら、満里子が駄目になって了うって、思ったんです。」

「なぜでしょう？」

「それ、言いたくないわ。とにかく、満里子、ひとりになって見ないといけないんです。ほんとうに、そうなんです。姉さんには、きっと、よくおわかりにならないわ。けれど、満里子は……姉さんのようには、していられないんです。」

「……」

「満里子、まだ若いでしょう、姉さん。……何もかも、これからなんでしょう。少しでも明るい方へ歩きたいと私が考え出したら悪いでしょうか。満里子は姉さん達が心配して下さるほど、弱い女じゃありませんわ。外へ抛《ほう》り出して下さっても、ひとりで歩けると思っています。自分で歩かなければって……大連にいる時から、私、考えていたんです。もう、お嬢さんではなくなっていましたものね。内地へ帰って来てからも永い間、昼間でもトラックの音が聞えると、天井裏か、どこかへ隠れないといけないような気がして、知らずに立ち上って、うろうろするような癖がついていましたもの。忘れられないんです。いざと成ったら、誰れも頼りにならないで、自分だけが力だってことを。そう考えてはいけないでしょうか？」

姉にも、満洲で迎えた苦しい日々のことが思い泛べられた。いつ考えても、これは暗い思い出である。しかし妹の頭に、いつまでもその影響が残っているとは信じ難い。もう過ぎたことではないか？　内地の天地に抱かれれば、もう、そんな暗かった日々のことは忘れてもいいのではないか？　殊に、若い命にあふれている妹の場合には、今日と明日はあっても、昨日のことは拭《ふ》き取ったように消えて行くものではなかろうか？

「それは、いつに成っても自分だけが、力でしょうけれど……」

と、何気なく言いかけると、満里子は急に昂奮した様子で、強い語気で言い切った。

「姉さんは、そう考えてないことよ。姉さんは満里子とは別なのよ。内地へ帰ったと言うだけで、姉さんは安心して落着いて了うんです。ここでは、何もかも、姉さんと調和するんですわ。私、驚いて、それを見ていたんです。姉さんは、誰れもかも、人間を信じてかかるでしょう。美恵子さんのようなひとでも、すぐに信用するし、あちらから裏切られるようなことがあっても、黙って見ていらっしゃるだけよ。私から言えば、不思議だし、危っかしくて仕方がないのよ。」

「それは、満里ちゃん、人間は、だますよりも、だまされる方がいいのよ。」

「そんなことないわ、姉さんだから、そう言うんです。気が弱いから、そう思って、慰めていらっしゃるのね。京都なんかのお寺が、姉さん、好きでしょう。あれだって、満里子、言うことがあるのよ。姉さんが、ああ言う静かなところがお好きなのは分るの。けれど、満里子は姉さんがまた逃げている、と思うの。なんで、あんなところがいいんでしょう。いくら庭がきれいで、建物が古くても、皆、今の私たちから見れば死んでいるのも同じことじゃないでしょうか。それなのに、姉さんは、ああ言うところへ行くと、幸福なのね。私には分らないことだし意味ないと思うのに、きっと姉さんには、ああ言うところへ行くと、外の世界のことを、その間だけでも忘れてられるから、お好きなんでしょう。姉さんが逃げるって、私の言うのは、その意味なんです。ところが満里子はどう？　姉さんのように古い美しいものの中へ逃げ込むことは出来ないんです。」

「知らないからよ。好きになろうとしないからでしょう。」

「いいえ。」

　とはっきりと打消した。

「満里子のは始めから逃げようとしないからなの。満里子は世間を可怖がってないんです。

可怖い思いは満洲で見て来ましたものね。世の中って、こう言うものかと思ったら、反《かえ》って勇気が出ましたわ。人間を見ても、満里子は信用しませんわ。それァお父さまや姉さんは別です。けれど、なんて言うのかしら？　良い方だとは知っていても、満里子の力になるとは思ってませんわ。」

「満里ちゃん。そんなことを！　私のことは別です。お父さまのことを、そんな……」

「だって、姉さん。……お父さまは、姉さんには何か仰有っても、満里子には何も言えないのよ。もっと叱って下さればいいのに、それさえ御自分で投げていらっしゃるわ。」

「そんなことはないわよ。やはり、満里ちゃんのことを一番御心配になっていらっしゃるわ。」

「そうかも知れないけれど……お父さまは御自分では、満里子には、もう何もしてやれないのだと、御存じなんですわ。満里子に、こうしろと指図なさる自信を失くしていらっしゃるんです。姉さんは、そう思わない？　心配はして下さるのよ。けれど、満里子が、どうしたらいいとは決して仰有らないわ。満里子に、じかに何もいわないのは、そのせいなのよ。何があっても平気のように明るくしていらっしゃるけれど、世間が変り過ぎて了って、御自分たちの昔の考え方では満里子はやって行けないのだと気がついていらっしゃるんです。姉さん、そう思わないでしょうか？　御自分をかばうことだけで、お父さまは精一杯なんですわ。」

「お年だから……」

「知っているわ、もうお年だし御病気だから、と姉さんは言うんでしょう。あたしも、そう思うの。だから、お父さまを可哀想に思うことがあっても、満里子に何かして下さいとは言いませんわ。満里子を自由にして下されば、沢山なの。仕様がない奴だと見限って下さると、反っていいんですわ。それが、お父さまはお弱いんです。役に立たないと御存じでいて、満里子のことを、心配だけしていらっしゃるんでしょう。」

「満里ちゃん、それが、親なのよ。」

「それも知ってるの。」

と満里子は、姉に不遜《ふそん》と見える顔付で答えた。

「けれど、満里子は姉さんのように、ただそれを有難いこととは思わないわ。なぜ、もっと満里子を信用して下さらないんでしょう？　満里子は、馬鹿かも知れないわ。けれど、一つきりない自分のいのちですもの、どうやって生きるかってことは、お父さまよりも私に大切なことなのは、きまっていましょう。若し、失敗しても、それが自分のせいだったら、諦めることも出来るし、笑うことも出来るわ。自分で生きて見度いんです。姉さんのように、あたし、まわりと調和出来ないわ、我慢も出来ないわ。ほんとうのことを話させて下さいね。お父さまにしろ、姉さんにしろ、兄さんにしろ、世間がこんな激しく変って行っているのに、御自分たちは、出来れば決して動くまいとしていらっしゃるのね。小鳥のように風のすくないところを探して、じっとしていらっしゃろうとしているのね。満里子には、それが出来ないんです。自分が吹き落されないで生きて行けるかどうか、風の中に出て見たいんです。生意気にと思わないで下さいね。満里子に、よくして下さってるのは知っています。けれど、いつか、それが満里子を弱らせて了うんです。あたし、姉さんを見ています。姉さんはおとなしい方だから、お父さまに縛られ、兄さんに縛られて、いつの間にか動けなく成ってるんです。姉さんは、ちっとも疑ってないし、家の中の調和を守っていらっしゃるけれど……それでいいのか、と、姉さんが可哀想になることがあるんですわ。あたしなら、我慢しないわ。親子だの姉妹って関係が、満里子を生きていながら殺すものだったら、満里子はおとなしくしてないわ。」

　口数のすくない姉は、沈黙していた。瞳を妹からそらしていた窓の外に、葉をそれぞれに朝日に彩られている庭の木々が動かずにいるのが見えた。

「姉さん、そう思わない？」

　と、満里子は追及した。その場合も姉の静かで端正な横顔が白く目立っていた。その静けさが、逆に今の満里子の心を苛立《いらだ》てる理由と成っているようであった。

「何もかも、ごまかしなんです。私、そう思うの。私たちは難船して、筏《いかだ》に乗って流されているようなものなの。それがお父さまも姉さんも、不思議なくらいに、動こうとなさらないのね。お父さまは別よ。お年のせいもあるし、もう御自分を見捨てていらっしゃるから、敵の捕虜になった羅馬人《ローマじん》のように、泰然自若《たいぜんじじゃく》として、お話だって明るいんですわ。」

「そうでもないのよ、満里ちゃん。」

と、姉は言った。

「やはり、お父さまはお父さまで悩んでいらっしゃるわ。それは御自分のことは仰有らないわよ。学校を出てから、この間まで、ほんとうに心を打込んでなさっていらしったお仕事の全部が、何もなかったのと同じことに成ったんですもの。それア日本人が使わないでも、毀《こわ》さないで誰れかが使ってくれれば、私たちが造った甲斐《かい》はある、と一度仰有ったきりなの。でも、それは淋しいお気持なのね。別の時に、満洲で俺に残ったのは、満里子だけだと仰有ったことがあるわ。御自分のことは捨てていらしっても満里ちゃんのことは、御心配になってるわ。ほんとうに満里子のことだけを考えていらっしゃるんじゃないかしら。」

「でも、駄目。」

「駄目って……？」

「それは、お父さまも姉さんも、過ぎて来た後の方ばかり見ていらしって、これから来る前のことを見ていないからなの。どうして、そんなに、過ぎてしまったことが人間を縛って、動きの取れないようにしているのでしょう。満里子には、今在るものの方が大切なんです。これから起るものの方が、大事なんです。お父さまが満里子のことを心配して下さるのは有難いんですけれど、それが満里子を縛って了うんです。時々、息苦しくするんですわ。」

「…………」

「あたし、満洲にいて、軍人の将校が一番、立派だと思ってました。戦争に負けて来たら、その人たちは、私たちにはまだ大丈夫だと言いながら、自分たちの家族を内証で逃がしてやり、お家にあるものを、鍋、釜から洗濯板まで軍のトラックで運んで逃げたので、一度にがっかりして、人間って、こんなものかと思いましたわ。お終《しま》いには、こそこそ逃げたり隠れたりするのを見て、ざま見ろと言うような気さえして来たの。それから、満里子、人間をこんなに醜《みにく》い真似をさせる家だの家族だのって何かしらと疑ったんです。家の為と言うのなら、何か、よくないことをしてもいいのでしょうか。私、満里子に家がなくなってもいいと思うわ。そうしたら、お父さまでも姉さんでも、満里子には、もっと別の目で見えると思うの。別の愛し方が出来ると思うの。」

「でも、この家にいても誰れも満里子ちゃんを縛ろうとはしてない筈《はず》よ。」

節子は、思い詰めた時の妹の気性を考えながら、なだめようとした。

「それに、いずれ、満里子ちゃんが思うとおりに成るのじゃありませんか。お父さまだって、ほんとうにああ言う囚《とら》われない方だし、満里子ちゃんの将来のことは自分できめればいいと御覧になっているので、心配はなさっていらしっても干渉はなさらないのでしょう。反って、そのせいで、苦労に思っていらっしゃるのね。それが分らなければ、満里ちゃんが、悪いことよ。」

「それが、お父さまは私が姉さんのように成ることを望んでいらっしゃるの。」

と、満里子は、譲らずに答えた。

「満里子には、決してそう出来ないの。」

「それでいいでしょう。けれど、お父さまに余計な御心配をかけないようにだけ、して下さいね。何ですか、私どもが考えているよりも御病気だって、よくないような気がするんです。子供として何かして差上げられるのも、御達者でいる間だけですから。」

満里子は急に烈しく首を横に振った。その動作につられて、涙が露が散るように、こぼれるのが見えた。両手で顔をおさえて、泣きむせびながら、満里子は言い出した。

「姉さんのようには、私、出来ないんです。一度、放して見てからにして下さい。きっと、満里子、好い子になります。満里子は縛られていたくないんです。」

「誰れが満里ちゃんを縛っていましょう。」

「では、姉さんは、御自分が自由に息をしていらっしゃると思ってるの。何も、姉さんを縛ってないと考えてらっしゃるの？　満里子、お父さまは別ですけれど、兄さんが嫌いです。姉さんがおとなしくしてるのを見ていて、兄さんが段々嫌いに成ったんです。」

「何を、満里ちゃん……」

「いいえ、言わせて下さい。学者か技術家として兄さんは偉いのかも知れませんが、そんなことが、姉さんに何の関係がありましょう。それも仕事に熱中して、いらしった間は、まあ、家や姉さんを忘れるくらいに働いてたのは男らしくていいとするわ。満里子の言い度いのは、その後の兄さんです。仕事を失くしたことは、ほんとうにお気の毒なの。今の世間はどこにだって仕事のない人はいるわ。けれど、それなのに、王様のように傲然《ごうぜん》として、いつまでも姉さんの生活の影になってる神経は、どう言うのでしょう。兄さんの気位の高いことは分ってます。昔の地位やお仕事を忘れないから一段降りてどんな仕事でもしようと言うお考えがないんです。そして姉さんが自分で働こうとすると、御自分の体面に関係することのように、暖い目では見ないで、冷淡に触《さわ》らないようにしているでしょう。それでいて、姉さんに働くのはやめろ、とは決して言わないでしょう。兄さんほどの人ならお仕事はいくらでも見つかる筈なのに、もとの地位が地位だから、今更、自分より後輩の下に使われたくないと言うんでしょう。梯子《はしご》を登ることだけ知っていて、降りることを知らないの。お役所の経歴って、そう言うものかも知れないんですけれど、満里子は変だと思うわ。私が姉さんだったら、決して我慢してないわ。一所に生きていて、つまらないと思うんです。私には姉さんが誰れの為に生きているのか分らないわ。自分で幸福になる権利があるのに。」

「満里ちゃんたら！」

と、節子は呆れたように叫んだ。

「かなわないことね。」

節子は、口もとに微笑を失わなかった。木の葉のきらめいている庭を見て、夏の青空の色を見まもった。この妹が、服の色など、本能のように強い原色を好み、それが大陸の単調な自然の中に置いて、不思議と似合って引立ったことを思い泛べた。

「我慢して頂戴ね。満里ちゃん、三村だって、そう悪いひとじゃないのよ。」

と、節子は言った。

「ほんとうは、自分で、あせっているの。けれど、そう見せたくないから、いつまでも大ざっぱな口のきき方をしてるし、わざと、不幸に超然として見せているんですわ。変にまごまごされるより、救われるわ。誰れにだって不幸な時はあるわ。私たちには、それが押寄せるように一度に来たのね。皆で仲善くしていたわり合って行っていいのよ。」

「それが、皆、姉さんを苦しめるんじゃない？　姉さんは、自分でそうしてるんだわ。姉さんが、この世に望んでるものは、一体、何なんでしょう。」

「ないわ。」

と、姉は静かに答えて笑ってから、

「多分、皆が倖せになること！　姉さんを弱いって満里ちゃん言うの、ほんとうかも知れないわ。あたし、よく電車の中などで、誰れかが、さも疲れたような不倖せなような顔色をしてるのを見ると、自分が悲しくなって来ることがよくあるわ。」

「まるで、知らないひとの。」

「そうなの。子供を連れた女のひとなどで、さも生活に疲れたと言うように見える方があるでしょう。お気の毒だから見ないつもりでいて、段々と、その方の感じていらっしゃる不幸が、自分に乗り移って来て悲しくなって来るの。だから、私って女、自分だけが幸福になることがあっても、不倖せな方が側にいたら決して幸福に思うことがないと思うのね。」

「それは、病気よ、姉さん。」

と、満里子は言い立てた。

「でも、そうだったら仕方がないでしょう。他人の心持が、すぐ映って来るのね。自分と言うものがないせいかも知れませんわね。」

「いいえ、姉さんは、はっきりと自分を持っていらしったのよ。悪いけれど、満里子、姉さんの若い時の日記を見たことがあるのよ。決して弱いひとじゃなかったのね。それを姉さんは自分で殺して了ったんじゃないかしら？」

「そんなこと、ないわ。」

「いいえ、火のように燃えられるひとだったのが、姉さんは、自分で今みたいな方に成って了ったんです。」

「そんなことないわよ。不幸ってことを本当に知ったら、他人《ひと》のことにも無関心でいられなくなるものよ、満里ちゃんは、まだ、それを知らないの。」

「姉さん、あたし、お父さまのところへ相談に行って来ます。とにかく、満里子、悪いけれど、ひとりに成って見たいんです。姉さんのお店へ通えば、毎日だって、会えますもの。」

鳩

汽車は朝早く京都駅に着いたが、満里子はここで降りず、大阪も通り越して神戸の三宮駅まで行った。切符も、ここまでに成っていた。

朝は曇っていた。神戸の町の背景になっている松山には、濃い靄《もや》が降りていて、なかばまで山を隠しながら、前景になっている松の一列を、黒く浮き上らせていた。あたりが灰色なので、美しい形が、黒く鮮やかに示されていたのである。

活潑な出勤時の雑沓《ざっとう》の中を、小さいスーツケエスを提《さ》げて歩き出した。生田にある宏の店までは近い。夜汽車で、碌に睡れなかったのに、満里子は、そんなことも忘れて、いきいきとして来た。ガードを潜ると生田神社の朱色の鳥居が通りの奥に見えて来ていた。

ひょっとすると、朝が早いから、宏はまだ住居の方か、と気がついた。起きたばかりのところへ、玄関に立って驚かして見せることを空想した。

店は、開いていた。いろいろの家具のセットが、床に陳列してある店である。店はまだ静かで人が出ていない。設計図面を壁にピンで留めてある前に、誰れか机に向っていた。これは宏ではなく、日本人には滅多に見ない頰髯を生やした男で、ペンを握って何か書いていた。

満里子は、立ち止って声をかけて見た。

「宏さん、いらっしゃる？」

平岩哲造は顔を上げて、満里子を見まもった。手を髯に入れた。

「田代氏なら留守です。」

「まだ、出て来ないの。」

「昨日の急行で、東京へ行ったんだそうですよ。今、店の者が来るでしょうから、聞いて御覧なさい。私も、留守と知らずに訪ねて来たのだから。」

満里子は落胆して叫んだ。

「東京ですって？」

「そんな話なのだ。」

「私、東京から来たんですわ。」

「それは、行違いに成った。」

同情のない声に聞えた。平岩は、満里子を捨てて置いて、鬚をなでながら、書きかけの文章に目を落した。これは、郵便はがきで幾枚か重ねてある。

鬚のあるせいかこの男は沈鬱で屈託のある顔付に見えた。満里子は、遠くから来た自分の目的が、一度に、あてが外れたので、泣きたいような頼りのない心持に成って奥を覗《のぞ》き込んだ。

留守番らしいシャツを着た男が、盆に茶をのせて、出て来た。

「宏さん、東京へ行ったんですって。」

「いらっしゃいまし。昨日の急行で、お出かけに成りました。」

「永く、行ってるらしいお話でした？」

「一週間ぐらい、と仰有ってましたが。」

京都の父親のところへ行くとしても、四、五日は泊ることに成るので、これは完全に、行違ったわけである。

「困ったわ。」

と、自然に声に出てから、満里子は急に尋《き》いた。

「あの大きな寝台、まだ、ここに在って？」

店番の者は、即座に答えた。

「あれは、もう、お納めしました。」

それから笑顔で、満里子を見て、

「真下さんの奥さんの寝台で御座いましょう。」

満里子はまた驚いて、

「あの奥さんの……でしたの。」

「チーク材に彫刻したものでしたら……」

平岩が顔を起していた。

「マダム真下が、そんな贅沢な寝台をここで造ったのかね？」

横柄《おうへい》な感じの口のきき方だったし、髯の中で意味ありげに笑っていた。

「金があるし……巴里でも贅沢していたからね。だが、君が奥さんと呼ぶのは、あの女、結婚したのかね？」

「御主人が戦死なさったんです。婿《むこ》さんに入った方だったように伺ってますが。」

すると平岩は皮肉な調子で言った。

「ふむ、戦争未亡人で、そんな寝台が要るとはね。いや、若い内から、なかなかフラッパーなお嬢さんだった。だが、年を取っても、いつまでも、きれいだね。この間、田代と一所にいるのを、そこのムーンライトって酒場で会ったが。」

「…………」

「時に、君。マダム真下の家は、どこなんだね。」

「お宅は、甲陽園です。が、確か、昼間は北浜のお店の方に出ておいでの筈です。」

「大阪のね。それは、好都合だ。どの辺だろう。電話番号も分ってるだろうね。田代と同じで、私も巴里で親しくしていたんだ。この間、会った時も、一度訪ねて来てくれと言われている。」

　主人の友人と言うので、留守に来ても、こう横柄な様子でいるのだと信じられた。店の者が、住所録を持出して来ると、覗き込んで、手帳に書き留め始めた。その間に、満里子は、することを失《な》くして立っていた。当然、電車で京都に戻るより他はないのだが、汽車を降りたばかりで朝食もしてなく空腹なのが悲しいような腹が立つような気持でいながら、決断がつかず、頬髯の平岩のすることを怒ったような顔をして見ているだけであった。宏が東京へ行って居ないと言うのは、もう決定的なことなのである。それならば満里子が話すことも尋くことも、ないのであった。

　手帳を胸のポケットにおさめると、平岩は何か明るい考えを抱いたように笑顔になって満里子を見た。

「あなたは、東京から田代を訪ねていらしった？」

　と、声も優しく変っていた。

「あいにくでしたなあ。それで、田代とはどう言う関係で？」

「お友達なんです。子供の時分から。」

それで、ほんとうは満里子は、わざわざ結婚を申込みに来たのだった、と自分で考えた。その為にこの行違いの惨めさが、一層深く感じられて来た。

「好い男ですよ。」

と、平岩は、友情らしいものが感じられる声で言った。

「若いのに勉強家でしてね。それに育ちがいいと言うのか、人間が真面目だ。真下女史あたりが夢中になるわけだね。いや、失敬しよう。」

出て行こうとして、書いていた葉書に手を伸して拾い上げた。

外に出てから、満里子は見あたった喫茶店で菓子を食べて紅茶を飲んだ。味がなかったようである。スーツケエスが重たくなった。

駅に戻って、京都までの切符を買った。電車は乗ってから暫く出なかった。プラットフォームを眺めていると、発車真際《まぎわ》になってから、さっきの頬髯の紳士が大股で階段を昇って来て隣りの車室に入ったのが見えた。

真下頼子のところへ行くのかしら、と満里子は考えた。すると、自分も頼子に会って見たら、宏のことが何か判るのではないか、と考え始めて、すぐにその決心が出来た。

大阪で降りた平岩哲造は、自分を見て微笑して立っている満里子に気がついた。

「小父さまは、真下さんのところへおいでなんですか。」

「あなたも？」

と問い返して、

「それは都合がいい。一所に行きましょう。店がどこか知ってるんですか。」

「いいえ、大阪を知らないんです。」

平岩は、前に話した時よりも、親切に見え、満里子が断ったのにひったくるようにしてスーツケエスを持ってくれた。

「外国の作法ですよ。」

と、彼は、教えるような口調で言った。

「荷物は、男が持つものだ。」

電車を待ちながら、満里子は尋ねて見た。

「真下さんの小母さまと、お親しいのですか？」

「やあ、巴里以来、懇意ですよ。この馬鹿げた戦争の間中、お互いに離れてたがね。」

「宏さんとも？」

「田代君とも、それは、ね。進駐軍や、バイヤーの注文を取ってやる約束になってるんで……」

電車が来ると、道を開いて満里子を先に乗せてくれた。

「お名前は何と言うのかね？」

「宗方……満里子。」

「マリちゃんか、好い名前だ。フランスだと、マリイだね。これは世界中、どこへ行っても満里子で通用する。キリストのお母さんの名だ。」

満里子は、この男から聞き出したいことを胸に持っていながら、口に出せなかった。宏と真下夫人のことで平岩が意味ありげな口をきいたのを忘れなかったせいだが、しかし、平岩は最初に会った時から、頬髯などを生やしているせいか、年齢の相違を感じさせ、こちらから話しにくいところがあった。

「真下女史か？」

と、平岩は、何を思い出したのか、こう呟《つぶや》いて髯に手を宛《あ》てた。それでいて、その後を何も言わなかった。かっと夏の日が照りつけている街の風景が、流れるように動いて行くのを眩《まぶ》しそうな目で見まもって黙り込んでいた。

「この橋を渡ったところで降りると、確か北浜だ。」

真下商店は、石造やコンクリート建ての洋館の多い北浜で、古めかしく重々しい土蔵造りの店構えで、外から見ただけで老舗《しにせ》だと判るような工合であった。頼子の水際立った洋服の着こなしを知っている満里子には、この店は意外であった。しかし入口から土間に入って見ると、内部は洋風の事務室になっていて、客に応接する仕切りの奥は椅子、テーブルで、二十人近い店の者が、帳簿をひらいて、いそがしそうに暑そうに働いていた。その広間の天井は二階に突き抜けていて、階下の事務所を見おろす必要がある故か、二階には木の手すりをつけた廊下があるだけである。

「奥さんは、おいででしょうか。」

と、平岩が、他の客と話していた店の者に尋いた。

「社長さんですか？」

「そうです。」

と、平岩は頷《うなず》いて見せて、

「東京から、お客さんを連れて来たんです。こちら……」

と、彼は満里子を示した。

「宗方さんのお嬢さんだと取次いでくれたまえ。東京の宗方満里子さん。」

この取次ぎの申込み方に、満里子は狼狽したが、平岩は、脱いだヘルメットで炎天を歩いて来て暑そうな顔を煽《あお》いで平気でいた。店の者が事務所の仕切りから出て来て、階段を二階に昇って行ったのは社長の頼子の部屋は上になっていたからである。間もなく降りて来ると、同じ階段を先に立って案内してくれた。

二階は天井の高い洋間になっていた。ドアのところに、頼子が立って待っていて、満里子を見ると、

「ああ、あなた！」

と軽く叫んでから、後から昇って来た平岩に気がついて、

「あら、平岩さん？」

「マダム。可愛らしいお客さまを途中で拾って御案内して来ましたよ。」

「どうしたんです？」

と咎めるような調子が、満里子に向うと笑顔になって、

「ほんとうに、びっくりしましたわ。あたし、どうしたせいか、お姉さまがいらしったのかと思ったの。でも、よく来て下さいましたわね。こう言うところに、私、おります。まあ、どうぞ、お入りくださいまし。」

ソファを置いた応接間がものものしい感じだったのは、日本風の洋間で、木材を豊富に使って格天井《ごうてんじょう》や欄間を重々しく作ってあるせいだった。

「川が見えるでしょう。これだけは取柄《とりえ》なんですけど。父が建てた家ですから、お化けでも出そうに古風なのね。」

「なるほど。」

と、平岩は、部屋の窓の外が日本風の廊下になり、はめてある硝子障子の外がひろびろと川の水を見おろしているのを、感服したような調子で眺めて、

「これは結構だ。水があるのは明るくてよい。真向いが中之島になってるんですね。芝が実にきれいですなあ。いや、しかし、不意に伺いまして……」

平岩が来たことを最初から不快に感じていた頼子は、満里子だけを見まもっていた。粗野なところがありながら輝くような若さが新鮮で好ましい。ソファに腰をおろして、まだ落着かない様子で、黒目ばかり大きく見はっているのである。なんで急に自分を訪ねて来たのかと言う疑問も、別に気にならないくらいに、頼子は自然な好意を寄せていた。

「いつ、いらしったの？」

「今朝……」

「いや、田代君の店で一所になったんですよ。あいにくと、田代君が上京して留守だったので。」

と平岩が説明した。

「あ、もう、お出かけに成った？」

と頼子は静かに受けた。

「それは、あいにくでしたのね。」

「まったくの行違いで。」

平岩は、豪放らしい笑い方を示した。

「まあ、それで、こちらへ御案内すればと思ったんです。」

「そう、それは、どうも有難う。私で田代さんの代りが出来るかどうかは別ですが、ほんとうに、よく来て下さいましたのね。」

と満里子に、ほほ笑んで見せてから、

「平岩さんも、おいそがしいんでしょう。」

「いや、なアに！」

と、髯を撫でて、あいまいに笑って、

「ちょっと、あちらの人と会う約束になっているんですがね。」

「どうぞ、お構いなく。」

と、頼子は歯切れよく挨拶した。

「この、可愛らしいお客さまは、私が確かにお預《あずか》りしましたから。」

平岩は、平気で聞き流して、壁の額を見上げていたが、

「マダムが、こちらの社長さんなんだそうですなあ。」

「名前だけね。」

と冷淡に受けて、満里子の方へ言った。

「どこへ、お供したらいいでしょう。そうね、町の中はこの暑さでしょう。午後になると、もっとひどくなるんですから、どこかへ出かけましょう。平岩さん、失礼ですけれど、お嬢さんと私だけにして下さいましね。」

平岩は不意にフランス語で答えた。

「無論ですよ、奥さん。」

それから急に、ソファから身を乗出して、

「時に……ほんもののジョニー・ウォーカーが手に入るんですがね、それに非常に、やすく、まるで、ただみたいの値段で手に入るんです。ワンダズン（一打《ダース》）で、二万円と言うのだから、サントリのことを考えても廉《やす》い。自分が買い度いんだが、旅先のことだし……誰れか、と思ってたんですなあ。如何です、お求めになって置いたら。」

「二万円。」

「そうなんです。」

買うとも買わないとも答えずに、頼子は片側の大きな板戸をあけて奥に姿を消した。

満里子が見ている前で、頼子は平岩に現金を渡した。

「や、確かに。」

と、平岩の態度には急に、変った調子が見えた。

「廉いですよ、何しろ純粋の奴ですからな、重いから、誰れか使いの者におとどけさせます。二、三日の内に、間違いなく、こちらへおとどけさせますから。」

金をふところに蔵《しま》うと、

「やあ、私は、これで失敬しよう。お嬢さん、どうぞ、ごゆっくり。では、奥さん、お願いします。失敬しました。」

「お送りしません。」

「や、どうぞ、どうぞ。」

階段を降りて行った足音が消えると、頼子は形のいい唇を反《そ》らして笑って呟いた。

「廉いことね。」

満里子はウィスキーの値段の話かと聞いたが別の意味で頼子は言ったのである。

「これで、あのひと、当分ここへ来なくなるわ。」

ほっとしたように笑顔をひらいたのが、満里子が見ても明るかった。

「いやな男なの。巴里で見た時分も、そうでしたけれど、まだ立派にしていたのが、今度会って見ると、変に下品になっているのよ。ウィスキーを持って来るなんて嘘ね。」

「…………？」

「ちゃんと、抜け道が考えてあるんです。その内に、きっと葉書か何かで、断って来るわ。英国物のウィスキーがあると言い出した時に、すぐに私、はあと思ったのよ。持たして出したが、使いの者が途中で調べられて、品物が品物なので没収されて了った。こう言って来るのね。あの男だから、ひょっとすると、お宅の方には、この関係で決して御迷惑は掛けないって恩にきせて来るかも知れませんのね。」

「そんな悪いことをするひと。私、何も知らなかったんです。」

「あたしのことなど、何か悪口を言ってなかった？」

「いいえ、別に。」

と答えてから、満里子の目に、生真面目《きまじめ》なものが閃《ひらめ》いた。

「宏さんと仲が善いんだとかは、言ってました。」

「仲は善いわね。」

と、頼子は軽く言った。

「けれど、あのひとは、もっと大げさに言うでしょう。ひとのことに口を出すのが趣味って言うより癖なんです。他人のことばかり気になるのね。だから、側に寄ると、必ず何か害を受けるのでしょう。いやな性質が、こびり附いてるんです。男らしくなく。」

そう言ってから、頼子は気がつかずにいて満里子の胸を傷つけるようなことを言った。

「田代さん、東京へいらしったのなら、きっと、お姉さまとお会いになるわね。」

お荷物だったスーツケエスは、頼子の店に預るとして、

「なんでしたら、一晩、私の家に泊っていらっしゃらない？」

そこまでうちとけて優しく出てくれる相手に、満里子はまだ、心のどこかで、とけ切れないものを残していたようである。なかば拒むような首の傾《かし》げ方をして、

「でも、父が待ってますから。」

「いいわ。」

と頼子は、自分より年若い相手を、興味を以て観察していたし、頭の働き方にも弾力が

あった。

「御一所に外を歩いてから、満里子さんのいいように決めて下さるのね。」

食事をした場所から心斎橋通りは近かった。日ざかりだったが、相変らず、人が出ていた。頼子は暑いと感じるだけなのだが、満里子を見ると、こうして人で雑沓しているところを歩かせると、倦《あ》きずに飾窓をのぞいたり、すれ違った同じ年頃の娘たちの服装に注意を働かせたりして、少しも疲れる様子がない。

「どこか涼しいところへ行きましょうか、山の方か、海のあるところ。」

満里子は、どちらでもよかったのだ。注意して見ていて、頼子も気がついたのは、満里子の興味が、いつでも目の前に在るものに向って、いきいきと働き、その他のことは忘れているらしいことである。

心斎橋通りは大部分が焼けて、戦後の新築ばかりだったが、家に古くからある看板の大きな板を疎開させてあったのを、新築の店の屋根に、昔どおりの形で掲げてある店があった。どちらを見ても木口が全部新らしい街に、古い看板を大切にするその店の主人の心づかいが、異彩と成って目立っていたのである。

「古い看板を疎開させることに気がついたなんて、偉いわね。家を焼いても看板は焼くまいとしたわけなの。」

頼子がこう話しても満里子には意味がよく解らないらしかった。その看板が古風で、おおどかな落着きのある様子で、屋根の上から街を見おろしているのを見上げても、格別なものがそこに在るとは感じなかったのである。それよりも彼女は頼子が連れて入った小ぎれいな喫茶店の、ガラスやステインレスの新らしい卓や、黄ろく塗った上に画を描いてある壁、鉢植えのゴムの木などが客の若い娘たちの華やかな姿と雑然と作り上げている明るい空気に心を惹かれて、東京の姉の店もこんな風にしなければと考えて見るのだった。

「ねえ、私の家へいらっしゃらない？　電話をかけて沸かさせて置きますから、お風呂にでも入って……涼んでから、ゆっくり、どこへ行くか御相談しましょう。」

　頼子は、宏とのことでも、満里子と仲善くしておけば、と思いついた。自分との関係をそれとなく呑込ませるようなことも、場合に依っては、して置いてよいことなのだ。

　洋風のバスタッブの中に、満里子は長々と、両脚を伸していた。案内してくれた頼子が小さい香水の瓶《びん》を手のひらに持っていたが、風呂の中にその数滴を垂らして行ったらしく、仄《ほの》かなよい匂いが、湯気に入り交っていた。自分が入る時いつも、こうしているのかしら、と考えながら、満里子は目をつぶった。うっとりとした心持が、軀《からだ》の芯に、ほぐれて、ひろがって来るようであった。夜汽車では、あまり、よく睡ってなかった。頼子が贅沢だと考えて、急に目をあけた。光を採っている大きな窓は、小鳥の模様のある曇り硝子をはめてあって、開けてある外には、赤松が輝いた夏空に梢《こずえ》を上げていた。これは白一色の浴室で、鏡の前の棚にガーベラの花の朱色が、あまり紅いので吃驚《びっくり》するくらい鮮やかである。

大連で、この程度に近い生活をしていたことで満里子は、あまり驚かない。しかし、如何にも大阪の商家らしい北浜の店構えを見た時と、この純洋式の住宅とでは、かけ違い過ぎていた。店の方の古臭く重々しかった壁や天井の木組を思い出して、あすこも、ここのように真白にペンキを塗って了えばいいのに、と満里子は考えて見た。

最初から満里子は、満里子流に頼子を観察し続けて来た。気まぐれから出た訪問であったが、そうとばかりは言えないものがある。満里子に言わせると、頼子は、嘘の臭いのするひとである。頼子を、もっとよく見たら、何故自分がそう思ったかが、わかって来ると思った。意地悪いような心持で、黙って見ててやれと思い込んだのである。おとながするとおりに成っている小さい子供のように振舞いながら、見るだけのことは見ていた。

花崗岩をぜいたくに使ったこの建物は、甲陽園の小高い丘に松の林に隠れていた。坂道を登り切るまでは、こんな家が在るとは気がつかない。花壇があって、いろいろの花の咲いている平地へ出ると、すぐ目の前に急に建物が出て来る。瓦《かわら》が青く、石の壁が白い小ぢんまりと、ひき緊《しま》った姿の洋館だが、外から見るだけで、充実した内部が想像されるような家である。抵抗出来ずに満里子が受けた印象は、なるほど、このひとの家だと言うことである。蔓薔薇《つるばら》をからめたポーチや、石を組合せた玄関に立って木の扉が厚く大きかったこと、鉄の環をつけた綱をひくと、呼鈴《よびりん》代りに内部で爽やかに鈴が鳴って、若い女中が急いで戸をあけて迎いに出て来たことなど――その時々はそれからそれと一々目新らしく驚くような心持で応接した情景が仰向いて湯につけている裸かの胸に、改めて泛んでくるようだった。壁が厚く床に絨毯《じゅうたん》を敷いてあるせいか、実に物音のない静かな家である。それが、満里子に考えさせるのだった。どことなく自分の姿や気質に似た家に入っているなんて、これは今日の世界で大層もないことに違いないのだった。

仕立てさせた服装が軀に似合うように、この家が如何にも頼子のものと感じさせる。そして、何故となく満里子の胸の中で反撥しているものがある。満里子は頼子と闘っている。浴槽の中に上体だけ起きなおって、明るく染《そま》った肌の色を無心に眺めていた。バレエの練習で、肉が緊り、釣合のいい手足を自分で確かめて、漸く心が楽しく成って来た。気になるのは、トオダンスをするせいで、歪《ゆが》んで了った足の爪だけであった。練習を怠けているせいで、桜色の爪が少し伸びて来ているが、やはり自然の形を失っていた。皮膚は光っていた。てのひらで湯をそそぐと、すぐに縮むようにして散って、見ている間に乾いて来た。

（お稽古を怠けているんで肥ったわ）

広い床さえあったら、踊って見度くなった。練習所の先生や朋輩のことを考えた。アン、ドゥ、トロア、カートル、サンクと、生徒の練習の拍子を取る先生の口真似が声に出そうであった。

熱くなったので、窓に出て見た。丘がかなり高いので、下になった松林や、砂地の裸か山の向うに青田が見え、鈍い色をした西宮の町がひろがっている。その向うに、海が見えた。遠い道路を人が歩いているのも見える。風が入って来た。充分に涼んでから、また、バスタッブの中に横たわり、

「ゆっくりお入りなさいね。」

と言った頼子の声を耳の中で復習してまた目をつぶった。気持よく、うとうとと成る。

満里子は、漸く上って着衣を脱いだ隣りの化粧室に来て涼んだ。ここも壁を白く塗って光も充分に採ってある。三面鏡の鏡台に、香水や白粉が並べてあった。一つの野心が湧き出るように生れたのは、その鏡台を眺めている間のことだった。

満里子は振返って見た。浴室とは反対の側の壁に戸口があるのを確かめると、すぐに近寄ってドアのノッブに手をかけた。ドアは小さく音を立てて開いた。

隣りの部屋は、レエスの窓かけで光を遮って薄暗くなっていたが、壁に寄せて大きな寝台が刺繍《ししゅう》をした布を掛けて、ひっそりと横たわっているのが見えた。湯上りのタオルを手にしたまま、まだ裸かでいた満里子は、猫のように、素足で絨毯を踏んで行った。

無邪気に、彼女は自分の目的を隠そうとしなかった。バレエの稽古で跳ぶ時のように、寝台に走り寄ると、掛けてある布をはぎ、毛布にシーツを重ねた間に、脚を差入れて、身を投げ出して、仰向けに倒れた。勝ちほこった悦びに満里子は夢中だった。頭に枕をあて、毛布をひき寄せて、本式に睡る姿勢を取った。寝台は軀に柔かであった。両脚を突張ると、

バネの軋《きし》む音がして、微《かす》かに上下に揺れ動いた。厚い草を見つけて睡る獣物の悦びを、満里子は全身に味わっていた。バネの振動が鎮《しず》まると、軀をバウンドさせてまた揺れ動くようにした。

あまり永くなるので頼子が見に来た時、少しの物音では目を醒さないほど、満里子は心地よく寝込んでいた。僅かの睡りで、疲労など取り去って了う若さが、無邪気な寝顔に不敵なたくましい様子を見せている。

頼子は、声もかけずに階下に降りて来たがやはり不快であった。神聖で秘密な場所を犯されたような思いをまぎらし切れなかった。今の若いひと達は、こう言うものかと考えなおしたが、甘やかし過ぎたような恨みがあって自分に腹が立って来た。

客間に入って頼子はピアノの蓋をあけた。ファンタジ・アンプロンプチュか何か思い切って強い音で弾いて、満里子を飛び起きさせたいような心持だったが、頼子は、反対に静かな子守歌を弾き始めた。ショパンの曲である。やがて、それを終えると、同じように静かな夜曲の一つを弾き始めていて、満里子の不作法な若さに自分が、屈服させられているようなのを、皮肉な心持で振返っていた。

暫くして満里子が入って来ていた。

「御免なさい、あたし、汽車で寝られなかったので、うっかり寝てしまったんです。」

「そうらしいのね。」

と頼子は、振向かずに答えた。

「ベルスウズ（子守歌）を弾いていて上げたのよ。なるべく、よく睡るように。」

「………」

「何か、好い夢を御覧になって？」

初めて頼子が顔を見た満里子は、ヴェランダの方へ出て外を眺めようとしているところだった。下の平野を玩具のように小さく見える電車が走って行くのが見えた。東京に出た宏と行違った悲しさを不意と満里子は胸に覚えて、この広い風景そのものが悲しいもののように思えて来た。

「小母さま、宏さんは、いつお帰りになるか御存じないでしょうか？」

「さあ、あちらで何か御幸福なことがおありならば、いつに成るか、わからないでしょう？　何かが足留めしたら。」

「小母さま。」

と、満里子は言い出した。

「あたし、宏さんとなら結婚してもいいと思ってるんです。」

頼子が不意を衝《つ》かれて驚いて見て、満里子は実に普通の顔色でいて、赧《あか》くもなっていなかった。

「小母さまは、どうお考えになって？」

「大変なお話ね。待って下さらない。あたし、煙草を取って来ますから。」

頼子は、卓の上のケエスから煙草を抜き取る自分の指に、動揺を覚えた。わざと、ゆっくりライターの火を移してから、出て来た。すると満里子がまた不意に言い出した。

「小母さまも、宏さんと仲善しなのね。」

「ええ、そうよ。」

と、頼子は、満里子の口真似をして受けた。

「田代さんから何かお聞きになって？」

「でも、そんなこと、いいんですわ。」

と、満里子は短く言った。

「宏さんだって何も言わないわ。」

この満里子を頼子は瞠目して見まもるだけだった。しかも、彼女は、その間も笑顔を放せなかった。年長だと言う自覚もあるが、みがき込まれた習性から、いつも感情を烈しいものほど隠すのに慣れていた。

「驚いたわ。」

と、きれいな指で、優雅に煙草を扱いながら言った。

「とても、あなた、率直なのね。愉快な方。お姉さまは存じ上げないんですけれど、かなり、御性質が違っていらっしゃるんでしょう。」

満里子は、たくましく見えるくらいに髪の豊かな頭を振って見せた。若々しい性質がその髪の根から一度に振り出されるように見えた。

「姉が宏さんを好きでしたの。ですから、あたしが姉さんの代りになってもいいんです。」

「お姉さんは、なんと仰有るかしら。」

「悦んでくれるわ。」

「そうでしょうか。」

「そうでないと、小母さま、お考えになって？」

微妙に笑顔を向けただけである。頼子はプラットフォームに宏といた節子のことを思い泛べた。影が胸に差して来た。

「相当、単純に考えていらっしゃるのね。」

「悪い？」

無邪気なのだろうが、言うことの一々が矢のように真直ぐに飛んで来て、頼子をまごつかせた。

「恋愛や結婚って、もっと複雑なものでしょう。私は……そう思うんです。」

「満里子は、単純でいいと思うわ。責任が自分に在ることは知ってますけれど、ダメだったら別れればいいわ。」

「でも。……田代さんには、もうお話しになったの。あなたお一人のことではないから。」

「話したけれど、宏さん、満里子の話を冗談だと思ったらしいの。小さい時分から知ってたので、まだ子供扱いしてるのね。あたしからもまた言いますけれど、小母さまからも話して頂けないでしょうか。」

「私……？　それはお話ししてもいいわ。」

「ただ話して下さるだけではいけないんです。どうしても、そうさせるように、すすめて下さらない？」

「まあ、可怖《こわ》いこと！」

「お願い。すすめて下さるわね。ほんとうにお約束して下さるわね。」

「やって見ましょう。けれど、田代さんが、何て仰有るか知らないことよ。」

深々と満里子を見まもって沈黙した。別の思念が、黒い光のようにして頼子の胸に忍び込んで来たのはその間のことだった。

「そうね。お姉さんの代りに、あなたが田代さんと御一所になると言うのも、結構ね。」

　と、頼子は言い出した。

「どなたにも、お目出度いことかも知れませんわ。やはり、あなたのように単純に考えた方が間違いないのかしら。」

言いつけてあったと見え、中年の家政婦が茶の支度をして来た。車輪をつけて乳母車のように押して動かせる小さい卓に、紅茶のセットや、銀盆にサラダの葉で飾ったサンドイッチや菓子が満載されていた。若い女中を呼んで日除《ひよ》けの布をおろしてある露台の一隅に、卓を出させ、糊《のり》のついた清潔な白布をひろげた。全部が頼子の好みに従っているのに違いなかった。

「山の上だから、夕方は割にいいのよ。」

と、頼子は、落着いた声で説明した。女中が給仕に附添っていたので、ふたりは、雑談していた。

満里子の話を聞きながら、頼子は少し前の満里子の切り込み方に、さっきまで自分が術《て》もなく追い詰められたことを思い返して、可笑しくなっていた。まったく受太刀だったのは、満里子のように、がむしゃらに心に在ることを言い出す人間に向った経験がなかったせいだった。裸かで前に立たれたようにまぶしく、その上に、こちらは一つ一つの言葉に注意して、綿か布にくるんだように、あたりを柔かに話す習慣である。

現在の頼子は、それから見ると心持が変って来た。結局、この勝負に勝ったのは自分だったらしい。この向見《むこうみ》ずで世間知らずのお嬢さんを、どうして自分が人形のように使えないわけがあろうか？　宏との結婚が成立したとしても、満里子は頼子の邪魔にならない。宏の心が節子につながっている場合よりも、ずっと、こちらは自由に出来るのではなかろうか。

満里子は健康な食慾を見せていた。

「夕方涼しくなったら、神戸へ行きましょうか？　ほんとに、お泊りになるつもりで、ゆっくりなさることね。」

満里子が寝台でよく寝ていた姿を思い出して、頼子は、前の時のように不機嫌でなく、急に可笑しくてたまらなくなった。子供のように無心な寝姿が、可憐だったようにも思われた。

「お泊りになるんだったら、また私の寝台を提供してよ。」

と頼子は言った。

満里子は何を考えたのか、急に言い出した。

「小母さまは、宏さんと結婚なさるお考えはなかったの。」

頼子は前ほど驚かなかった。

「考えたことないわね。何か、あたしのことを誤解していらっしゃるんじゃない？」

「ほんと？」

「田代さんに尋いて御覧なさると、いいわ。大層、私のようなお婆さんを高く評価して下さったのね。ただの戦争未亡人ではありませんか。」

白い喉を見せて、頼子はさも可笑しそうに声を上げて笑った。そして、満里子が、どうせ結婚なさるんでしょうと言うと、品のいい笑顔で笑いそらしたが、

「こんな旧式な家に生れると、主人でいて、自由なんてないんです。今の方たちには、そう言うこと分らないでしょう。」

と、真顔になったのが、どこかに淋しい影が感じられた。

言　葉

父親は、姉に聞いたよりも元気よく、二階の縁側に置いた寝椅子にころがって、何か本を読んでいた。

「京都も、暑いのだけは閉口だ。」

と笑ってから、

「だが、閉口だと言うのは、まだ生きている証拠なのだろうから、贅沢な言分かも知れぬ。」

この二階からは、樹木の繁った山が空に立ちふさがるようにして近かった。机の上に薊《あざみ》の花が一輪、花瓶にさしてあったのを、

「これを見ろ。」

と、上機嫌で、

「わしが生けたのだ。」

「そんなことを、なさっていらっしゃるの。」

満里子は、不思議がって叫んだ。

「よほど、ごたいくつなさってるのね。」

「そうではない。たいくつなんか、すこしもしていない。ただ、ふと、ある時、やって見たのだ。この家の主人は、私と違って茶人だから、いろいろのものを持っている。それを遊ばして置くのは気の毒だから、気まぐれに箱から出して来て、庭を歩いて花をさがして来て、見よいように、ひとりで考えて生けて見た。生花なんてものでない、自分勝手の流儀だ。結構、楽しめるのだ。どうだ？　きれいだろう。」

　柔和な目もとである。

「帰ったら、節子に話してやってくれ。」

「御隠居さまね。」

「そんなものだろうが。」

　と、庭の方へ顔を向けておだやかに笑って言葉を止めたが、また暫くしてから前よりも熱心な調子で、

「いろんな生きようがあるものさ。私は年寄臭いことは嫌いで、謡《うたい》だの茶をやる奴を馬鹿にしていた方だったし、閑《ひま》があるから、そんな余計な稽古事を始めるのだと思ってたが、

そうばかりとは言えぬようだ。」

「何でもなさるといいんです。」

「はは、もう遅い。」

と、忠親は答えた。

「今更、師匠だの、先生などと言うのが来て窮屈に拘束されるのは厭《いや》だ。そんなことより、自分がさがして来た草花が、きれいで目を楽しませてくれるだけで、私には充分なのだ。他人に見せようと言うのではない。気がつかずに過ぎるところだったが、この世には、きれいで可愛らしいものがあるなと、ひとりで感心して見て済む話だ。」

「きれいはきれいね。」

「そうとは、あまり思わないんだろう。」

と、忠親は言った。

「お前たちには、まだ他に、注意をひくものが一杯あるのだから。」

「でも、満里子、花は好きだわ。」

「が、どこまで可愛がって見るかだよ。お前たちは、まだ、それに気がつくまい。そんなものなんだよ。が、それで済んでいるのは、まだ倖せなのだね。」

「………」

「何もしないでいるのが楽しいんだよ。」

と、忠親は、自分の現在を説明した。

「私は何度も外国へ行ったし自分でもハイカラのつもりでね。友人たちが少し年を取ると変に東洋風に渋くなって瀬戸物を弄《いじ》ったり習字など始めるのを、けいべつして来たものでね。自分だけは七十になっても八十になってもハイカラで押通してやるつもりでいた。それが、ここのところへ来て、他の奴らのやっていたことが、別に附焼刃《つけやきば》のものばかりではなくて理由のあることだったと考えるように成った。残念ながら、こっちから降参して出たようなものだ。」

　忠親は、こう言ってから、強く区切るようにして言った。

「戦争のせいもあろうね。ハイカラが嫌になったものだ。目隠しされた馬車馬のように駆出してばかりいた一生も変なものだと気がついた。行く先のことばかり考えて、道端に何があったかを見ていない。そう言うのが人生だと成ったら、これは、まことに変なものだからね。生きる悦びとは一体、何なのだい？　大べら棒な一生だ。もっと丁寧な生き方があったんだからな。」

「…………」

「働かなければ暮らせないのは地球上どこの国へ行ったって同じことだろうが、いそがしければいそがしいほど、その中に自分で楽しむものを見つけている人間はどのくらい幸福か分らぬなあ。北京あたりへ行くと飼っている雲雀《ひばり》の籠を原っぱに持出して、放してやって、空で囀《さえず》るのを一日聞いて楽しんでいる男が幾たりもおった。夕方になって雲雀が帰って来ると、籠におさめてまた持って帰って行くんだね。それが、金や閑のある人間でなくて、どう見たっていくら働いても暮らし向《むき》は苦しそうな苦力《クーリー》のような人間がしていることだ。悠暢《ゆうちょう》な馬鹿げたことをしているものだとけいべつして見て通る日本人の方が、金はあってもずっと貧乏臭いのだよ。精神が瘠《や》せこけて硬い筋だけになっているのだ。正《まさ》しくガタ馬車の瘠馬だ。骨と皮だけのいのちさ。私なんかが、その瘠馬の一匹なのだね。仕事、仕事、仕事だ。目標に向って走るだけだった。今になってね、自分の雲雀が欲しくなった。終日、草っ原に日向《ひなた》ぼっこして坐って、空の高みの囀りを聞いてたい。鴨川の上の方の土手あたり、いい場所だからなあ。」

「…………」

「こんな話も、お前に聞かせて置いて、いいだろう。」

「のんきなお話。」

「のんきに成ることが必要なのだ。」

と、忠親は言った。

「人間が百年も二百年も長生き出来るものではない。それよりも自分が持っている一分を一時間に、一日を一年の気持で、ゆったりと過せるとしたらなあ。おまけに日本人は外国人に比べて、いそがし過ぎるんだよ。急ぎ過ぎると言うのかも知れないね。外国に比べて個人の経済生活も苦しいんだが、脇目も振らない気性があるね。戦争にも、がむしゃらに駆込んだわけだ。どんな問題にぶつかっても解決のつけ方は、一つきりないと簡単に信じて了う。」

自分の話を持出そうとしていて、満里子は最初から失望させられたように感じた。

「御病気は？」

と、尋ねると、

「うん。」

忠親は、ゆるやかな調子でにこりとして、

「どうやら、仲善くするのに成功した。」

満里子には、その意味が呑込めなかった。

「悪い女房を持ったのと同じことなんだな。追い出したいのだが、こっちの我儘《わがまま》だけで、けりをつけるわけにも行かぬ。仕方がないから、こっちから折れて、病気の機嫌を取って暮らすことにしている。」

「まだ、おなおりにならないんですか。」

「さあ、どうかね？」

「困りますわ。」

「困ってるのは私だけだ。その私が、病気とも仲善く一所に暮らせるように成って来たのだから、お前たちに文句はない。」

　病気のみか、死そのものとも、忠親は折合って来ていたようである。近いと感じながら、念頭には入れていない。ただ現在のいのちをいとおしむ心持だけは急に強くなって来ている。

「踊《おどり》の稽古の方は、どうなのだ？　多少、物になりそうなのかね。」

「ええ。」

　と、満里子は面を輝かして、

「秋の公演には、舞台へ出して下さるんですって。」

「それは、見たい。見物に出かけねばなるまいね。」

「どうぞ。」

　忠親は、笑いながら、庭に瞳を移して黙り込んだ。満里子の初舞台を見に行けるとは、自分から考えられなかった。


　忠親は、満里子を連れて、宇治に行った。電車は混んでいて、終点で多勢降りた。しかし宇治橋を渡って平等院のある方角へ向いながら気がついて見ると、二人の他に誰れも同じ方角に歩いている者はなかった。あれだけ多勢降りた人たちは皆、見物ではなく、それぞれの用事があって散らばって姿を隠したものと見える。名物の葉茶屋が、町の両側に門並で、茶をほうじる匂いが往来の風にまで漂っているが、どの店も夏の真昼の懈《ものう》さを込めて、静かだった。

鳳凰堂の周囲には夏草が繁り、葉桜が鬱陶《うっとう》しく繁っている。広場で、子供が野球をしているだけで、ここにも見物人や散歩客らしいのを見ない。荒廃した感じがまぎらせなかった。池も草が繁って水が濁っていた。

「暑中のせいだろうな。」

と、忠親は呟くようにして言った。

鳳凰堂は、もと見た時のまま美しい安定感と、典雅な味を展示していた。しかし、光の加減か、朱の色が失《う》せて、黒味がかって冴《さ》えない色をしていた。無残なのは、屋根に雑草が生え、瓦の一部が、破れて、くぼみを作って、これでは存分に雨が漏っているだろうと感じられたことである。拝観受付所と木札の出ているところに行くと硝子戸が閉めてあって、人は見えない。硝子戸は内部から閉ざしてあって動かない。陳列してある絵葉書の類《たぐい》には、薄く埃がかかっている。忠親は、隣りに庫裏《くり》らしい建物の入口を見て、外から入ると暗い土間に立って案内を求めた。

返事がなかった。

「留守か。」

子供たちは、この境内でも球投げをしている。

忠親は、奥まで聞えるように大きな声を出した。

「頼もう。」

満里子は思わず笑い出した。

「もういいわ。帰りましょう。お父さま。」

忠親は、多分、二度とは来ることがないと考えて、不機嫌だった。

黒光りした廊下の奥に人の影が見えた。中年の女が午睡でもしていたらしく着崩れを直しながら出て来たが、お寺のひとはいないと答えた。

「鳳凰堂を見せて頂きたいのですが。」

「私どもでは、わからないんで御座います。」

「坊さんは、一人もいないんですか。」

お寺の人は法事か何かで、町に出ている。自分は他所から疎開して来ている者で、勝手を知らないと言うのである。

「では、仕方がない。」

と、忠親は断念して外に出て来た。

「帰りましょう、お父さま。」

「本尊の仏さまが、定朝《じょうちょう》か誰れかの作で、実に見事なものなんだがな。」

木の柵があって堂に近寄れないように成っているのを、

「構わぬ。堂の中は見えぬが、側へ行って見よう。」

「よしましょう。」

あたりは夏草が繁るのに委《まか》せてある。入って見たところで、面白いわけがない。と、満里子は決めていた。

宇治橋の下を流れる水は、豊かで厚味がある。流れも急で、水面に無数の皺《しわ》を寄せながら、押出すような勢いで動いている。透明な水なのだが、深いから青く見える。

「琵琶湖の水が落ちて来るのだ。」

と、忠親は、上流の山の峡《はざま》を眺めながら満里子に教えた。夏雲が緑の山の上に立っていた。鳳凰堂の古びて荒れた姿を眺めて来た目に、流れの水は清らかで美しく見えた。

忠親は、橋の欄干にかけていた手を放して、待ちあぐんでいた満里子と歩き出した。

橋のはてに在る駅に電車が着いたらしく、改札口から吐き出された乗客が塊《かたま》って橋を渡って来るのが見えた。

思いがけず、その中から田代宏がかぶっていたパナマ帽を脱いで笑いながら、忠親の前に進み寄って来た。

「おや。」

と、立ち止ると、

「小父さんが宇治へいらしったと伺ったので、お目にかかれるかどうか、来て見たんです。」

と宏は、満里子にも会釈して、

「鳳凰堂を、もう御覧になった？」

「外からだけだ。あいにくと、寺の坊さんが留守だとかで、戸をあけて中を見せてくれる者がおらなかった。番人ぐらい置いてもいいのだろうが。」

これから、黄檗山《おうばくさん》へ行くのだと言うと、宏は悦んで、

「それは、お供させて頂きましょう。僕も、ここのところ随分永く、行ってません。戦争に出る前に行ったきりだから。」

「宏さん、東京へいらしってたんでしょう。」

と満里子が尋ねた。

「今朝、帰って来て京都で降りたんです。ほんとうの飛脚旅行で。けれど、やはり、この辺は、いつ来ても好い気持ですね。」

「だが、鳳凰堂はひどく荒れているよ。人が構わなく成ったのだろうかね。」

と、忠親は言った。

満里子は、宏と歩調を揃えて歩いていた。父親のお供でいた時とは別人のような顔色であった。

「姉さんに会って？」

「ええ。」

と、宏は素直な様子で答えた。

「そのことで、小父さんとも御相談したいと思って、お宅の方へ伺ったんです。」

「どんなこと？」

と、満里子が問い返すと、忠親が、脇から言い出した。

「まったく、奈良の正倉院の下で乞食が焚火《たきび》していて人が怪しまなかったり、興福寺の塔を、無用のものだからと言って四十円か五十円の端《はし》た金《がね》で落札させたような、明治初年の馬鹿げた真似を、また日本人が繰返してくれるようなことは、今日は、もうなかろうがね。危《あぶな》いものだな。国民性だろうが誰れも彼れも目先のことだけ考えている。」


店の方の仕事は夕方までに大てい片付くし、晩飯の後は、することがない。前島五郎七が寝泊りしている運送屋の二階は風通しが悪くて暑かった。電車の騒音のほかに発着毎にマイクロホンで同じことを繰返す駅員の叫び声を夜遅くまで真正面に受けている。慣れては了った。しかし、外に出ている方がよかった。

彼の地道の気質は、いつの間にか、近所で認められていた。子供を可愛がる。人好きもした。前サンは、学があるから違うよ、と誰れかが批評した。それでいて生意気なところがない。米屋の主人は、それを前島が、丁度いい加減の学校を出てやめて、大学を出なかったせいだと言い立てた。どこへ行っても悪い顔では迎えられなかったのは、他の者のように、とどけた荷物に米や炭などの禁制の品物が忍ばせてあるのを仄めかしてホマチを稼ぐようなことがなかったせいだけではない。庶民的な気質で、しかも狡《ずる》いところがないと分れば街では悦ばれる。

近くの路地の腰かけの小料理屋に、電燈の明るい店があった。電球が明るいのはうれしいものだ。軍隊生活で酒が好きになっていたので、飲みに来るのだが、入って来て片隅に腰かけて酒も飲まずに、ポケットから本を出しておとなしく読んでいることもある。客が立て込んで来ると台所へ引込む。邪魔にならない男である。いそがしいと何かの用事も気さくにしてくれる。大きな肩の体格が、街の不良に対する無言の睨みとも成った。

前島が、節子の夫の三村亮助と出会ったのは、この店であった。いつものように何気なく、のれんを潜《くぐ》って入ると狭い店が客で一杯で、十まではない席が空いていなかった。

「おや、前サン。」

と亭主が、

「すぐ空くから、待っとくれよ。」

慣れていることで、奥へ入ろうとして、亮助と目が会ったのである。

前島は、笑顔を見せ頭をさげた。

家の方へは、時々行くのだが、亮助とは二、三度会ったきりで、寄り附きにくい印象を受けていた。薪《まき》を割ってやっているのを見ても、御労苦さまとも言わない。大きな家の旦那は、そんなものだと知っているから、こちらも気にしない。台所にある空瓶を見て、酒を飲むことは知っていたが、こんな粗末な店へ来て飲むとは、ちょっと思いがけなかった。

奥に入って、三畳で箪笥や何か置いてある、この家の夫婦の居間に寝所をかねた部屋の上り端に腰かけた。

「いらっしゃい。」

と、水仕事をしていたおかみさんが目で迎えて、

「いつもの？　前サン。」

「そうだね。ひとつ。」

それは、ショウチュウだった。日本酒やビールには、なかなか手が出ない。量が少なくて利き目が早いのがいいのである。

「茄子《なす》の辛子《からし》漬《づけ》があるよ。」

からいものが好きと知っていた。

前島は、宗方家の姉妹に何となく親しみを寄せていた。京都以来の奇遇のせいもあったが、向うもうちとけて親切に待遇してくれるのを嬉しく感じていた。ただ、亮助だけは、年齢も違うが、階級の相違を態度で分明にしているようで、軍隊生活の上官と同じことで、会うのを避けたいような心持が自然と動いていた。前島の考え方だと、人種の相違だと信

じられる。わざとのように重たく他人に対する態度が嫌だった。

今夜の亮助は、連れがあったし気分よく酔っているらしかった。顔を起して、始終微笑をふくんでいるが、話は連れの男にさせて、時々頷《うなず》いて、低い声で何か答えるだけで、無口で、重たい調子に変りなく見えた。連れの男も、最早若いとは言えない年齢で、世帯《しょたい》やつれが感じられたが、赤い顔をして声も大きくなり、何かしきりと憤慨して話込んでいた。

「なってませんよ。なってないと思うんですね。」

酒の席の、がやがや言うはたの話声に、ひとりで、声を張り合っているように聞えた。

その内に、その男は、亮助を局長、局長と呼んで、亮助から小声で注意されると、

「いや、先生、そうですよ。」

と、言い改めた。

前島は、二杯目のコップに手をつけていた。ふと顔を上げると、亮助が側に来ていて、

「君、ちょっと。」

と、目配《めくば》せして自分から先に、側の戸口から外に出た。

一所に路地を出ながら、

「頼まれて欲しいんだがね。」

亮助は腕時計を外して前島に手渡そうとしていた。

「どっかで、これが金にならないだろうか。」

「ここの勘定ですか、それなら、僕から話して置きますから。」

亮助は首を振った。

「もとの部下なんだが、遠くから来たんだし、同様窮迫しているんでね。その辺の時計屋へ持って行って話してくれまいか？　ロンジンだから……」

「どのくらい、お入用なんです。」

「出来るだけでいいのだ。」

「では、質屋に持って行きましょう。なくして了うのは惜しいですよ。」

「いや。」

と、亮助は、肩を聳《そび》えさせて、前島の好きでない様子を見せながら答えた。

「手放した方がいいのだ。浪人には、もう要らぬものだし……負担を後に残すのは不愉快だ。」


運送屋で働いていると、顔がひろく成るものだ。時計店の主人にも顔馴染があった。

「前サン。これは、型が古いんだよ。」

「で？」

亭主は首を傾《かし》げてから、急に答えた。

「五本だろうね。」

前島は三村亮助の無造作なやり方に急に不安を感じて来た。

「品物の出どころに、君が責任を持つんだね。」

怒ったように青年は真赤になった。

「そんなことを言うのなら、質屋へ持って行くよ。」

「まあ、ちょっと待ちなよ。」

裏蓋をあけて、電燈の下で大きい眼鏡をあてて調べていた。光の反射が、亭主の顔に虹のように走って動いた。

「七千円てとこかね。」

「もっと、高い筈なんだ。高級品だもの。」

確信はなかったが、前島は強く主張した。持ち前の頑固な気性が顔に現れていた。地方から出たものだけに、都会の人間にだまされるのが嫌いであった。

「無理だよ、前サン、高級品となると、この金づまりの世の中で、足も遅いんでね。」

「頼まれたんだから、私に責任があるんだ。どこか、他に話して見てもいい。」

「いくらなら放すって言うんだね。」

返事に困りながら、出まかせに、

「一万円なんかってものじゃないって話だったけど。」


「五本って？」

「折角だ。ええと……色をつけて、一万一千円てとこだね。」

前島は、驚きながら、いよいよ不安になって来て、正直に脇の下に汗を感じた。もう一軒、どこか当って見ればいいのだけれど、三村氏も急いでいることである。

「ほんとうは僕は値段のことも何も知らないんだよ。」

と、口に出た。

「ただ他人に頼まれたものだから、あまり廉《やす》かったら悪いからね。では、おっさん、こうしよう。一週間中にいくらか附けて取りに来たら、返してくれることに約束してくれないかしら。」

「一週間ね。」

亭主がためらう様子を見せたのは、好い買物だったせいらしい。不承不承《ふしょうぶしょう》に、この条件を入れて、現金を渡してくれた。前島は急いで道を戻って来た。距離のある人間に見えた亮助が、この小さい出来事で、前よりも親しみが持てるような心持がした。無論、節子たちには、内証にして置いた方がいいのだろう。

亮助は、まだ、相変らずの調子で飲んでいたが、前島を見ると、話込んでいる相手に、

「ちょっと。」

と断って立って来た。

「一万一千円なんです。」

と、小声で知らせて、それでよいかどうか尋ねようとすると、無造作に金を受取って、

「それは、有難う。」

と簡単であった。前島が、また自分の酒を飲んでいると、間もなく勘定をして、連れと外へ出て行った。

亮助は、連れを駅まで送って行きながら、無言で、金を取出して相手のポケットに突込んだ。

「あ！」

と、驚いて返そうとすると、

「いいんだ。いいんだ。」

と、大股で歩き続けながら、そのことには、もう触れようとしない。

駅の入口で、ふたりは別れた。

「また、来たまえ。」

と亮助は告げて、我が家の方へ歩き出した。ガードの空に、黄ろい月が出ていた。まだ宵の口だし、蒸暑い晩だったので、それぞれに電燈を輝かした店の前に、一杯に人が出ていた。

急に亮助は道を戻った。家に帰っても、新聞雑誌を読む以外にすることもない淋しさが、胸に在った。それでなくとも酒を飲み出すと際限なくなる習癖が昔からのものだった。

まだ居残っていた前島は、亮助が、また入って来たのを認めた。

「さっきは、有難う。」

と言って、

「少し外を歩こうじゃないか。」

と誘った。

時計の事件は、確かに男たちを急に接近させていた。外に出ると、

「もう、少し、どこかで飲もう。どこかないかね？」

「さあ、私も、あまり知りませんが。」

と前島は、亮助が世話になった礼の意味で誘ってくれるのではないかと、遠慮がちであった。

「どこでもいい。」

「わし達の行くところは、あまり上等な店ではないんです。」

「それで結構さ。」

と亮助は言った。

「わし達と君は言ったが、君は働いてる人間だし、私は引揚げの人間で、遊んでいるのだ。上等下等は論外さ。」

「銀座のお店の方はその後、どうなんです？」

何気なく、こう尋ねると、亮助は急に重たい調子に変って、返事を渋った。青年は、まだ、それに気がつかず、

「わしがお嬢さんのお手伝いに行ったことがあるんですよ。奥さんが京都にいらしってる時でした。」

「馬鹿なことを始めたものさ。」

と、亮助は、言い捨てるようにして答えた。

「考えも何もなしにね。」

「けれど、結構じゃないですか。あれだけの店が出来るんでしたら。」

「いや、出来るものではないね。」

と、返事が一層冷たくなった。

「だが、女と言うものは自分が売物になるとたやすく、信じ込む。これに例外はないようだ。」

前島は、驚いたように黙り込んでいた。節子や満里子を思い泛《うか》べていて、三村氏の言葉は、不意だったし無茶で見当違いのように思われてならない。

「女は、男よりもずっと現実家なのかも知れない。」

と、亮助は、同じ調子で言った。

「夢なんて持っていないよ。」

前島が見て、三村氏は豪傑風な大ざっぱな態度の中に、反対に女性的な弱々しいものが一所に在る人らしく見えた。しかし、どの道、奥さんの仕事に対する意見は、偏見があるような気がして不満である。前島は、節子をほんとうの日本風な優しい女のひとと眺めて来た。妹さんとは違うのである。他の小さい店へ行って、ふたりは酒を飲んだ。三村氏は酔っているせいもあろうが、飲み方が乱暴で、少量のものを味わいながら飲もうとする前島の貧乏臭い習慣とは違って、あおるように盃を空けて行った。強いし、いよいよ豪傑風であった。

「満洲で仕込んだ酒だ。」

と、自分も言った。

「どんなお仕事をしていらしったんです？」

「土方だ。」

と笑って、

「原っぱや鴨緑江のような大きな川が相手で、娯楽なんて何もない田舎に入っていたので、勢い、こいつだけは、誰れも、あびるようにやった。」

「それで、今は……？」

「失業。」

と、短く答えて、

「今日では、珍らしくないことだ。」

「ええ、仕事がなくて困っている人を探したら、際限なく居るんですから。」

前島は興味が白《しら》けた。

「そう言う意味で言ったんではないんです。ああ、それから、忘れない内に申上げて置きますけれど、さっきの時計、一週間以内だったら返してくれるように話して置きましたから。」

　三村氏は、鼻で苦笑した。

「そんな金が、現在の私に都合つくと思ってるのか？　失職してる男に、時計なんか、なくともよいのだ。」

　貧しい人間の本能として、前島は、三村氏の持っている不幸を感じて来た。が、どこか歪《ゆが》みのある感じが、胸に素直には入って来なかった。引揚げの失職者と見るのには、三村氏には、心の傲《おご》りがあるようである。

「もとの部下の方だったんですか。」

「そうだ。」

　と、亮助は、酔った目を明るく輝かした。

「よく出来る男だったんだがね。」

「わし達、兵隊でも、もとの部隊長を訪ねたところで、何もしてくれないし、間違えば、あべこべに泣きつかれるでしょうよ。応召の者に散々、威張って置いて、実は肚《はら》の卑怯な人たちが多かったんだ。きたないと思いましたね。」

「軍人に限らんさ。」

と、亮助は言った。

「人間ってものが、いざと成ると、きたないものなのさ。」

「わしは、そう思いません。困って来ても善い人間は残るのではないでしょうか。」

亮助は暫く黙っていたが、

「いざと成ると崩れて了う人間と、崩れない者と、どっちが多いか考えて見たまえ。実に、もろい。私がそう言うのは満洲で終戦を迎えて、人間の烈しい変りようを見て来たせいかも知れないんだがね。あっちは、ひどかった。だが、程度は違っても、内地だって同じことなのじゃないか。町を歩いて見ただけで、第一に、女たちの変りようが分るだろう。」

「食えなくなってるからですよ。」

「そうだ、それアそうだ。けれど、それは男だって同じことなのだ。君は、どう思うかね。男たちは、いつまでも乞食のような、なりをしているよ。女たちが段々と良い服を着るように成り新らしい靴をはき、唇を赤く塗り出した。男は、いつまでも破れ靴をはき、つぎはぎだらけのシャツでおる。」

前島は、三村氏が影のある笑い方をして盃を口につけるのを見てから、単純に言い出した。

「戦争のせいですよ。敗けた国なんだから……いいえ、わしは、人間を、もっと可哀想だと思って見たいんです。生活に困らないひとは違いますがね。」

「いや、金があって好い生活をして来た人間ほど、堕《お》ちると急速に悪くなるのだ。と私は言っているつもりだね。厭な話だ。人間のプライドも何もかも、金銭に保証されてないと持たないとはね。」

「いいえ、貧乏な人間にも、道徳や善意は立派にあるんです。」

「そうなのだ。それに違いないね。ところが急に貧乏になり下った人間が、道徳や善意をいつまで保てるかと言うと、これが怪しいのだ。つまり、もともと貧乏な人たちより、困難に対して弱いのだ。そのせいで簡単に、卑屈に成って了うのだ。満洲にいる日本人は支配者だった。これが一度に堕ちると根性までが苦力《クーリー》以下の、みじめなものに変ったのさ。私は、人間を信用しなく成った。自分のことのように羞《はずか》しかった。が、人間はそういうものなのだ。きたないのを、金や財産で着飾ってごまかしているのだ。」

前島は、亮助を家まで送って行った。人家の間を登って行く細い坂道に、月が明るく成っていて、二人の影を地面に置いた。亮助は深く酔って、坂を登るのに息が苦しそうだった。時々、休もうとするように立ち止った。

「家に酒があったかな？」

と急に言い出したので、

「いや、わしは、もう飲めないのです。」

「若いのにね。」

と、豪傑風に笑った。

「だが、私のも悪い癖だ。外でどんなに飲んでも、家に帰ってから、また、やりなおす。」

「奥さんが大変ですね。」

「いや、女房には世話を焼かせない。ひとりで持出して来て、ひとりで勝手にやるのだ。これも満洲仕込みでね。その方が酒がうまい。」

「ほんとうに好きなんですね。」

「酔っているのが好きなのだね。おちぶれたもので、カストリまで用いたよ。あれは、からだには悪かった。すこし心臓をいためたようだ。だが、あいつをやり過ぎて早死《はやじに》した奴もいた。」

淋しいのだと前島は理解した。夜半にも成って、ひとりで飲んでいる姿が想像できた。

「君は善い青年だね。おい、握手しよう。」

と、突然に亮助は大げさに手を突き出した。

「君は、まだいろいろ夢を持っている。羨しいことだ。私の夢は仕事だった。大陸へ渡ってね、何もない平たい地面の上に、三、四年で、都会を造り出したり、満洲の川の原始的な性質の、毎年洪水ばかり出して暴れる奴を、行儀よく方向を決めて流れるように性質を変えてやったり……机の上の設計図から始めて、原始的な大自然との相撲《すもう》だったんだね。設計そのものが、夢なのだ。それが、大地の上に、出来上ったものに成って形が見られたのだから、まったく楽しかった。」

「………」

「愉快だった！　毎日を夢中で暮らして生甲斐を感じていたものだ。考えて見れば、甘いものさ。大望は抱いていても、やはり、たかが土方だったんだな。世界のどこかで、原子爆弾が準備せられ、原子力の利用が研究されていたなんて、夢にも考えていなかった。知らぬ間に時代が一変して了ってたんだ。時代遅れ。時代遅れ。完全なる落伍者だな。」

「でも、先生のなさるお仕事は、まだ日本にも、いくらでも、あるでしょう？」

「闇屋かね？　みんな、浮身をやつして、やっているよ。」

「いえ、御専門の方のことで。」

「国土が狭いんだからね。それに人間が多過ぎて、仕事があれば、どんな小さいものでも爪を立てて、奪い合いだ。大陸で、馬鹿のようにのんびりと育った人間には手が出ぬ。自然そのものが、ここでは神経質に、こせこせ出来上ってる。野心にも大望にも最初から向かないのだ。外へ出たいなあ、私は。もう一度大きな自然と取っ組んで見たい。それも今度は原子力を活用してね。山を一度に平らにして了ったり、大きな川を反対の方角に流れるようにしたり……」

酔った調子で声をあげて三村氏は笑った。

「はははははは、どうだ、君。男は、夢だよ。夢のある仕事だ。三度の飯が満足に食えれば足れりとするのが、一体、男なのかい？」

前島は、三村氏の意見が、熱情を以て語られるが、粗雑なように聞えることがあるのに気がついていた。しかし、三村氏は、人間を見放しているように話しているかと思うと、もとの部下に金をやるのに時計を売って了うようなことをするのである。

「そうだ。忘れない内に君に相談して置こう。」

と言い出した。

「君の仕事は、今の店に寝泊りして居らないといけないのかね。」

「どう仰有るのでしょう？」

「いや、家内の妹が家を出て、別個に自分でやって行くと言い出したんだ。そう成ると留守がちの家だし、夜だけ泊ってくれる人間が欲しいのだ。考えて見たら、君が家へ来てくれると助かるような気がしたのだ。」

不意のことで驚いたが、無造作な三村氏の話は都合だけのものでなく、親切がこもっていた。

「窮屈な思いはさせない。私はこう言う男なのだ。」

「非常に有難いんですけど……奥さんの御意見もおありでしょうから。」

「用心がよくなったと思って悦ぶよ。よく妹と君の話をしてる。」

「お妹さんは、どこへ、いらっしゃるのです？」

「よく知らないが、下宿か友達の家だろう。」

「なぜ、そんなことをなさるんでしょう？　お宅にいれば、不自由はなかろうに。」

「もう私たちでは押え切れないよ。はやり物の自由が熱病のように欲しいのだ。別に私たちは拘束していないが、やはり、したいことも遠慮して出来ないで煙たく思うらしいのだ。京都まで父親の意見をききに行ったが、一度言い出したものは、無理に停《と》めるよりも、やらせて見た方がいいのだ。まあ、君も考えて置いてくれないか。」

　前島が承知すると、三村氏は暫く黙って歩いていたが、

「君は、今の若い人間のようではないね。」

「どうしてです？」

「どうしてってこともないが、今の若い人たちは戦争で、もっと悪く成ったように信じられた。全部の人間が、堕《お》ちたのと同じことでね。もっと悪狡《ずる》く、金のことだけ考えてるように見えた。」

　前島は、無言でいた。三村氏の暗い物の見方に、彼は同感出来ないのである。三村氏は

失職して、正常の生活をしていない。そのせいで、物を見る目が、暗い側ばかりに注がれるのではないか、と気の毒なような心持でいたのである。

「そうとばかり、わしは信じません。」

と、彼は答えた。

「戦争のせいで日本人が悪くなったと仰有るけれど、戦争の影響をあまり受けなかった子供たちがもう、育って一人前に成りかけて来ているんでしょう。それから、田舎では人間は、そう悪くも良くも変っていませんよ。狡《ずる》い奴は前から狡かったんです。正直な者も同じことです。悪くなったのは、境遇が急に変った人たちだけなんでしょう。」

「そうだ、その連中の生地《きじ》が出たのだ。」

と、亮助は受けた。

「人間の平価切下げだったのだ。一度にね、日本人はこうでないと思ってたが……同じことだったんだ。」

夜の遅い電車から降りて節子が自分の家の近くまで来た時、町筋の街燈が一せいに消え、停電らしかった。

節子は門を入って戸締りしながら、空の月が急に明るく成ったのを見上げた。昼間の暑さは相変らずだったが、夜の月には早くも秋が近いのが感じられた。虫も啼《な》いていた。家の中は真暗で、蠟燭の光が僅かに感じられた。

「停電なの？　旦那さまは、お内なのね。」歩いて来ると、まだ暑かったが、行水《ぎょうずい》の湯を沸かしてあると女中が知らせた。

「有難う。もう、おやすみに成った？」

奥の縁側から亮助の声が答えた。

「起きている。」

それは、酒を飲んでいると言うことである。朽《く》ちて傾いた藤が、その縁側を暗くしていたが、葉越しの月光で、亮助が浴衣がけで、あぐらをかいて坐っているのが見えた。

「御機嫌なのね。」

と、我れながら、いつもにない明るい声が出て、

「あたしの方にも好いお話があるのよ。ちょっと、汗を流して来ますから。あなたは、おあびになった？」

「まあ、やめて置く。」

突放したような夫の口のきき方にも慣れていた。よそ目には夫婦らしい味が薄い夫婦だったが、行水から上り薄く化粧して、今夜の節子の浴衣姿は、なまめかしくさえ見えた。

「大分、もう召上ったんでしょう？」

亮助は答えない。

「田代さんの宏さんを覚えていらっしゃるわね。神戸の……」

「うん。」

「いいお話を持って来て下さったんです。」

と節子は、はずんだ調子で言った。

「この前、あちらでお目にかかって、その内出ていらっしゃるってお話でしたの。今夜、ふいに店の方へお見えになって、店の方を夜は夜として、昼間、店を閉めて置くのは勿体《もったい》ないから少し模様変えして画や美術品を飾って、画廊って言うの、あれをやったらどうかって、すすめて下さるの。小さく、上品に出来るって言うんです。」

「その画は、どこから手に入れるんだ？」

「宏さんが心配して下さるんです。フランスへ行ってた時分の画家のお友達に連絡して描いて頂くの。洋画って言うと大きいでしょう。それを、有名な方たちに、一号か二号の可愛らしい画を描いて頂いて、普通の人でも買えるようにしたら、きっと経営が立って行くと言うの。暗いわね、蠟燭をつけさせましょうか？」

「いや、要らん。月があるのだから。」

「でも話していても顔が見えないわ。」

亮助は笑ったようである。

「改まって、見せるような顔でもないだろう。」

と言った。

「お前の方は、別としてね。」

「ほんとうに、小さい、どなたでも欲しくなるような可愛らしい画。大きな壁は要らないんです。机の上にでも置いて、いつも眺められるようなもの。画としては、ちゃんと描いたものなんでしょう。」

節子は熱情を示した。

「宏さんは、画を描くお友達にもう話して来て下さったんです。猪熊さん、佐藤敬さん、宮本三郎さん、その他にも皆さんが賛成して下さったんですって。そして最初に、宏さんがフランス時代から集めてた藤田嗣治さんの作品を何枚か出して下さるって仰有るの。それで後を続ける資金が出来るって言うのね。それから様子次第では、日本に来ている外国の方たちのお家へ、画を入れるようにしたいんですって。」

「…………」

「宏さんが、客間のセットなどを造って入れている、あちらの家庭がありましょう。どちらでも壁を飾る画を欲しがっているんです。皆、新らしく建てたお家だし、本国からは必要品は別として画なんて持たずに来てるんでしょう。場合に依《よ》っては、ある期間、画を貸して、こちらから時々、別のものを飾りなおしに出かけるような方法も出来るって言うの。

その間に、この画が欲しいと言い出す方もいましょうし、配達制で、画を貸す仕事は、目新らしいし、展覧会の延長のようなもので面白かろうって、画家の方たちも仰有るんですって。でも、この方は後のことなのね。最初は、この頃のハンドバッグならば、中に簡単に入って了うくらいの可愛らしい画！」

「それを誰れがやるんだね？」

と、亮助は質問した。

「それなの。宏さんは、私だけでなく、あなたが、おやりになったらと言うの。」

「それア駄目だね。」

「どうして？」

亮助は沈黙を守りながらウィスキーグラスを口につけた。

「親切は有難いがね。」

「ほんとうなのよ。あたし、ひとの御好意って有難いと思ったわ。」

「満里ちゃんが手伝ってくれるさ。」

「貴重なものをお預りするんですし、私たちの責任も大きいんですわ。」

「いよいよ、俺には駄目だよ。画なんて俺には縁がないのだ。いいと思って見たこともないのだ。興味もないね。」

「…………」

「田代君の親切で、お前たちがやるのなら決して反対はしないよ、しかしね。しかしだね。おれだけはそっとしといてくれないか。」

「思い切って、考えなおして下さると。お願いなんですわ。」

「無関係な人間の世話になりたくない。こう言ったら悪いかね。女なら別だよ。」

「でも、それは違いますわ。宏さんなら、古いお友達で、家の者と同じでしたわ。」

「やめにして置く。」

と、亮助は押出すように強く言った。

「お前が何を始めても勝手だ。」

亮助は、投げたような笑い方をした。孤独な心が、友人や、もとの部下の男たちに向っては無造作にほぐれて、法外に寛大にも成り得るのに、妻にだけは、変に頑《かた》くなの性質を見せる。悪いと自分が知っていた。ある時には、これが俺の愛情の表現の仕方なのだ。決して憎んだり腹を立てているのではなく、反《かえ》って、その逆なのだと弁解することもあった。優しくしようとすると、口のきき方は突放すように成る。他人なら別として、妻にだけは自分に在る弱いものを見られるのが厭である。働く仕事のない心のつらさは語りにくい。

「困ったものだ。お前だけを働かして、いつまでもぶらぶらしておるのだからな。」

「ですから……」

「いや、出来ることと出来ないことが、人間には、はっきりと在るものだよ。」

亮助は、語気を烈しく言った。

「俺に、椅子やテーブルを造れと注文したら無理だ。」

思い迫って節子は問い返した。

「あなた……宏さんをお嫌いなのでしょうかしら。」

「そんなことはない。」

と、頭から打消した。

「親切に心配してくれるのじゃないか。戦争以来、人間には失くなったことだ。過分のことだね。親切なことだと感謝するよ。だが……自分に解らぬし好きでもない画の売買いは、俺に出来るものじゃない。そのくらいなら、俺の事務所を取引の場所のようにして闇屋を稼いでいる先輩友人たちの仲間に入る方が易しい。すすめられても、それをしないで、じっとしている俺だ。」

ほんとうは満洲で死ぬべきだったのだ、帰って来てはいけなかったのだ、と酔いもあって激しく言葉に出そうに成っていた。亮助は、それを言わない。言うのは恥辱なのだ。既に、時期を失《しっ》し、道を失って了った者が、それを言うのは、未練だし、愚痴に過ぎない。引揚げの失業者の紋切型の言葉とも聞えて自分が不快に成るだけのことである。

「満里子がやってくれやしないか。あの心臓なら、どこへ行ったって強いだろう。」

「でも、満里ちゃんは……家を出ると言うくらいですし、いつまで手伝ってくれるか分りませんわ。」

節子は、一家のことを思って、誰れも彼れも、扇の骨のように離れてばらばらに成って来ているのを思った。父親の忠親が無事でいるので、危《あやう》く心持の上に家の形態が保たれているだけである。急流のような生活の中にいるのであった。思うところへは向えないものと、嘆息が重なり合って来ていた。ただ節子は、自分が弱いと知っているから、反って強いのだ、と信じようとするところが、いつからか出来ていた。

女と猫

オペラの昼興行が終って満里子は退場する人波に漂いながら、帝劇の正面玄関を出た。外はまだ白昼のままだが、早くも、夜の部の公演を見る観客が都会の夏の華やかな色彩を見せて、鋪道の銀杏《いちょう》の木の陰に群がっていた。誰れか、知ったひとは来ていないかと、気を配りながら、満里子は日比谷の方へ歩き出した。前の日に真下頼子が大阪から電報を寄越して、この夕方に築地の宿にいるから訪ねて来るようにと知らせがあった。満里子が姉の家から引越した先は、無論まだ頼子に知らせてなかったが、電報がとどいたのはバレエの練習所の方だったので、今日になって満里子は見た。

「白鳥」が、昼間だけ画廊になるので、宏の上京が近日中に期待されていた。頼子が出て来たのもそれと関係があるように想像されたが、満里子に会い度いと言うのは、何か話があるのである。別に満里子は頼子に期待していなかった。オペラを見ている間も頼子のことを忘れていた。

繁った銀杏やアカシヤの街路樹の下を歩き出してから、

（宏さんに、話してくれたって言うのかしら？）

と、急に考え出した。京都で宏に会いながら、自分からは何も言わずに別れて来ただけに、頼子が自分の話を取次いでくれたものとすると、その結果が判るかも知れないのである。

「別に、いそぐこと、ないわ。」

と満里子は思った。

既に或る不安が胸にきざしていた。形はどんなものに成ろうが、断られるに違いないと、漠然と自分が信じ始めたことである。それでなければ、京都で自分が宏に話も出来た筈である。おかしなほど、この問題では用心深くて臆病になっていて、その原因が、姉に在った。宇治の帰りに黄檗《おうばく》に寄って広い大きなお寺を見た時も、自分でなく姉が来ていたのなら、場所にも、宏の言葉にも、いきいきと受け答えが出来、しっくりとした空気が生れたろうと気がつき、変に気が沈んで元気なかったのである。黄檗は他に見物人も見えず、がらんとして、たいくつな大きいお寺であった。禅宗の坊さまが字を書いた大きな額や聯が、どこへ行っても、うるさいほど掛けてあっただけである。満里子から見れば、これは虫喰った柱の古いのか立枯れた木を思わせるのと同じことで、完全に死んだ世界であった。

「月のいい晩に、来て見たいな。」

と忠親が言った時、ここの夜を考えただけで満里子は、ぞっとしたくらいである。

「木犀《もくせい》の木が大分あるじゃないか。こいつの花が咲いて匂う秋の、月の明るい晩にな。」

そんな晩には、寺の白壁には松の影が映り、この額の文字が、生きて、どなっているように聞えるだろう。

忠親は満里子を振返って見た。

「節子なら、多少、わかるだろうかね。」

過ぎた思念の影は、ふっと、拭い去ったように消えた。見覚えのある男が鋪道に立っていた。夕日が彩るアカシヤの葉影が、おかしな頬髯をはやした顔と、肩にまだらに落ちている。

先方が覚えていないようだったら、満里子は、平気で、その顔の前を通って行ってやる積りだった。

「おや、これは。」

平岩哲造は、帽子に手をかけて、覗き込むように顔を突き出して見た。卑屈な調子であった。

「お嬢さん、こちらに？」

「東京なのよ、あたし。」

「そうでした。」

とオペラの中の人のような身振りが入った。

「どちらへ、おいでです？」

「真下さんの小母さまに、お目にかかりに。」

「おや、上京しておられる。それは。」

「小父さま。」

と、満里子は明るく言った。

「ウィスキーを小母さまのところへ、持っていらしった？」

哲造は、微妙に顔色を変えた。

「いや、あなたも、聞いた？　災難でな。どうも、運悪く途中で調べられて、禁制品だったので、不法所持、イレガル・ポゼッションと言う奴で。」

満里子はにこにこして、

「没収？」

「そうなんだ。」

と、なげくように首を振って見せたのが、目の色まで暗く沈んで、

「悪いことをしてね。取敢《とりあえ》ず葉書でお詫びだけして置いたが、災難とは言え極《きま》りが悪いことで。」

「小父さま、葉書を書くのお好きなのね。宏さんのお店でも、沢山、葉書を書いていらしったわ。」

「そうだったかな。」

「ええ、そうなの。私、覚えててよ。」

「うむ、真下夫人が上京しておられるのだと、お宿は？」

「会いにいらっしゃる？」

満里子は、小首を傾《かし》げた。

「築地の、国友旅館。でも、お訪ねになるつもり。」

哲造は、立ち止って、いつかの手帳を出した。この手帳の古い日付のところには満里子の名も書き入れてあった。

「宗方さんだったね。真下夫人がこちらへ、来ておられるなら、一度事情を聞いて貰わぬと、私の方はそのウィスキーの件で、裁判にかけられて罰金を取られたんでね。大損害だった。」

満里子は、立ち止って手を拍《う》って悦《よろこ》んだ。

「真下の小母さま、頭がいいのねえ。小父さまが今言ったとおりに仰有ったわ。」

「何をだ？」

「ウィスキーは、とどかないだろうって、お話。あの時、小父さまが帰って行くと、すぐに仰有ったのよ。それからのことも、何もかも、そっくり。」

「私が、だました。金をかたって行ったのだと言ったのかね。」

満里子は、少し可怖《こわ》くなった。哲造は、突然に怒り出して真赤になっていた。

ウィスキーの話は、もともと架空のことであった。だが、紳士の体面として良心に羞《は》じると言うよりも、内務省の官吏で、秘密の海外派遣員だった履歴に侮辱を加えられたと信じて、哲造は急に立腹したのである。

瞬間の昂奮であったが、

「ブールジョアが！　人民の敵が、何を言うか。」

過去とは時代が一変していたせいであろうが、思想係だった彼は左翼の知識が豊富だったので、この単語が即座に出たのだろう。

「あれは、君、パリでどんなことをして来た女か知っておるのか？　それが、君、他人のことを！」

他人の秘密を嗅《か》ぎ出すのが多年の任務だった哲造は、今でも、その習性を残している。新時代の日本政府が、投書による密告を公然と奨励し始めたのを見て、彼は、追放になっても、まだ自分の働く仕事があると見て蘇生の感を抱いた。税金関係の密告に歩合《ぶあい》が与えられるとは、特に哲造には福音《ふくいん》に聞えた。現在の彼は、それを仕事にしていると言ってもよい。けれど、彼の投書癖が、物欲しさだけのものでなく、最早、本能となっているのだとは、哲造の名誉の為に書き記して置こう。人は信じないだろうが、哲造は少女雑誌の読者欄にも、若い女学生を装って投書するのである。これは偶然の機会に少女雑誌を手に取って、読者欄の投書が新時代とともにまったく一変しているのに興味とともに刺戟を覚えて、持ち前の癖が出たのが始まりである。

「神戸のリリイ姉さま。」

　撫《な》で上げている頬髯の中から、鶏が卵を生むように、不意とこの文章が出るのであった。若い娘らしい字体で書くのも、彼にはわけもない仕事であった。

「お姉さまがボーイフレンドにあこがれてらっしゃるって、あたし、モチ、同感よ。ほんとうに、センチメンタルなきれいな夢ですこと。今日はすてきなこと考えたの。それは、ターキーが女でなくて、ほんもののボーイだったらということ。どお？　クラブのみなさんにも私と同じなやみをお持ちの方、いるでしょ。はつらつとしたみのりの秋がおとずれてまいりましたのね。リリイ姉さま、同じかなしみにひたってる子が、ここにもいることをお心づよくおぼしめして。では……」（横浜のエルザ）

　一枚の葉書では残念ながらこれ以上長くは書けるものではない。

腹を立てていた哲造が、相手が満里子のような若い娘なのを見て、急に冷静に戻ったのは、少女に対するこの感覚があった故である。

「あ、お嬢さん、とんでもない。あなたは知らないことでしたね。」

と、俄《にわ》かに彼の言葉は優しくなった。

「だがね、私が腹を立てたのは、当然のことだ。私のような、髯まである人間が、けちな詐欺《さぎ》や、かたりをしますかね？　特に、淑女を相手に置いてだよ。裁判所の罰金の受取りを私はちゃんと持っている。丁寧なものでね、軽犯罪者の罰金にも一々受取りを出すのだから、真下さんには、それを見せたら、私が嘘を言ったのでないと分るわけだ。確か、失くしていませんよ。」

「ほんとうに、そうなさるといいわね。」

と、満里子は正直に頷いて見せた。

満里子は、ひとりに成りたかった。あまり永く話し過ぎたようである。どこへ行くつもりか、哲造は、いつまでも一所に来て、橋を渡った。

「もう、やがて、秋ですなあ。」

と彼は、いかめしい髯とは不似合なことを言い出した。

「秋はいいですよ。黄金の秋、みのりの秋。あなたは、どこか会社か何かへおつとめなんですか。」

返事にまごついて、

「姉の店の手伝いをしてんの。」

「姉さんの？　ああ、それは結構です。どう言う御商売。」

「酒場なの。」

　ウィスキーの連想が閃《ひらめ》いた。

「失礼致しますわ。こっちへ行くんですから……」

「真下さんの宿へ行かれるんでしょう。」

「いいえ、ちょっと、姉の店に寄って。すぐ、そこですから。」

「お送りしましょう。姉さんの店を覚えて置こう。何かの場合と言うこともある。」

「けれど、今、お店を休んでるんです。」

「嫌われたようですな。」

　と、哲造は、胸を張って、失笑して見せた。

「ははあ、ウィスキーが、まだ、たたってますかな。そんな二日酔も三日酔もするインチキウィスキーではなかった。純粋の英国物だ。は、は、はは。」

　満里子は癪《しゃく》にさわったから、姉の店の前まで連れて行くことにした。画廊に改造するので、実際に店を休んで大工が入っていた。この西洋風の髯武者は、店の前まで案内してから、突放せばよかったのだ。急に無口になって肩を並べて歩きながら、満里子は、この画廊を開く問題でも、宏と姉だけで話が進められて了《しま》ったのに、不満を残していた。第一に、満里子は、バレエを稽古しているだけあって音楽は好きだし、好い耳を持っているが、画となると、好い画だと人が賞めるものほど、どこが好いのか解らなくなる。この点も、やはり姉を認めた。画廊の方には関係しまいと自分で決めていた。

「白鳥」の店は、往来に向いた壁を外して、飾窓に模様が変っている。一番、費用がかかったと言う硝子板には、磨粉らしい白い粉が塗ってあって、屋内は外から見えなかった。トラックが道路に停っていて、大工らしい男が夕日の中に出入りしていた。

「ここなの。」

と、満里子は連れに告げた。

「なるほど、普請中ですか。」

「じゃア、御免なさい、ここで。」

「や、それア、失敬。」

しつこい男も、よい按配に、これで諦めたらしく、店の往来に向った前面を見上げながら立ち去って行った。

外から入ると目に暗いし散らかっている店の内で、満里子の前に立ったのは、シャツ一枚になっている宏である。

「変な男と一所だったんだね。」

店の内部からは、硝子越しに外の道路が見えていたので、宏は、哲造が通るのを見たのである。

満里子は胸がどきどきして、直ぐには口がきけなかった。宏が来ているとは知らなかったのに不意に声をかけられたのである。

「あんな男と、あまり親しくしない方がいいよ。」

「知ってるわ。」

と、満里子は短く言い、声が反抗的な響を与えた。

「満里子、いやがっているのに、向うが勝手にどこまでも附いて来たのよ。」

宏は職人たちが壁に生地の荒い布を張り廻しているのを指図しているところで、満里子をほって置いて、

「よし、その辺で、留めて。」

と、命令を下した。

「少し、たるむかね。こっち側の光線で陰が出来るぜ。」

「こうかね。」

と、脚立に上っている男が、尋《き》き返した。

「そうだ。その調子。」

満里子は立って眺めていて、宏が、ハンケチを出して首の汗を拭いてから、別の壁を、

睨むように見ている顔付が、調子の強い、苦味《にがみ》走って気難しそうに見えるのに気がついた。真実に仕事に打込んでいる折の、人間の表情は雄々しい不思議な美しさを示すものである。脇目も振らず、集中せられた注意は、顔の線にきびしさを加えた。話しかける気勢を挫《くじ》かれて、満里子は、奥に退いて、椅子に掛け、蹲《うずくま》った猫のようにおとなしくしていた。瞳を定置させたままである。何かの彫刻のように見えた宏の顔や軀《からだ》の姿勢から、力が満里子に伝わって来るようだった。そのままでいるのが、何かしら満里子は楽しく感じて来た。宏の体格が巨《おお》きいのにも自分が始めて気がついたような心持である。そして彼女は、もとから宏が好きなのであった。宏は、煙草を出して、抜き取って口に咥《くわ》えた。その小さい所作にさえ、満里子は、新らしく強い魅力を感じた。

　不意に、満里子は、頼子に会いに行くのを忘れていたのに気がついた。もう行かないでもいいような、なおざりの物の思い方でいて、頼子と宏が一所の汽車で来たように考え始め、次いで、頼子が宏に自分のことを話したかも知れないのだと気がつくと、顔が微照《ほて》って来た。その熱さが、両腕から胸の方にさがって、赤い色となり、次第に、軀の全体をつつんで来そうになった。

「辰ちん。」

　と、宏は、きびしい顔付から、立っていた小僧の職人を振返った。

「ショウウィンドウの硝子を拭いといてくれ。硝子拭きは、そこに来ている。」

また、ハンケチをつかみ出して汗を拭きながら、始めて宏は満里子の方へ笑顔を向けた。

「東京も、まだ今時分まで暑いんだね。」

言葉の出ない状態から、満里子は、笑顔だけ明るく返した。

「いつ来たの、宏さん。」

「昨日の急行で来て、横浜の、懇意な店の連中に手伝って貰っているんだ。簡単なようだが、これで厄介な仕事だ。けれど、これで明日は店があけられる。」

満里子は、宏が昨日の急行で来たと聞いて、頼子とは別行動だったのを知った。が、頼子のことを話に持出せなかった。火傷《やけど》する熱いものを見たように、手が出ずにすくんで了ったのである。

「姉さんは、来てないの。」

「節ちゃんは、花屋に花を見に行ったんだ。ショウウィンドウに生けて出す。」

宏は、日に焼けた顔に微笑を見せた。

「画を出すより、きれいに花を生けて置いたら往来から見て、何の店か分らないから、反って人に目立つだろうって僕が考えたんだが、これは、どうだろう？」

「…………」

「そうだ。花瓶も、いつか満里ちゃんと京都の道具屋で会った時、僕が買ったフランスのラリックのカットグラス（切子）を、運んで来たんだよ。ハイカラで派手だから……」

満里子もその花瓶のことは記憶していたので、頷いて見せた。

「この飾窓に使うなんてことは夢にも考えなかったが、あれなら、ここの店に向く。それから、もう一つの花瓶がね。こいつが大したものなのだ。やはり硝子だが、清朝の乾隆《けんりゅう》硝子で、中国でイタリア人の宣教師から製法を教わって始めて造った硝子だ。おっとりして、丸くて……実に、うるみのある黄ろい佳《よ》い色をしているんだ。見ように依っては、単純な細工でいて、ラリックのよりも、ずっとモダンな味のものだろうね。料理の料の字を書いて、料子って言われている東洋で古い硝子なんだ。」

宏の説明が熱心なのとは反対に満里子は唇を反《そ》らして、反抗するように微笑している。まだ、在るの？　こう聞き返しているように見えた。

「とにかく、飾窓を見たのでは、何の店か分らなくするところが味噌なんだね。」

満里子は、宏の満足し切っている様子が不満だった。

「どうして、そんな難しい……洒落《しゃれ》たものでなければいけないの。」

「難しいって？」

「ええ、そうよ。見て、宏さんのように、分るひと、いないわ。きれいで人目につけばいいんでしょ。難しく考えることないわ。」

「それは、そうだろうけれどね。」

「その花瓶だって、宏さんが、御自分で大切にしているのを、わざわざ持って来たんでしょう。そんなに宏さんが真気《ほんき》になってるのを見ると、この店、宏さんがやるように見えるわ。」

宏は、急に真顔になって、満里子の言う意味を確かめようとするような視線を投げた。

「いや。」

と、軽く笑って、

「最初が大切なんだよ。最初に、店の性格を客に知らせることがね。節ちゃんでは、それが心細い。室内装飾は僕の専門だ。舞台監督が芝居の演出をやるのと同じでね。」

「でも、演出料は、姉さん、払わなくてよ。」

「僕の方でも受取らないね。だから、僕は一層、熱心にやって見る気になったのだろうね。」

これは宏が煙草を一本喫う間だけの話であった。職人たちは、その間もいそがしく脚立の位置を変えて釘を打っていた。一本の煙草が終ると、宏は外に出て店の表構えを眺めた。

いそがしげに見えることである。

小僧が雑巾で拭いていた飾窓の硝子は、きれいに成って来た。何で自分が、いつまでも、ここにまごまごしていることがあろう？ 満里子は時計を見た。真下頼子に会いに行くのだとは、やはり言い出せなかった。それにしても、宏は満里子のことを無視しているのである。頼子から何か話があった筈だと思うので、宏が故意にそう見せているのだと信じられた。

満里子が外に出た時、姉が帰って来た。

「あいにく、好い花が何もないんです。夕方、荷が入るんですって。」

と、節子は、宏に知らせた。

「あしたの朝でもいいんです。」

と、宏は言った。

「神戸だと、すぐ側に、温室があるから、好きな花を選べるんだがね。」

「ダリヤとか、鉄砲百合とかばかりなの。有りそうで花のない季節なんです。けれど、今時分すみれが入るかも知れませんて。すみれならば、あの黄ろい壺に盛り上るように生けたら、きっと、きれい！」

節子は、美しい色彩を見ているように目を輝かした。

「悪くないな。」

と、宏も言った。

「それア、きっと、きれいでしょうね。」

「でも入るかどうか、まだ、あてになりませんの。どこかの結婚式の御注文なんですって。来れば、分けて貰うお約束。でも駄目だとしたら、宏さん、どうでしょう。少し淋しいと思うけれど、内の庭の秋草を取って来て、考えて見ましょう。水引だの、桔梗《ききょう》だの、つまらない野の草なんですけれど、ダリヤより面白そうな気がするんです。」

「どちらとも。」

と、優しく笑って、

「僕には花のことは分らない。その方は、節ちゃんの仕事だ。」

「満里ちゃん、来てたの？」

と、姉は、満里子にも笑顔を向けた。

「どう？　お蔭で、きれいなお店になるような気がするでしょう？」

満里子は、小首を傾げて見せた。満里子が見たのは、まだ、どんな風に成るのか分らない店のことよりも、姉がいつもと違う調子で、いきいきとして美しく見えることだった。日光の中を歩いて来たせいもあろうが、皮膚に光が見え、家で見る姉よりも、若く見えるのである。

満里子は言った。

「画なんか、売れるの。」

「売らなければいけないのよ。」

と姉は、はずんだ声で答えた。

「また、きっと、売れるわよ。でも、多勢の方に見て頂くだけでも気持好いわ。」

「夜はどうするの？　酔って、いたずらするようなひとが、出ないこともないわ。」

「夜は片付けるの。だって、画が煙草の煙が嫌いでしょうし、可哀想ですもの。」

窓に飾った花瓶は卵のように円《まど》かな形をして、明るく黄ろかった。陶磁器の肌の冷たいところはない。天然のジェード（玉）に似た睡っているように柔かく半透明な暖い色だし、優しい触感を想像させた。すみれの花の豊かな一塊《ひとかたま》りが、青い葉で囲んで盛り上るような形で、これに生けてあった。季節は、すみれの花のものでなかった。造花のようにも見えれば、黄ろい壺の中から濃い紫色の泉がふき上げているようにも見えた。

真下頼子は、すみれの花瓶の背景となっている鼠色の布を眺め、また淡紅色の下敷の色の効果を認めた。フランスの画家の静物画を見るようである。頼子には、田代宏の仕事と判った。明るい鼠色と淡い紅と、白色と、他の場合でも宏が好んで用いる調子である。花瓶の傍に、名刺より大きく葉書大の小さい紙が置いてあって、店内に画を陳列してあるから自由にお入り下さいと書いてあった。すみれの花瓶を眺めたひとが自然と、その文字に注意を誘われるように、こまかく神経を行きとどかせたものである。この小さい案内書は、すみれの花を見る邪魔とはならない。また、頼子が見て、その文字は明らかに宏の筆蹟であった。

飾窓を見まもりながら、頼子は、店の中に立っている二、三の人の影を意識していた。その中に宏がいることを予期していたのである。けれど、宏がいるものなら、頼子を見て声を掛けて来ない筈はなかった。

（いらしってない。）

漸《ようや》くこの確信を得てから、頼子は、自然な調子で店の中に歩み入り、一枚の画の前に立った。

節子は店に出ていた。頼子は、その方を見ない。ただ、立って、画に見入っていた。二号ばかりの小さい画だったが、線描で裸婦が横たわっているのを書き、その側に、雉猫《きじねこ》が坐っていた。

色はそう用いてない。褐色に、またしても明るい鼠色と淡い紅である。これに背景のカーテンの隙間を大胆に金ぱくで塗りつぶしている。フジタの画には違いない。しかも、宏の持ちものなのである。頼子が見れば、疑いの残しようはなかった。現に、宏は、この画を手に入れた悦びをつつまず頼子に話したものだった。

次の画は、猫の小品である。女たちがこれに続いた。描線の細くきれいな横向きの顔や半身像である。猫を好きな画家だったので猫を胸に抱いているのもある。最後のやや大きい画は、十字架上のキリストであった。

節子のほかに店の中にいたのは、通行人が見に入って来たものである。小さい店は、まだ午前中のせいか、閑散な感じで、その人たちが出て行って了うと、入って来る人間がなく、頼子は節子と二人きりに成った。

「きれいなお店ですこと。」

と向きなおって、初めて、頼子は、目のあたりに節子の顔を見た。

節子は、笑顔で迎えた。入って来た時から、頼子は彼女の注意を惹いていた。陳《なら》べてある画の中のひとが服装を整えて出て来たように、横顔の線が冴えた感じであった。優美な身のこなしも、他人の目を惹くように出来ていた。

「今日がお店びらき？」

「はい。」

「偶然に、佳い時に前を通りましたのね。」

と頼子は画の方に戻りながら微笑した。

そして、不意に、

「この画、譲って頂けますの。」

節子は、不意を打たれたように驚いて、むしろ、うろたえたくらいだった。

「お願い出来ますことなら……」

「では、これを。」

と、頼子は、最初に見た裸婦と猫の画を指さした。

何と答えたらよいのか見当がつかず、節子は顔が熱くなった。

「畏《かしこま》りました。有難うございました。」

「すぐ、頂戴して行ってよろしいのでしょうね？」

「さあ？」

と、やはり、どぎまぎして、

「どうなのでしょう。伺っておかなかったものですから。」

「あら。」

と、頼子は笑いながら、優しく節子を見まもった。

「奥さまが、こちらを御経営になっていらっしゃるんでしょう？」

「はい、でも、始めてだもので……何も分らないんです。けれど、やはり……」

あわてたことで、自分も、その画の前に出て来ていた。

「暫《しばら》く、このまま飾らして置いて頂かないと……代りに見て頂く画がないのですから、困るのではないでしょうか。」

「御自分のお店のようには仰有いませんのね。」

頼子は皮肉だけで、こう言ったのではなかった。節子を観察して、あまり、ただの家庭のひとを見るようなのに驚きもし、美しいが影の弱々しくさえ見える顔立に、構えた心で向う気持にはなれないようだった。

「わかりましたわ。どちらとも、こちらの御都合のよいようになさって。」

「申訳ございません。何もかも不慣れなものですから……でも、必ず、後からお宅の方へおとどけ致させますから。」

この方が、宏さんのあのひとだろうか。神戸の三宮駅で遠くから見かけた時の自分が切なかったことを彼女は思い泛べた。節子は、まだ途《と》まどいして自分から羞じているように顔を染めている。素直な感じであった。節子は、細い鼻筋が気高く見え、黒目が明るいのだが、気品があると言っても現代離れしていた。静かだが、世帯やつれとも見える淋しい影がある。

だが、この店のどこにもそれと認められる宏の影響を、頼子は、無視出来ない。つつましい見かけとは反対の性質を節子が隠しているとしても頼子は怪しまないのである。

「お代は？」

「いいえ、画と引換で結構でございます。」

「ところが、少し遠方から来ているので、お払いした方が面倒がないんです。」

頼子の計画は、宏に見つからぬように、この店を見て帰ることだった。その予定を自分から破ったのはその画を他人に渡したくなかったからだったが、これで名を言って了うことに成った。

嫉妬《しっと》から自分が動いていると、宏に見られるのは危険なことだと警戒していたのである。店の番頭の名宛てで画を送らせる考えだった。代金を支払ってから、受取り人の名をそれにした。住所は北浜の店の方である。

「大阪でいらっしゃいましたか。」

と、節子は驚いたように言った。父親のことを考えながら、控えの帳面に丁寧に住所氏名を書き写していた。

「お、フジタの画か？」

こう言った男の声が聞えたのは、外から誰れか見に入って来たのである。頼子は急に振返って見た。やはり、これは平岩哲造だった。頼子がいるとは気がつかず、覗き込むように顔を画に近寄せて見てから、明らかにこちらに聞かせるつもりらしく言った。

「なつかしいね。これは。」

そして彼は何か更に言おうとして、こちらを向きなおった。

頼子は、背を向けていた。悪いことは出来ないと言うのは、平岩だけでなく自分についても同じことだと苦《にが》い感情であった。

「よく、フジタをこれだけ集めましたなあ。」

と、哲造は、頼子がいるのをまだ気がつかなかった。なれなれしく節子に話掛けるのだった。

「私は、巴里で藤田と親しくしておったもので、画を見ると、まるで、彼の、おかっぱ頭を見るような気がして、なつかしいんですよ。なるほど、近頃はこんな画になってますか。いよいよ冴えて来たと言うところだね。あれだけの大家になっても、勉強家だ。」

逃げられぬものと知って、頼子は向きなおった。哲造は画の前で頬髯を撫でながら、熱心らしく見ていた。

「ううむ。」

と、唸《うな》って、

「猫はね。巴里時代から彼も飼って可愛がっていたし、得意の画題でね。いや、この背中の毛並と言い、髯の工合と言い、どうです。この髯がね。」

「ムッシュウ（あなた）。あなたのお髯も見事でございますわ。」

物 語

店の様子を見に来た画家たちを、宏が夕食に案内したのは、節子を紹介して置こうとしたのである。思いのほか、画家で酒に手をつけない人が多かった。それでいて、酔った人間の話を聞いているように席が賑やかだった。

「皆さん、子供のように明るい目をしていらっしゃるわ。」

と、節子が、後で感心したように言った。

「それに、無邪気なのね。ひとりで、あんなに面白がって。拝見していて可笑しいくらい。」

勘定をするので、ふたりは残っていた。宏が、一切をやってくれた。悪いようであった。

「お待遠さま、出かけましょう。」

預けてあった帽子や荷物を受取った。節子は、デパートの紙包で本らしいのを腕に抱えた。

「本？」

と、尋ねると、

「いいえ、ノート。」

と笑って、

「お店のこと、日記につけて置こうと思いましたの。」

節子は、幸福を感じていた。鋪道に出ると、夜の並木が美しかった。星ばかりの空は、もう秋を感じさせた。

「歩きましょうね。」

と、彼女は自分から言って出た。自分の行動の上に現れた変調をまだ気がついていなかった。

「そうですね。まだ時間も早い。」

と宏も答えた。

「けれど、店を開いた日に、三枚も売れたなんて、予期以上の成功でしたね。」

「お蔭さまで。」

「さっきの連中も、あんなに熱心になってくれているし、小さい画の方も、きっと調子よく行くでしょう。ただ、いつも、こうだと思ったら間違うけれど。」

「…………」

「急がずに、ゆっくり、おやりなさい。きっと、幸福があなたに附いて来る。静かに待っていればいいんだ。」

節子の胸に、宏の深い声が、じかに入って来るようであった。言葉ではなく、もっと暖い感情がそのまま戸をあけて入って来るようである。

「何もかも宏さんのお蔭なの。」

「そうではないんですよ。僕は、自分が好きで、やっている。自分でも、いつか、やって見たい仕事だと考えていたんですね。酒場なんかよりは、後が続くでしょう。よく知らないけれど、酒場は難しいもので、出たとこ勝負ってところが多いらしいから。」

宏は、こう言ってから急に、

「けれどね、ほんとうの話は、僕は、今日あたり三村さんに来て頂きたかったんですよ。京都で、小父さんにもすすめて下さるようにお願いしたんだけど。」

節子は顔色を曇らせた。

「画家連中とも会って下さると、よかったんですがね。」

急に悲しみながら、節子は答えた。

「宏さんには申訳ないんですけれど、変人なんですわ。それから、自分には画がわからないからって……遠慮してますの。気になさらないで下さいね。」

少し前に別れた画家たちの、自然で屈託のない態度や、自由に何もかも喋《しゃべ》って了う無邪気な心の動き方に、節子は亮助を比較して考えていた。

「役人生活って、永くしていると、やはり型にはまって了うのかも知れません。自分の仕事以外のことに向うと、妙に臆病になるらしいの。自分で不幸にしてるんですわ。動きが取れない自分と、相撲を取って、ひとりで、むしゃくしゃしているらしいんです。」

思わず溜息が出た。その他のことで今日の節子は幸福であった。その明るい側《がわ》だけを思っていたかった。

「さっきも、画の先生方にお会いしていて、あたし、随分、出たらめなお話をなさったり、五十近い方が顔を赤くして真気《ほんき》になって議論したり、変だと思うくらいにお若いのに、びっくりしたんです。宏さんにも、やはり、同じようなところがあるのね。いつか、神戸で御自分の家具のことを、夢中で話していらしったのを、私、思い出していました。」

「なアに、僕のは、実用の範囲から外へ出られない仕事だから、画描きさん達とは違いますよ。」

「けれど、作り出す悦びは、持っていらっしゃるでしょう。それにお仕事はお仕事として、それに熱中できる若さや情熱を、まだ持っていらっしゃることなの。私たちには、もうそれがありません。」

「そんなことはない！」

「いいえ。」

　と、節子は、首を振って真顔だった。

「なくなりますの。またいつの間にか、それに慣れて了いますのね。悪いことが起らずにその日その日が過ぎて行けば、これでいいのだと決めています。つまらないとも感じなくなって……内地へ帰って、あたし、京都へ行って、昔からのお寺や何かを見て歩いている時だけ、……そう、これも宏さんが教えて下さったことだわ。そう言う時だの、離れていてもそんなことを思っている時だけ、生きている悦びと言ったようなものを感じて、自分でびっくりするように思うだけなの。悦びと言っても、極く、静かなものなの。慰められると言う程度のものでしょうか。悦びなんて大きなものでなく。……若しかすると、まるで死んだもののように静かな、石や木が、一番、節子の心に近いので、そんな中へ入って行くのが嬉しいのかしら。石にも、草や木にも、あたし、つつましいいのちを見つけます。自分の同類？　お友達か、お仲間なのね。それだけなんです。淋しい話でしょう。私たちの生活って何でしょう？　水の動かない古い池か沼のようなもの、暦を一枚ずつ剝《は》がして行くだけで、今日も昨日も一向に変らない。それで、暦の枚数はきまっていて、いつか、一番、あとのペエジが出て……ただ、それを考えないで、同じことを繰返しているのでしょう。素晴らしい生活！」

突然に、節子は笑った。

「あたし、こんな話を、人にしたことないわ。どうかしたのかしら？」

宏は、微笑にくるんで節子を見た。

「何でも、お話しなさい。」

と、彼は言った。

「おとなしく、聞く役に廻りますよ。今夜は。」

「でも、あたし、こんなに何もかもお話し出来るの、珍らしいのよ。話す相手がないんです。家にいても、用がある時だけ器械のように口をきくのね。満里子と話していると、あたしは聞く役に廻されて了うし……そうね。人間が話相手でなく、庭の植木や草花の方が私の話相手になってくれてるのかしら。」

発見に自分で目を見張っているようであった。

「子供が出来た時、私、違っていました。何もかも、驚くくらいに、変って見えました。朝、起きて日が窓から射しているのを見ると、この子の為に、お日様が輝いているのだと、ほんきで考えましたの。花が咲くのもこの子の為なら、雀などが啼くのも、この子の為だって……ほんきで、そう信じて暮らしていましたのね。確かに、あの時の私は、生きていました。何もかも、変って、いきいきと見えて。御免なさいね。宏さんに子供の話をするなんて……子供をなくすのを世間で、取られる、と申します。取られる。ほんとうなのです。ほんとうにむごたらしく、持って行かれて了うの。そして、子供と一所に、母親のいのちもぬけがらに成って了うものなんです。ぽかっと空いた空間が、二度と、埋まらなく成って残って……いつかもお話ししたように、私よりも、もっと不倖せな哀《かな》しい思いをしている方が、この世には幾らでもいらっしゃるんですわ。けれど、私には、いのちの中心で、いのちだったものです。朝の光が誰れの為に輝いてるか、わからなく成るし、また見えなく成るものなんです。内地へ帰ってから、いくらか心が立ち直りました。大陸と違って、古い、なつかしいものが、あたりから優しく囁《ささや》きかけてくれるし、気がまぎれることが多かったんです。庭の木や草までが優しくしてくれますの。他所《よそ》にはないことでした。生活の上でも、こうしてはいられないと気がついて来て、三村が好い顔をしなかったのを、無理やりに外に出て見ましたのね。まごつく為に、出たようなものだったわ。」

「そう決心出来ただけでも感心だ。」

「ええ、感心でしたわ。」

　節子は溜息して目で笑った。

「それで……宏さんが出て来て下さったのね。節子が弱り切って、もう、ほんとうになさけなく成って……土に膝を突いて、降参して了おうとした時。」

「ところが、これからでしょうよ。」

と、宏は言い添えた。

「男の私たちのしていることだって、どうにか、もがいて、運よく、ごまかすようにして道をつけたと言う感じでね。」

「宏さんなんかが、そう仰有るの？」

「人間がすることですよ。僕なんかも、決して明日を明るいものとは見ていない。ただ僕には、まだ馬鹿になれる性質が幸いに残っている。馬鹿のように何かに夢中になれる性質がね。失敗を見たとしても、それが僕を救ってくれる。その他のことは運ですね。外から、どうか成ってくるのだ。」

「あたしの運は、宏さんが、こしらえて下さいましたのね。」

「門の戸をあけて上げただけですよ。」

と宏は答えた。

「あとは、節ちゃんの仕事だ。この不安定な世の中ですからね。何が持上って来ても、平気なくらいな気持で、おやりなさい。難しいことも、一度通《とおり》越《こ》して了えば、何でもないことが多い。」

「ええ、きっと！　でも、まだ、ほんとうは私で出来る仕事のような気がしていません。宏さんだけを頼っているんですもの。でも、希望らしいものが生れかけています。これまでに、こんな気がしたことはなかったの。」

「過去を戦争でもぎ取られて了ったのは、実に日本中の人間の全部なのでしょう。外地からの引揚げの人たちだけでない。そう考えていいんですよ。皆、新らしく生れなおすことなんだ。子供になって出なおすんです。誰れだったかな、フランスの小説家で、人間は生きている限りまだ誕生を続けてるんだって書いてた男がいる。自分で自分のお産をするんですよ。あなたもね。」

「………」

「動かない水溜りでは毒だ。ちょろちょろでもいいから、流れることです。動くと、勢いも、ついて来るでしょう。過去にだけ、善いものがあったのではない。そんなことだったら、人間は、悪い方角にだけ向って歩いてることに成る。誰れだってよくなろうとしているんでしょう。僕がそう言うの、ちょっと可笑しいんだが……」

　宏は、首を傾《かし》げて微笑した。

「ほんとうを言うと、僕にも、どうとでもなれと、うっちゃったような気持で暮らしていた時代があった。それが、かなり永くね。前途が真暗だったんだ。何もする気がなく、巴里で、ぶらぶらしていた時代が、それでした。出たら目でしたね。いや、その気分は今でも続いて僕に残っている。僕には戦争が好い役をしてくれました。これで日本が亡びて了うし、おれも死ぬのだと考えたんですね。これで死ぬのか、残念だと考えてたら、自分を、もっとよくして置きたいような気に成って来たものです。小さい時の理想主義めいたものの芽が残っていたんだ。僕は、それを学生時代に節ちゃんのお父さんから受けた影響だと信じている。久振りに小父さんにお目に掛るようになって、その考え方が間違ってなかったと思ったんだけれど……小父さんは明治の人間と言うのか、正しい人ですからね。囚われずに、明るい方角に向って歩いている強い人って、学生時分にも感じたけれど、お年を取って柔いだ今でも、そのとおりなので、嬉しかったんだ。」

「…………」

「小父さんから離れていた時間を、今になってくやしいと思うんですよ。離れて、気まま勝手とは言うものの、いくらでも自分を落して好い気でいた時代が。小父さんのような勇気があったら、僕は、もっと別の人間になっていたでしょう。勇気だけのものじゃない。正しくしようと望むのと、望まないのでは、生活が違って来るんですね、ひどく。」

宏は言った。

「僕も、これから生れなおす。」

街路の闇に向っている宏の顔に輝いたものが加わった。誇りにも似た雄々しい心持がひろがろうとしている。自分が、少年のように胸をはずませて物を言っていることだった。遠廻りして来た十年の過去が急に消えて、それ以前のいつの夜か、そうであったように、未熟で純粋だった少年の自分に戻って、二人だけで道を歩いているような心持さえした。

おさない恋ごころで節子を囲み、ひとりでもだえたり急に有頂天に成ったりする宏だった。

節子は、父親の話が出て、急に目をうるませていた。

「父も年を取りました。」

「年を取ったのは、いいことだと言っておられましたよ。老年とは、若い時分考えていたより好いものだって。」

と、宏は言った。

「よくある年寄の瘠《やせ》我慢《がまん》で、そう言われたのじゃないらしい。ほんとうに、小父さんは、そう信じているんだ。老眼で視力が弱ってから、反って、物が深く見える、ともいってられましたね。いつお目に掛っても実に、楽しそうにしていらっしゃる。」

「宏さんが訪ねて下さるのを、ほんとうに悦んでおりました。やはり、独りで居て淋しいのでしょうし、古くからの方が、おなつかしいらしいんです。それに今度のことなど、どれほど、悦んでいるかわかりませんわ。やはり、私たちのことが一番、気になってるらしいんです。でも、宏さんに、こうまでして頂くなどとは、父もでしょうけれど、私など、夢にも思っておりませんでした。」

「お約束だったんですよ。」

と、宏は答えて、節子を驚かしめた。

「いいえ、言葉でお約束したのではなく、そう出来ていたんですね。何かお役に立つことだったら、必ず、そうするように、すくなくとも、僕の心の中には、その約束が出来上っていたんだ。あの時分からでした。」

昔のことを話してはいけない、と、心に戒めていた。が、やはり、自分からそれを言い出して了った。節子は黙り込んでいた。その沈黙の深さが、宏の心を逆に刺戟して、何か別のことを話さないと耐えられないように感じて来た時、節子の言葉の方が先になった。

「宏さん、あの時分そんなお心持でいらしった？」

「そうですよ。」

と、答えてから、

「節ちゃんには、わかってなかった？」

節子は、また黙り込んだ。そして、気を変えたように、別のことを言い出した。

「あたし、父も長くないような気がするんです。」

「なぜ、そんな……」

「いいえ。」

と溜息してから、急に躍起になったような強い語気で言い出した。

「どうなるのでしょう。その時は。……考えると怖ろしいわ。」

心を打たれながら、宏は戒めた。

「そう暗くばかり物を見てはいけない。節ちゃんの悪い癖だ。」

「でも、そうですわ。暗くなって消えて行く火を見ているような気がするの。」

宏は、どう言おうかと考え込んでから、言った。

「けれど、生きている人間は皆いつかは死ぬものじゃないですか？　それに我慢が出来なかったら、生きて行かれやしない。」

「…………」

「それに、火は消えたって、いとおしんで見たひとに火の色は消えずに残るわけだ。肉体だけでない世界が確かにある。自分までが暗くなるなんて……それア小父さんに若《も》しものことがあったって、節ちゃんの中に小父さんてものが残るでしょう？　それから、僕の中にだって確かに小父さんは、忘れられないものに成って残るんですよ。そう言えると思いますね。触れ合って生きて来た人間同士は、お互いに、心の中に入って来る。現に、あなたは、僕の中に入って来て住んでいる。」

「そう？」

と、節子はたゆたゆとした声の調子から、急に如何にも突き詰めたような表情に変って来ていた。

「ほんとうに？」

「嘘は言いませんね。」

節子は急に涙ぐんだ。それを隠そうとしていたのに、涙が一筋、駆出すような勢いで頰を伝わって流れた。そう成って了うと、これが不思議に彼女に幸福なような感情を呼びさました。一瞬間前の、沈み切って暗かったものとは別の世界が生れかけているようだった。

「強くなりますわ。」

と、声も知らずに深く成っていた。

「私なんか、申訳ないくらいに倖せなんだと考えないといけないのね。ほんとうに子供もまだ私の中に生きています。私が、もっと、どうかしなければ悪かったのね。もっと明るいことを考えましょう。」

空に日が輝いたり、水が流れたり、風が木の枝を渡って行ったりするようなことが一つ一つに何か意味を持って見えてくるような明るい生活、節子はこう考えて見た。もと、彼女は、そう言う世界を持っていた。戦争で何もかも打ちくだかれて、廃墟に冬の雨に打たれているような心持でいたが、日が輝き水が流れていることには変りはなく、ただ自分の方で見る目を失くしたと言うだけのことではないか？

暫く無言で鋪道を歩いてから、新橋の駅の灯《ひ》が見えて来ると、節子は言い出した。

「望むこと、なのね。」

「そうなんだ。うんと、慾をお出しなさい。」

「慾張りには、節子、成れないわ。」

と微笑した。

「小さい幸福だけでいいんです。他の方のお邪魔にならないような。」

鋪道の暗がり、街路樹の陰に、時折、若い女が立っていた。盛装して夜目に華やかに見えるので、夜のこの時間に、と、注意を惹くのである。こちらが女連れなのに気がつくと、向うは脇を向いて歩き出す。絹の靴下をはいているが、足首が細く貧しげに見えたりする。

節子にも、そのひと達が何をしに夜の町に出ているのか分った。目を外《そ》らすより他はないのである。平和だった時代に、その娘が厚い屋根の下で両親や、兄弟と、一つ燈火に照らされていた時の姿が考えられそうであった。

「靄《もや》？」

「霧《きり》でしょう。もう秋だから。」

駅の入口で、ふたりは別れた。宏は、市中の旅館に寝に帰るのであった。

「あしたも、いらしって下さる？」

申訳ないことと思うのだが、やはり、頼み込むように、そう出て了った。

宏は柔和な目で、

「一切僕にやらせるつもりのようですね。」

と笑って、

「まあ、出かけて見ましょう。ひょっとすると、僕が家具を入れているあっちのお客さんを案内して行くかも知れない。」

何か始めると、その事だけに成って了う自分を、宏はひとりで面白がっていた。

「では、お寝《やす》みなさい。御主人にも、どうぞよろしく。」

プラットフォームへ上る階段の途中で、節子は振返って見た。宏は立ち止って、煙草にライターの火をつけたところであった。節子の方を振向きもせず、大股で外へ出て行った。丁度、下りの汽車が入って来たので、節子は急いで、フォームに出た。いつも夜の遅い時間になると電車より汽車の方が空いているので、品川まで乗って行ってから、電車に乗換えるのである。その方が腰かけて行けるし、人に煩《わずら》わされることがなかった。

汽車は沼津行だった。乗込んで、出入口に近いところに腰をおろしてから、反対の側から、どやどやと乗込んで来た人の列を見ると、服が目新らしかったが藤代美恵子が乗込んで来た。

見ないようにしているつもりだったが、美恵子の方から空いた席を見て歩いて来て、節子がいるのに気がついた。

「あら！」

と、叫んで、

「ちょっと、御免なさいね。」

と、一所に腰かけた連れの男に断って、節子のところに立って来て、

「暫く。」

美恵子がかなり酔っているのが、顔色で分った。

「あんたも、熱海へいらっしゃるの？」

「いいえ、品川で降りますの。」

「あ、そう。」

と、豊満な軀をぶつけるようにして、べたりとした感じで隣りへ坐り込むと、節子の膝に手を置いて、

「あたし、熱海へ行くのよ。彼氏が一所。ああ……紹介しましょうか。」

節子が驚いて目顔で制《と》めると、

「おいや？　厭なら、よしとくわ。極り悪がり屋ね、あなた。でも、すっかり御無沙汰して了って。悪いわ。あたし。……でもね。節子なら分ってくれるわね。でも、あたし、また肥ったでしょ。いやに成っちまうの。あなた、変らないわね。若くなったわ。あ、そう。」

と、顔を覗き込むように近寄せて、

「白鳥を画廊になさるんですって。聞いたわよ。……フジタの画が、ずらりと並んでいて、凄いって！　松山さんが来て話してたわ。節子さん、パトロン、誰れ？　興味あるわね。あなたのような、おとなしいひとが凄いと思うわ。誰れがバックしてるの。あたしだから、いいわよ。仰有い。」

酔った人間の、しつこい感情が出ていた。

「隠すことないわよ。学校友達じゃありませんか。それに、お互いが引揚げで、ひとつお店をやってたんでしょ。ねえ。」

あまり混んでいなかったが向う側の席に重そうな背負袋を置いたお内儀《かみ》さん風の女が、さっきから、睡そうな目をあけて、熱心にふたりを見物していたのだが、美恵子はお構いなしだった。

「お互いに秘密なんか、持たないことよ。ねえ、節子さん。あたし、世の中が面白くって面白くって仕様がないのよ。そう見なけれァ、やってけやしないわ。こんな世の中なんて！　大胆不敵に、ね。あなたのとこなんかも貸倒れが、出てるでしょう。まったく、画廊ならいいわね。誰れよ、パトロン？」

「そんなひと、いないのよ。」

「嘘つくの。では、誰れが、画廊なんて考え出したの。誰れが、画を買出して来たの。」

「美恵子さん、覚えていらっしゃるかしら。大連の家にも夏休みに来ていたことがある……田代さんて大学生だったひと。」

「あ、宏さんてひと。テニスなんか一所にした？」

「覚えていらっしゃる？　随分、前のことですけれど。」

「覚えてる理由が、ちゃんと、あったわね。」

と、美恵子は煙草を出して咥《くわ》えながら節子の顔を無遠慮に見た。

「だって、あの時分から、節子さん、ただではなかったんですもの。あたしが、いくら子供でも、見ていて、分ったわ。女ですもの。ねたましいと思ったり、羨しいと思ってたものよ。あの時分の東京の帝大生のスマートな青年なんて……満洲で見たら、若い娘のあこがれの的《まと》よ。」

「誤解なさらないで頂きたいわ。」

「どうして。まだ、あなた、水臭く隠すおつもり。いいじゃありませんか、誰れにも、あたし、言わないわよ。どうせ短い一生だし、明日は、どうなるか分らないような世の中じゃないの。楽しむこと。酔うこと。それ以外に何があって？」

「美恵子さん、お変りになったわ。」

「ああ言う店をやってますとね。あたしは、あなたが憎いわよ。お上品に、美術の店なんて。相変らずの節子さんだわ。貴族趣味って言うの。けれど、それが、なアに？　それも初恋の方がパトロンなんて……どこまで、お上品にお倖せに出来ていらっしゃるの。」

早く汽車が品川に着いて、別れる時が来ればいいと願った。美恵子の方は、酔いに調子づいて、それからそれと、激しい頭の廻転でいろいろのことを考えるらしかった。体温の高い軀に、熟《う》れ切った果物の、すえたような臭《にお》いが感じられた。

「ほんとうに、節子さん、倖せに出来てるのよ。けれど、あたし、別に羨しいとも思わないわ。人間って、成るようにしか成らないんだもの。一々、そんなことに気を使ってたら、生きてられないわ。何もかも、オーケエ。そうじゃなくって？」

「ええ、そうよ。」

　と、仕方なく微笑して、

「そう考えたいわ。」

「そう思ってね。人ぐらい平気で押しのけて前へ前へと出ることよ。あたし、そう思うんだ。遠慮していたら、人に踏み潰されるのよ。人生の汽車は、いつに成っても空《す》きゃしないわ。座席に腰掛けたら、梃《てこ》でも動かないこと。それでいいでしょ。あなた、倖せには出来てても、いつまで経っても気が弱いから、あたしなんか見ると危っかしいところがあるわ。永いおつきあいだから、私、言うのよ。もっと大胆になさいよ。好きな人が出来たら、好きな人が出来たでいいじゃありませんか。遠慮することも隠すこともないわ。そう？　あの時分の宏さんて方。」

「美恵子さん、違うのよ。」

「やだなあ。まだ、はっきりしてくれないの。あたし、こんなに応援してあげてるのに。」

「でも、違うのよ。それだけは、誤解して頂きたくないの。ただ、お店を開くのに、私たちでは判らないので、御相談に乗って頂いただけ。」

　と、力を入れて、

「満里子にきいて下さると、わかるわ。」

「あ、あのひと!」

と、美恵子は低く叫んだ。

「どうしていて? あの、いたずらっ子。おてんば娘で不良少女。でも、あたし、可愛がってるつもりよ。気取らないで、さっぱりしてるところが好きだわ。悪い子だけれど。」

「品川ですわ。」

と節子は、帰り支度を見せた。

「では、行ってらっしゃいまし。」

「ええ。」

ちょっと照れて笑って、節子の耳に口を寄せると連れのことを囁いた。

「たいくつな男なのよ。けれど株でひどくあててるの。」

節子は自分が赧《あか》くなった。そして、美恵子の連れがどんな男だったか遂《つい》に見ずに、汽車を降りてフォームに立つと、風の中に、ほっと息をした。美恵子の烈しい変化の中に、節子は、今の世の中を感じた。そしてまた、聞かされた言葉の中にも、それが強く感じられた。俗世間と一口にけなせない力を、これは持っていた。夜の鋪道の闇に立っている若い娘たちの現実的な影と同じく、抵抗出来ない重量感を持っていた。

廃　園

東京から帰った翌《あく》る朝、頼子が寝台で目をさまして見ると、まだ窓掛けをあけてなかったけれど、外の気配に雨が感じられた。頼子は、起きる勇気を失くしたように、いつまでも横たわったまま、天井を眺めていた。東京へ出て行ったことが、自分らしくない発作の仕事のようで、後悔の苦《にが》い味だけを残した。ただ画を買いに往復した結果に成ったのだが、それも宏に悟られないようにしてこそ、頼子は自分の所作として許せるので、心遣いが形だけの露骨なものになって現れては、離れて行く男の心を一層遠ざけるものだったと、彼女は気がついたのである。満里子との話も、淋しさを深めるだけのものだった。節子に会ったことも、それである。頼子は、敵意も憎しみも感じられなかった。更に、あの小さい店の中で、平岩哲造などに落合ったことなどは、まったく偶然だったと言うよりも、運命がかけた罠《わな》に、こちらから掛りに出かけたような感じを伴って考えられた。

声に出して呻《うめ》きたいような思いで横たわっていた。取返しのつかないことを自分からして了うようなことはなかった女なのである。程《ほど》や頃合を上手に見計る神経のこまかい働きが、どんな場合にも特徴に成っていた。それが彼女を美しくも見せたのである。誰れにも、ゆかしく見せ、その自意識で、慰められていたものである。

外から戸を軽く打つのが聞えた。家に帰っているのだと始めて気がついたような心持で、返事をすると、戸があいて雨の音が入って来た。

「雨ね？」

「はい……」

窓かけを明けに行って、

「おやすみに成れましたか？」

「ああ、ストーヴに薪《まき》をたいて下さいな。一《ひと》焚《た》きでいいから。」

病人のように横たわったままでいた。カーテンがしぼられて、雨の日の灰色の光が天井に映った。

「暗いわね。」

「ほんとうに。それに涼しいと言うよりも、お寒いくらいなんです。お風邪を召さないように。」

顔の前に手を上げて、頼子は、掌の筋を眺めていた。聡明なのに迷信家の性質があった。壁にはめ込んだ暖炉に、松薪が音を立てて燃え立ち、脂《やに》の煮える臭いを仄《ほの》かに漂わせるように成ってから、火の色を見まもっていた。やはり宏のことが思われた。一度燃え立った炎が消え、煙でいぶり出したのを見ると、十の数を算《かぞ》える内に焔がもう一度立てば、宏が自分に戻って来ると考え、煙を見ながら算え始めた。

「消えたわよ。」

と、洗面所の支度をしている女中を呼んだ。

「雨で薪がしめってたんでしょう。」

「消えまして？」

「消えたわ。」

朝食を終えてから窓際に椅子を寄せて外を眺めた。

こまかい雨が、庭の芝生に一面に露の玉を附けていた。遠い眺望はけむって、海も空も分ちなく灰色である。頼子は、自分の心の色のように感じながら、雨が降りそそいでいるこの大きな空間に瞳を放っていた。

建物とともに設計させた洋風の花壇が庭に在る。幾何《きか》の図形のように整然としたものだったが、戦時中手入れもしなかったので、荒れたままに成った。葡萄《ぶどう》の棚は傾き、陶器の壺は植えてあった竜舌蘭を失くしている。薔薇《ばら》の木も枯れたり、枝がはびこり過ぎ、ダリヤも花のまま倒れ伏していた。きちんと化粧を整えた庭だっただけに、こう荒れて見ると、日本の庭のように荒れれば荒れるで何かの風情が生れるのでもなく、人が見捨てて廃《すた》れ切ったものにしか見えない。落葉にも趣きはなく、庭をよごすだけのことで、冷たい雨が、一層、わびしいものに見せている。籐椅子が、芝の上でこの雨に濡れている。

頼子は、ピアノにもどって来た。ピアノの為に作曲されたものでなく、フランスで聴きもし覚えて来た小さい歌曲を弾き初めた。ヴェルレエヌの詩を言葉としたものだった。最初は、「秋の歌」だった。次は、「感傷的対話」と題がついているものである。歌ってはいないのだが、メロディを追って言葉や、詩の心が展開されて行った。そして街路樹の落葉が歩道に散り敷いた巴里の秋が思い泛べられた。宏とふたりだけで、他の在留日本人に出遇わないように、公園やさかり場を避け、裏町ばかりを歩いたものであった。往来中に立ち止って長いキスをしていても、見て見ぬふりをして人が遠慮してくれる土地である。

日本の時雨《しぐれ》に似た雨に遭って、石のお寺の玄関のアーチの下で、寄り添って雨やみしたことも思い出された。冬が近く外気が冷たかったので厚い外套《がいとう》を着ていたが、その下にお互いのからだをまるまると感じていて、広場の石だたみの雨を、暗いとも思わずに眺めていた。どこでもよく、暖炉のある部屋をさがしに行くことを思っていた。淋しい雨がそう仕向けてくれたのである。濡れた落葉が、微かに匂っていたのを頼子は忘れていない。お寺の石のアーチには、沢山の聖者の像が彫刻してあった。まるで、小さい子供のように、あどけない顔をしている聖女の誰れかの像を、美しいと言って宏が指さして教えてくれた。雨がその豊かな石の頬の片側をつたわって、白いしずくが落ちるばかりに光っていたことまで、はっきりと泛んで来る。髯の長い年寄の聖者の像もあった。その顔も、雨のいたずらで、涙を流して泣いているように見えたのまで覚えている。

「お電話でございます。奥さま。」

と呼び出された時、頼子はピアノに向ってはいたが、弾いてはいず、外の雨の音を聞いているような身の置き方だった。

電話は、北浜の店の者からであった。今朝不意に税務署から人が来て、会社の昨年の税金のことで古い帳簿の伝票を出させてきびしく検査しているので今日は頼子が出て来ない方がいいと、言うのである。

「津村さんが、応対を、全部、やりますさかいに。」

と、店の組織が会社となってから専務取締役と言う名になっているが、前垂れかけの小僧で入って来て頼子の父親の代から四十年あまり働いて来た老番頭の意見を言い添えた。

「大したことは、おまへんやろ。こちらは何も不正なことはしてへんし、隠してあることもないさかい、社長はんに別に心配してもらわんでもええと、言うてはります。」

「さよか。何分に。」

と頼子も言った。店の大黒柱とも言える実直な老人のいる頼もしさが、事新たに感じられた。

「そやかて、去年の分を、何やて、今時分になってなあ。けったいなこと。」

「どこぞから、誰れか投書したんでっしゃろ、言うとります。ほんまに気の毒やが、そう成って見ると、会社で大口やから、一ぺんは話しせんとあきまへんて。」

「罪なことするなあ。誰れやろ。商売のことで、お人に恨まれることはしておらん筈やのに。」
「専務はん、二重帳簿など、けったいなもん会社にはおまへん、と笑うておられます。」
「ほんまに悪いことしやはるなあ。誰れやろ？　うるさいことやなあ。」
受話器を置いて、居間へ戻った時、急に頼子は、東京で会った平岩哲造のことに頭がひらめいた。頼子の行状のことを、遠く巴里から日本の留守宅へ、わざわざ知らせたような男なのである。

頼子の胸では、もう、平岩に違いないと信じられて来た。山羊髯《やぎひげ》のある顔が、笑っている折も、目つきに他人の心をうかがうような厭なものを潜めていた。媚《こ》びて笑っている目の奥に、別の目玉が、もう一つ隠れて人をのぞいているのである。

そこまでこちらに害をする理由があるものでない。ただ卑劣な心持から、そうするものと考えられるのだが、こちらからは傷つけられるだけで抵抗出来ないのである。また抵抗出来ないと知っているから、向うは安心してする仕事である。巴里にいた時分の平岩の、国家権力を背景にした仕事のことも考えられた。貿易商で、道楽に油画の勉強をしていると言う触れ込みで、誰れにでも、なれなれしく接近して来た。

平岩だけのことでなく、外国に出ている日本人の癖で、他人のことを好んで話題にしたがる悪い習性のことも考えられた。宏との仲も、暗い関係ではなかったつもりだが、おせっかいな人達が捨てて置いてくれなかった。その為に隠れたり嘘をついて人前をごまかして置かぬと面倒だったのが、もっと育つはずだった愛情の芽を、日陰育ちの、臆病で、ひねて悲しいものにして了ったのではなかろうか？　好きな同士が、心もからだも寄せ合って愛し合っても何も他人に迷惑をかけるものではなかろうに、何か悪いことをしているような暗いものに仕上げて了ったのである。

不幸な恋で、悲しいと、頼子はつくづくと思った。

やはり、数日後には、頼子は神戸に出て来た。見えない糸で手繰《たぐ》り寄せられたようなものである。宏が東京から帰ったのを確めるためではなく、買物があるからと考えたのは、自分に向けた言訳であった。

形だけの用事を終える間に、次の口実が出来上った。いさぎよく別れる話をほのめかす為に宏に会おうと考えるのだった。出来るかどうかは自分も覚束ないのだが、無力に遠巻きにして心を悩めているよりは、思い切って離れた方がよいと考えるように成っていた。ずるずると破局に向うことは、思うだけでも耐えられなかった。小刻みで時もかかる苦しみは、もう我慢出来ないと思い込むこともあった。そのくらいならば、胸に燃える火を我が手で消し去ることである。

久振りで、生田神社の鳥居をくぐった。戦後に鳥居に寄せて出来た大きなキャバレの建物は別として、古くからある金魚屋の店がコンクリートの溜池とともに残っているのはなつかしかった。宏と一所に、池の金魚を見た思い出があった。浅い水に、一面に朱を散らしたように美しかった。その金魚の一つ一つの影が、水の底に明るく映っていたのまで、目に残っていた。生田の森を背景にした白木の鳥居の姿とも、不思議と調和を見せた古風な店ながら、外人相手の看板が英文で横文字なのも、港町の神戸らしかった。

覗いて見ると、季節でないせいか、池はひからびて、金魚の可愛らしい姿は見えず、何かしらわびしい心持であった。宏と会う上にも、不運の前兆のような気がした。

（よして、出なおした方がいいかしら？）

そこまで自分が臆病に成っていた。この不安な心は、宏と切れない限りは、いつまでも苦しく続くのだ。それも、宏と会うと、自分のからだが物を言い出して、心の働きを弱めて了う。一切を決めるのは、宏の出様一つで、自分の方はただ燃えようと待っているだけで急に失望したり夢中に成ったり、思って見れば、哀しく、いじらしいことであった。何で、好きこのんで、こんなに成って了ったものか。他の場合には勝気で烈しい自分を思うのであった。

大都会の中央に在って美しくこんもりと繁っていた生田の森は、戦災で、無残なものに成っていた。樟《くす》の老樹の幾株かが夏草の繁った中に残っているが、焼かれたり枯れて太い枝を切り落して、切り口にトタン板をあててあるのが、人間の戦傷者の繃帯をした不幸な姿を思わせる。ひこばえの枝がわずかに葉をつけて繋《つなが》っているので、樹が枯れ切って了ったものでないのを人に知らせていた。その他は、火に焼かれて根元から伐られた切株と、それを埋める勢いで繁っている雑草だけである。

夏の蝶が草の穂に触れながら、さまよっている。頼子の今の心の姿であった。

変に大気が沈んだように静かな午後だと感じたら、ラジオが颱風警報を知らせたと電車の中で話していた。中心は大阪に遠いらしかったが夜半から強い雨に成り風も出て来た。

天候が回復した後の、空の深さは、まったくの秋であった。北浜の自分の居間から対岸の中之島を見ていると、桜のわくら葉が光に戯《たわむ》れ、川の水の色が俄《にわ》かに鮮やかと成って来ていた。空を映して、まったく青く明るい水の色である。川波が、ゆるやかに、きらめく影に、ひんやりとさわやかなものが感じられるのも秋である。

店では、税務署の事件が、何事もなく前日に終っていた。老番頭が、

「気まぐれな颱風や。過ぎて了《しも》うたら、それまでや。」

と、笑って話した。

悪い人間がいるもの、と頼子が平岩の山羊髯のことを思い出しながら言うと、

「そうだす、世間には仰山《ぎょうさん》、いたはります。」

と、簡単な返事であった。帳面を見るのに度の強い老眼鏡を掛けるようになった今日までに、老人は世間をそう見とどけて来たのであろう。

「そやけど、他人が迷惑すると分ってることを、承知でするなんて、ただのいたずらではないわ。にくらしい。」

「普通の人間でも、他人の陰口を言わんことおまへんさかい。この世には、いろいろなことが起っても不思議やおまへんやろ。」

と、老人は片付けた。

宏から電話口に呼び出された時、津村はまだ頼子の前にいて、店のことで話をしていた。

「あたし。……いつ、お帰りになって？」

と、頼子は、話を加減して、宏の言うことだけを聞くようにした。

「汽車が停るのを心配しながら、颱風の中を、来たんです。途中で二時間も遅れて、ひどい目に遭いました。ところで、東京で藤田の画を買って下さったの、お店の津村さんて方の名に成っているけれど、あなたなんでしょう？」

「ええ、まあ。」

「こうまでして頂くことはなかったんですよ。困りましたね。」

と、宏は言った。

「あの画が気に入ったのなら、私から差上げたんです。」

「でも、そんなこと、いけませんわ。あれは、ただ私の心持だけでしたことですから。そんな風にお考えにならないで。」

「でも、僕の方では、このままお受け出来ませんね。画は、ここに持って来てある。」

「まあ、わざわざ、そんな御手数を掛けましたの。」

「お店へ持って伺ってもいいんですけれど、いろいろお話もしたいし、出て来ませんか。」

とうとう来るところへ来たと、頼子は感じていた。津村がいることで、顔色に急にそれが現れたのを、向きを変えて、隠そうとした。宏は、夕方の五時に朝日ビルのアラスカで待っていると告げた。

「伺います。」

と、頼子は告げた。遠い道を乗物なしに歩いた後のような疲労があった。老人は、増水した外の川を無言で見て待っていたが、頼子が腰をおろすと、

「嬢さん、面倒なことがあったら、何でも津村にまかしなはれ。このごろ、嬢さん、工合でも悪いように見えまっせ。」

と、言ってくれた。


他人の前へ出た時、頼子は、きまって、別の顔を支度して了う。自分ひとりの時とは別人に成るのである。厭な話をする時でも、相手に不快を感じさせない。その作為を自然なものに見せるほど、心の平均が取れていた。

約束の場所で、宏が待っているのを見ると、

「いいお天気になりましたのね。」

と、嬉しそうな顔色を見せて微笑した。

「ほんとうの秋晴れ。」

この食堂は、地上から十階目にあって、人間が金魚鉢の中に入ったように、曲線を描いた大きなガラス板に囲まれていたので、居ながらに秋晴れの屋外の大きな空間を眺められた。街を貫く大小の堀割の水や橋や、人が歩き自動車が列をなして走っている道路をはるかに見おろしているほかに、今日のような天気では、生駒《いこま》から池田伊丹《いたみ》の山並が丁度夕日の色に染って浮き上り、いつもより距離も近いものに見えた。

「そうだな、山が急に近く見える。」

「あの嵐の中を帰っていらしったんですって？」

「そうなんですよ。ひどい目に遭った。」

「一日、おくらせれば、よかったのよ。こんな好いお天気の日だったら、汽車の旅行もほんとうに楽しいんですわ。富士山も見えるでしょうし、琵琶湖あたりの景色が、どんなに明るく見えるでしょう。でも、お疲れになったでしょう。」

「疲れたのは汽車の中だけだ。」

と、宏は答えた。

「東京の方は、遊び半分でしたからね。」

「結構ですわ。」

と、軽快に受けて、

「御一所に、お食事頂けるのね。」

頼子は快活な様子を失くさなかった。嬉しくてたまらないと言うらしく見える。その実、宏も自分も、触れて出なければならぬ重大な話を持ちながら、どちらもそれを避けているのをはっきりと感じていた。また、その故に、彼女はそんなことに一層無関心な様子を見せるのだった。数分の時の相違で、外の夕方の光は変化して、空や水の色を鮮やかに見せ、地上のビルディングの抱く影を黒くして来た。遠い建物の窓ガラスが、もう夜の燈火をともしているように、夕日に眩《まぶ》しく輝いているのも見えた。

「あなたは、画を買いに、わざわざ東京へいらしって下さったんですか。」

「いいえ。」

と、笑顔に華やかさが加わった。

「入って見たら、あの画が欲しくなったんです。」

「それならば、僕から差上げますよ。」

「あたしの気まぐれを、許して下さいませんの？」

「気まぐれだろうか。」

「そうね。」

と、ちらと深い表情が現れたが、頼子は静かに笑って見せた。

「それにしても、あの画をお人に、渡したくなかったのね。それだけのこと。」

宏は、注意深い視線で頼子を見まもっていた。

「それならば、余計、僕から差上げるようにしたいんですよ。」

動かない真実が、その声に現れていて、真直ぐに頼子の心に通って来た。まだ男は頼子に向けて冷淡になっているわけでもないのだ。しかし、頼子は急に返事をためらった。静かな調子だったが、首を傾けながら、ひやりとして水が細く差したようにして、宏の言うとおり、あの画を貰うとすれば、これが、形見になるのだと考えた。そう成るのだと。抑え切れずに溜息が出たのを隠す為に、

「そうね。」

と呟いて、頼子は、笑顔を開いた。大きな体格をしている宏がまだそこまで感じないでいるのが、子供のように無邪気に見え、悲しかった。

「どうしましょう、悪いわ。」

「貰いたくないんなら、画を破いて了ってもいい。」

「そんなこと！」

頼子は、涙が出そうに成ったのを僅かに堪《こら》えていた。

「では、頂戴するわ。その代り、いつまでも可愛がって大切にします。」

「きれいな画でしょう。」

「そう。ほんとうに、そうなの。」

「少しも、いやなところがない。清いから僕も好きだった。」

「ありがとう、ほんとうに、下さるのね。」

目を外《そ》らして、頼子は外の空に流れる夕焼の色を見まもるように見せた。これで終った、と、はっきりと感じていた。未練をなくすことだけだった。ボーイが食卓の支度に来て、ナイフやフォークを並べた。冷たい色をしたナイフの刃に、頼子は、空の夕焼の色を映して、戯れて見た。

「画のことは別よ。」

と頼子は、熱心な調子で話しかけた。

「あたし、この頃何にも物を置いてない部屋に、ひとりで坐って見たいと考えることが、よくあるの。」

「どう言うのでしょう。」

「自分の持っているものが何もかも重荷になってるような気がするんです。」

「…………」

「圧迫を感じますのね。店のことも、そう。世間のこともそうなんですけれど。自分も慾を深く集めて可愛がってたものが、そう成って来るのね。」

「すると、あの画は？」

「ですから、画のことは別だとお断りしたんです。物を持ってるのが、苦労になることがあるらしいのね。ところが今の家が洋式なのは困りましたわ。洋間と言うのは、部屋に物がなければいけないように出来てるんです。裸かにしたら、それはわびしく牢屋のように寒々とした何ともやり切れないものに成るでしょう。日本の部屋が欲しくなったわ。小さい部屋で、何も置かずに。それから自分だけで坐っていて、人がいないで……」

「贅沢ですよ。そう言うのが、ほんとうの贅沢なんだ。」

「ええ、そうなの。」

と、ほほ笑み返して、

「でも、今まで生きて来ながら、まだ身の置きどころも見つからないと言うことにも成るでしょう。心持は淋しいものなのね。」

「…………」

「それとも、そう考えたくないけれど、いつの間にか、私もそんなことを考える年齢になったのかしら？　いやね、けれど、確かに日本間は、何も置いてなくても心が鎮まるように出来ているでしょう。掛物や花生《はないけ》一つで、気分がどんなにでも変るの。ヨーロッパの生活は、反対なのね。いろいろと置く物がなければいけないんでしょう。慾が生活様式の基礎になって、背負って来た荷物が段々と重たくなって、邪魔になって、動きが取れなく成っているような気がするわ。アメリカ人の方が、文明が若いだけあって無邪気で単純な生活ね。持ち物がすくなくとも簡易生活が出来るように考えてあるでしょう。便利と言うことだけを目標にして物の感じ方も全部そう成っているから、古いヨーロッパよりは、ずっと身軽なの。あたしのが、また絶対古いもんなのですから、やがて自分の持ち物で、つぶれて了いそうなの。好きなことをして暮らしていればよいのに、反対にそれが重荷になって来て、そうも行かなく成るなんて、不幸なこと。」

ほんとうの心を見せまいとして熱心らしく喋って見せていることが、いつの間にか、心の生地《きじ》が出て了いそうで危《あぶな》かった。彼女の化粧が同じことだった。華やかに見せる技巧が同じものだった。

「尼さんになれるといいのね。」

と、ふと心から出ながら、頼子はきれいな桃色の舌を出してお道化《どけ》て見せた。

「だって、そうでしょう。文明の古い国ほど、尼さんが多いのね。人間の慾を基礎にした社会だから、無慾の生活にあこがれるんです。けれど、あたしは尼さんに成れそうもないし、せいぜい何も置いてない日本の部屋に、ひとりで住むことかしら。」

「どうかしてるんですか、今日は？」

「いいえ。」

と、やはり自から艶麗な笑顔と成った。

「夢をお話ししてるんです。けれど、日本のお座敷って、物をあまり置いてないほど、きれいに見えるのは、不思議なことね。裸かにした西洋間と比べて考えて下さらない？　ほんとうに出発点が違うらしいわ。あたし、何で、フランスなんかへ行ったのかしら？」

急に灯がともった。気がついて振返って見ると、まだ明るい外の街のパノラマにも一せいに電燈が点じられ、川の上には水蒸気が薄い靄となって、たなびいていた。夕日の影を消した水には、人家の灯影が揺れて、きれぎれの光の柱となり、時が経つほど明るく成って行った。

食事を終え、銀色の金属板で壁を貼ってある昇降機で降りて夜の街に立つと、頼子は最後の夜の意味をふくめて宏に告げた。

「踊りに連れて行って下さるわね。それから帰る時は自動車を二台呼んで頂いて、道を別々に帰りましょうね。」

一時間ばかり踊って、ホールの玄関を出た時、宏がフジタの画の額を抱えていたのを、

「それ、頂戴。」

と言って頼子は受取った。その時、握手したい心が動いたのを、それさえ思い止った。

「お約束どおりよ。タクシーは二台。別々に帰るのよ。」

「どう言うんです？」

と、宏が振向いて尋ねた。軽い調子だったが、宏も今夜の頼子から彼女の求めているものを感じ、悲しみを覚えていた。

「なぜ、急に、こんなことするんです？」

涙が出ようとしたのを、笑顔を見せた。

「気まぐれ。」

「………」

「けれど、気まぐれが、いつも、私の本心だったのね。その本心が……」

と言いさして、笑顔を一層、華やかにした。

「あなたの御幸福を祈ってるのよ。」

と、昔ふたりの間でよく使ったフランス語で言い、言って了った、と気がついた。重大な瞬間が来たのをふたりは同時に感じた。自動車が列を作って客を待っているところまで歩道を十歩の距離である。宏は、こちらからもあなたの幸福を祈ると答えるのが、むごたらしいことだと気がついて来た。偽《いつわ》らずに言って、彼は頼子の愛情を裏切って来た。どうも仕様のなかったことだと、素直に告白して理解を求めたかったのを、言訳のようになるのが不快であった。節子に寄せている心が、頼子に向けたものとは全く別のものだとは、何と言って説明出来よう。また、どうして心の納得が得られよう。頼子の理解の組織は、水を吸った海綿のように、いつも肉感で濡れているのである。

「僕は、あなたに罰を期待していたかも知れないな。」

素直な態度で、こう言うのが一杯だった。

「けれど、決して、悪いことはしていないんですよ。」

「なぜ？」

と、問い返して、

「あたしなんかに御遠慮して下さったの。メルシイ・ムッシュウ（ありがとう）、それだけでも、しあわせですわ。宏さん、もっと強くなっていいのよ。でないと、女の方って、幸福に成りきれないものなのよ。」

「違いますね。誤解している。」

「女の心について、私が話して間違うでしょうか。私は女で、あなたは男なのよ。さあ、握手しましょう。」

自動車のドアの前に立っていた。頼子は、優雅に手を動かして手袋を脱ぎ、素手を差伸べた。

それを、握り緊めながら宏は言った。

「少し歩きませんか。」

頼子の笑顔には、苦痛の色がはっきりと見えた。

「また崩れて了うの、厭なの。」

「…………」

「ほんとうに、御幸福におなりになるように。それから、節子さんにも、満里子さんにも、よろしく仰有ってね。」

頼子は後から宏が押込むようにして乗って来ることも想っていた。しかし、運転手がメーター指示器を、がたんと鳴らしながら顔を見て、

「おひとりだっか？」

と言ったので、

「そうなの。」

運転手は音を立てて扉を閉めた。

孤客

東京の宗方家の庭の木犀《もくせい》の花が咲く時候が来た。かなり太い株で、こんもりと円い梢《こずえ》に、さかりの折は、枝に盛り上るように花が夥《おびただ》しく附いた。それが一度、散りこぼれると、一週間ばかりして、また新らしい蕾《つぼみ》が出来て、前の時に劣らぬ勢いで沢山の花が咲き、光の澄んだ秋の日影に強い香を放った。

「この花が咲くと、あたし、京都の秋を思い出すのよ。」

と言う節子を、朝の光の中に見送りながら、前島は同情と興味を感じながら、

「奥さん、よほど、植木がお好きなんですね。」

「ええ、好き。」

「毎朝、見に降りて来るんだから、呆《あき》れてるんだね。」

「呆れているは失礼ね。でも、花の咲く間って短いものだし、折角、きれいに咲いてくれたんですもの。その間だけでも、よく見て上げないと。」

　画廊の方の仕事は、ずっと順調で、もっと発展する希望さえ見えていた。節子が日々に生甲斐を感じているらしいのが、話しする時の熱心な顔色に現れていた。第一回の成功に続いて、小品物の油画が、月を越えてまだ客を惹きつけていた。葉書大の小さい画まであって、珍らしい仕事だったせいもあろう。夜の酒場の方を、やめる話まで出ていたのは、三村氏がその仕事を嫌っていたので、節子がそう考え出したものらしい。

　前島は、満里子が外へ出て暮らすようになって無人だから、何もしないでよいから寝泊りだけに来いと勧められた時、かなり迷ったものだった。生活が違うというのが、一番の問題であった。昼間、駅に行って荷物のフォームで駅員と埃だらけに成って労働している男が夜だけでも、こんな大きな家に寝るのは、何か矛盾が感じられ、どちらの為にも、面白くない結果が起るに違いないような気がした。

「世間で、あまり聞かないことですよ。」

「だから、面白いじゃないか。君は遠慮しているんだろうが、そんなものじゃない。家だけ古くて大きいが、私の方が外地引揚げで、失業して、君なんかよりは、よほどプロレタリアだ。そんなことより、人生意気に感ずで、来たらよかろうじゃないか。」

前に、時計を売って昔の部下に金をやったのを見たが、三村氏は、やることが大ざっぱで、親分風で、小さいことに拘《こだ》わらないひとのように見えた。前島がこの家に入って来てから気がついて意外に思ったのは、三村氏のその開放的な性格は、家庭の外に出ている時だけ誇張されたように太く示されて、家の中では考えたよりも神経質な小心なひとに考えられて来たことである。三村氏は、夫人が外に出て働いているのを嫌っていた。酒場だからいけないのではなく、画廊のような、きれいな仕事でも、いいとは考えない。酔うと、磊落《らいらく》に高笑いする人のようではなかった。

好意的に見れば、三村氏は自分が失職していて、女房を外に出して働かしているのを、男と生れて心外に感じているのだろう。心苦しいことには違いない。しかし三村氏は、特に何か働く口を求めているようなところがなかった。何をするのも大儀そうである。大陸で養われた習慣かと見える、わざとのようにあせらず悠然と構えている。

酔うと、大きな話をする癖があった。だが、女達を相手には、あまり話をしない。人情深いのも、旧部下や、前島のような人間に対した場合だけで、節子などには用だけで殆《ほとん》ど口をきかない。志を失ってから、その傾向が特に強くなったのではなかろうかと思う。態度は大きいが、気性はこまかいのである。冷たいひとではないのだが、弱いところを、女たちには見せまいと警戒しているようにも考えられる。家庭内の三村氏は、外にいる時の三村氏ではない。わざと夫婦仲を冷たく見せ、孤独な殻をかぶっているように見える。磊落だが、楽しんでいるようには見えない。

前島にだけは、奇妙に、くつろいで見せてくれた。弱点も隠さなかった。困るのは、本だの洋服を売りにやらされることである。それも節子がいない時に限っている。

「奥さん、御存じないんでしょう。知れた場合に、わしが困るんですが。」

亮助は、少し顔を赤くした。

「急に要るんだから、君に頼むわけだ。」

と言った。

「家内のものじゃないから、俺が、どうしようといいじゃないか。」

「でも、知れたら、わしが困るんですよ。」

「君に頼んだなんて、言わないからね。まあ、何とかして来てくれ。」

押附けて置いて、立って奥へ入って行くのが、ひけ目を感じているようで気の毒だった。

「君は、よく働いてるなあ。」

と言い出したことがあった。

「駅で電車を待っていたら、君が貨車のところで、せっせと、荷を整理していた。随分、労働だな。感心して見ていたんだ。もっと楽な仕事だって、さがせば有るのじゃないか。」

「それは、有るかも知れませんけど。」

「机の上の事務だって出来るんじゃないか。」

「いや、兵隊に行ったお蔭で、力仕事が別に苦にならなく成ったんです。追っかけられていそがしくしていると、つまらないことを考えずに済むからね。別に楽したいと思いませんよ。」

「羨しいよ。」

と、亮助は素直に言った。

若い者がよくやることで、前島は、相手の立場や心持を、よく考えないで話していた。

「百姓の家に生れたせいだね。」

と単純に言った。

「仕事はつらいけれど、働いてないと、軀がナマに成って来るようで、気が落着かないんですよ。何か、やってないとね。」

それから、彼は、急に自分の叔父の話を持出した。

「ずっと、小さい頃だったんですけれど、わしの叔父さんがやはり百姓で、村でも働き者だったんですが、子供だからわしが先に寝ていたら遅く寝に来て、たいそう月のいい晩で、田舎のことで雨戸もなくて、縁側から月が見えたんですが、その叔父貴が寝床へ入って来ながら、五郎ちゃんや、お月さまはまだ起きて照ってござらっしゃるに、わし等が休んで先に寝るなんて、勿体《もったい》ないなあ、と言ったんです。妙に、そのことが、はっきりと頭に残って、今でも月を見ると、時々、思い出すんです。百姓仕事って、ほんとうに、いそがしいんで、叔父貴がそう言ったのは、本気で、そう考えて口に出たことに違いなかったんです。」

亮助は無言で聞いていた。

「その叔父貴って言うのは、七十三でぽっくり死ぬ日まで田圃《たんぼ》に出て働いて、夕方、飯を食ってる時、急に箸《はし》を落して、横にこけて気分が悪いからって、家中で騒いで布団に寝かしたら、もう、ここらで宜《よろ》しゅうおまっしゃろ、と、はっきり言って大いびきで寝て了って、いびきが止んだら死んでたってひとです。」

「神さまだね。」

と、亮助は、いつもとは違う声音《こわね》で言った。

「それア、もう悟道《ごどう》の達人だ。」

「そんな難しいものじゃなく、ただ、追駆けられて働き詰めに働いてたんです。そう言うひとは、田舎へ行くとまだ珍らしくないんです。つまり、百姓の仕事が、ちょっとも目を離せない、いそがしいものなんだからだろうね。」

「新らしい技術を入れたら、もっと仕事を楽に出来る筈《はず》だ。」

と、亮助は技師らしい意見を出したが、言葉が軽薄なものに響いたのを自分も意識した。

「だが、生きるのは働くことだと、それまでに肝に刻みつけたような人間があったものなのかね。たとえ、生活から来たものとしてもね。」

そして、彼は黙り込んだ。抑えつけているが昂奮の色が顔に動いた。

「前島君。」

と、亮助は、言い出した。

「確かに人間は、いそがしく働いているようでなければ駄目だ。軀がなまって来ると言ったが軀だけじゃないね。失職していると、動かない溜池のようにメタン瓦斯《ガス》のような毒素が湧いて、組織を破壊にかかるものだ。充分抵抗しているつもりでいるが、いつの間にか、行かれているものだね。」

前島は、亮助の現在の生活に気がついて、急に黙り込んでいた。亮助は、さりげなく笑顔を向けて、言い添えた。

「それに、君の叔父さんのような純粋な性質は、今時の僕らにはない。狡《ずる》く要領よく立ち廻ることだけだ。軍隊の遺産が日本中にひろがったのだ。それが、俺には厭だし、出来もしない。」

日頃よりも亮助は、うちとけていたし、心持も平静で素直に動いているように見えた。

肩肱を張る性癖も示さず、自分に在る欠陥を、深く見まもっているような目の色である。

「君は、善い人だね。」

と不意に言い出して、前島を狼狽させた。

「私の周囲に、かつて、君のような男は出て来なかった。」

「そんな……わしなんて。けれど、先生も、もう何かお仕事を始めた方がいいんでしょう？　いつも、そう思うんですよ。」

亮助は、微妙な笑い方をした。

「自分の勝手で遊んでるのでもない。」

「でも、先生のは、そう見えるんですよ。」

「そうじゃないさ。ないものはないのだ。失職して面白がってるように見えるかね。失業は個人の意志に関係ない話だよ。現象なんだ。向うから来るものさ。君の言うのは判る。どんな仕事でも、やったらと言うのだろう？　俺がまだ前の地位や仕事にこだわって、より好みしていると言うのだろう。そうでもないさ。やがて、そうも言ってられなく成る時も来るだろう。その時は、何でも、やるだろうがね。」

「しかし、……」

「君のような、ひとり者だったら、何でもないのだよ。俺には、いろんなお化けが、おぶさっている。それがね。」

「お化け？」

「ああ、古いお化けだ。専門にして来た学問がそれだ。それに元の地位、経歴、それから、家、親、女房。いいか？」

「奥さんもですか？」

「そうさ。」

と、亮助は、急に激した声を羞じたように見えた。

「女房は、どんなよく出来た女でも、亭主に取っては、俗世間の代表だよ。持込まなくともいい世間の風を家の中に吹かせるものなんだね。善いとか悪いとかじゃない、そう出来ているものさ。ひとり者の君には、これは判るまい。」

「ここの奥さんについては、わしは、そんなことは信じません。」

亮助は、またかなり永く黙り込んでから、不意な調子で言った。

「亭主の俺に、そう見えたら仕方がないだろう。確かに、あれの罪ではない。私のひがみと見てくれてもいい。けれど、こう言う生活が出来上って了うのだね。目に見えない、いろいろの糸が絡み合って、いつの間にか、たん癌《こぶ》が出来てるんだよ。誰れの招いたものでもない。それが他の場合には別に気にしないでいられるものが、貧乏始めると、どうにも気になって来るんだ。」

深い声で亮助は言った。

「不幸なことなんだよ。」

「…………」

「まあ、やめて置こう。つまらぬ。」

と、急に笑った。声は大きかったが、虚《うつ》ろな感じの笑いであった。

「まったく、つまらぬ。俺には、君の叔父さんが羨しい。まったく聖なるものだ。私のように片輪の生活をして来ると、元の階級から踏み外しても、肉体労働は決して出来ないんだから、……それが出来るひとを見ると、羨しい。それも、そこまで仕事の鬼になって、労働が天職のように信じられたなんて、ね。天国の話のように聞える。」

宗方満里子は、バレエの教習所で、来客があって応接室に出て行った先生に代って、初級の少女たちに稽古《けいこ》をつけていた。タイツにトウダンスの布靴をはき、胸を張って丈《たけ》一杯に立っていた。生徒たちも同じ服装をして、それぞれの全身の曲線を示しながら、片手で壁に設備してある棒につかまって、満里子の号令どおり、身を屈《かが》めたり、脚を上げたりして、一せいに動いた。

「百合子さん、もっと膝を伸して。また曲ってるわよ。まだ……」

駆け寄って、生徒たちの上げた脚の位置を正したり、上体の形を直したり、いそがしいことであった。練習が終ると、自分が汗をかき息を喘《あえ》いでいた。

二十歳前後の、体格もやや整った娘たちが、次の、棒を離れた練習（エクセルシズ・パール・ミリュウ）を待って、衝立《ついたて》のある更衣所の前に集って、靴をはき直したり、壁にもたれ、床に坐って休息していた。黒いジャケットを着た先生が、筋肉だけのように細長く緊った姿で入って来ると、休んでいた者も立ち上って、満里子を先頭に、ホールの片側に集った。

「アン、ドゥ、トロア（一、二、三）。アン、ドゥ、トロア……」

と、単純な拍子で、娘たちは、一度に揃って動き始めた。アントルシヤとか、ジュッテとか、空中に飛び上る技法が繰返された。片脚の爪先で立って軀を投げ出すように激しく廻転を繰返す練習には、終って静止して立ちながら、娘たちは、唇を半ば開いて苦しそうに息をした。

更に疲れて来ると、廻転する間に、娘たちは進路を狂わせて、線が大きく曲って、言い合わせたように右後に退《すさ》り、一塊りになって、列を崩した。

「駄目、駄目！　もとへ。」

先生は、自分が、床の端から端まで、優雅に軀を旋廻させて通って見せた。

「こうやって、肩を落してはいけないのよ。では、満里子さん。腰で廻ることを忘れないで。それさえ出来れば、崩れないから。」

満里子は、真剣な顔付に成っていた。稽古に熱心だったし、軀も出来ているので、目に見えて上達して来たのを、他の娘たちからも認められていた。勝気なので、近頃、一層、稽古に身を入れていた。

「アン、ドゥ、トロア、カートル、サンク、シス。……いいわ。今の調子を忘れないで。腰が基本ですからね。じゃア、美津子さん。……」

肩で息をしながら、満里子は相弟子の稽古を見まもった。やはり満里子は、軀を動かしているのが好きだった。疲労にも苦痛はなく、寧《むし》ろ感覚的には快《こころ》よかった。「白鳥の湖」の公演が近かった。生れて始めて、満里子は舞台に立ち、白鳥の一羽になって脚光を浴びるのだが、どうやら、群舞の一番先頭に立って踊るのを、先生から予定されているように感じていた。

自分より先に稽古を始めた娘たちより、ずっと上達を認められているらしいのが、得意であった。壁にはめた大きな鏡の前を通ると、一も二もなく、ポーズを附けて自分の軀を映して眺めたい欲望に誘われる。稽古着やタイツを脱いで、家へ帰る支度をすると、娘たちは急に子供っぽく見えた。学校の制服や水兵服の者さえいた。

その中で満里子だけが、男のように仕立てたズボンをはき、自分で工夫した短いジャケットを着て脚を長く感じさせた。同じ年齢の者よりも成人《おとな》に見え、その理由を満里子は親の家にいないで独りで一人前の生活をしているせいだと決めていた。夕方になると、姉の店に通《かよ》って、男のような形で、ビールを銀盆に乗せて客のテーブルに運んだ。

「酒場の白鳥から、舞台の白鳥が飛んで出るわけだね。」

と、満里子がバレエの公演に出ることを聞いた客が言った。

満里子はカウンターに背をもたれて、ズボンの両脚を長く揃えた姿勢で立ったまま、

「そう。」

と簡単に、答えて微笑する。

うっちゃったような調子に変な魅力があった。すれたものではなく、人怯《ひとお》じしない確かな気性が出ていた。客に向ける目の視線も、不遜と見られる危険があるくらいに、一途《いちず》な、真直ぐなものである。

「君は、ボーイか、ガールか。」

と、酔った客が、ふざけて尋《き》くと、顔を動かさず返事を吐き出すように、

「ボーイ。」

この変化は、姉から見ても、目立っていた。好む形を自分で採り始めたのだが、発明したとでも言うのだろうか、新鮮な性質を、姉も認めた。女らしくないところに説明のつかない美しいものが生れ出て来ていた。元来、男の子供の若々しい美しさは、或る時期に、女達の到底及ばない肌目《きめ》のこまかい澄んだ影を持っているものだが、満里子にそれに似たものが感じられた。女達が姿態や声の調子などの表面に簡単に散らばして見せる色気ではなく、もっとまとまって軀の深いところから、当人も無関心に自然な風に出ているのであ

る。性に眩惑されがちの男よりは、同性の女達の方が気がつく美しさと言ってもよい。普通の男だと、どこか心を惹かれる娘だなと感じるが、なぜ、きれいに見えるのか解らない。癖のある顔だし、欠点を言おうとすれば、すぐに挙げられる。

「満里ちゃん、急に、きれいに成ったわね。」

と、最初に目ざとく気に留めたのは節子であった。

姉は深い関心を以て妹を見ていた。そして、外へ出て、いつの間にか、もう、姉の意見では動かせないものが妹に出来上って了ったようで、不安でもあり、また思ったほど踏み外しもしないのだと安心もあった。成長したのは事実であった。家で、甘やかして置くより、よかったのかも知れなかった。

下宿先に行って見てやりたいと思っていながら、仕事が二重に成っていたばかりでなく、満里子がまた、姉が来るのを避けているように感じられ、休日以外は毎夜のように顔を見て話も出来ることだし、まだ住居を訪ねてなかった。

前島は、秋から冬へ掛けての衣類を、満里子のところへ、とどけてやった。

同じような用事を頼まれて、幾度か訪ねたのだが、戦争で主人を失くした家が、部屋を分けて三組ばかりの家族に間貸《まがし》しているので、満里子のは客間だった洋間に入って独立だが、床に畳がないので、ビール箱の上に板を渡して、その上に布団を敷いて、寝ていた。

前島は、自分が前に満里子のいた部屋を占めているので、

「なんで、こんなところに、窮屈にしてるんですね。」

と、家に帰るように勧めた。

満里子は、その意志がないらしかった。そして、来る度毎に、卓の上に小さい敷物が出来たり、壁に外国女優の写真が貼り出されたりして、若い娘の部屋らしく成って来るのに気がついた。

「不自由でしょう。」

「そうでもないわ。朝食だけ、作ればいいんだし、外に出た時考えて支度して帰るの、楽しみなものなのよ。」

と、面白がっているように見えた。

「何でも、やって見るものなのね。パンに、バタを塗って、佃煮を乗せて食べるとおいしいの、知ってて？ つくだにのサンドイッチ、他のものもやって見るのよ。家にいたら、決して、やらないことを。」

満里子の部屋の窓から見える日本間を借りている家族は、夫婦と子供三人で、六畳一間に住んでいた。主人は始終家にいて飜訳仕事をしているので、天気のいい日は庭にテーブルと椅子を持出して、傘を棒につないで立てて日光の直射を防いで、ペンを走らせている。雨の日や夜鍋の仕事は、戸棚の中に電気スタンドを持込んで、襖《ふすま》を閉めて遊びざかりの子

供たちと隔離して閉じこもって働いているのだった。

「満里子の留守の間、部屋を使って貰ってもいいんだけど……頭がばさばさで、ふけだらけな人なの。それにやはり時々、物が失くなるのよ。困るわ。可愛い子供たちなんだけれど。」

「雑居だとね。」

と、軍隊生活で、盗難は普通で、盗まれた方が間抜けに扱われた経験を前島は思い出した。

「お宅なんか、天国だ。」

「でも、勉強だわ。姉さんたちと暮らして居たら、外の世界のこと、何も判らなかったと思うの。厭なことがあっても、人間の生活って、この方が本統なんだと見直すと、段々面白くなることあるわ。満里子の部屋は、鍵があるからまだいいのよ。日本間を襖で分けて住むのは無理らしいわ。何をお隣りで食べているか、すぐ判って了うし、小さい子供って、また、思ったことを黙ってないから、困るらしいのね。でも、これが今の東京の生活だったら仕方がないでしょう。こう言うものかと思って見て、感心して置くことに、してるの。」

それから、どう言う意味か、満里子は言った。

「負けやしないわ、満里子。」

自分が家を出てまで求めた自由が、期待したほど快適なものでなかったのを満里子は知って来た。けれど、満洲で敗戦を迎えた当時のことを思うと、何を見ても心が楽しく成った。

「地獄だったわ。」

と、前島に話した。

「天井裏に寝たり、縁の下にもぐって隠れたりしたんですもの。このビール箱の寝台で私が満足している理由が判るでしょう。夜この上に寝て星を見ていて、平和って素晴らしいなと、つくづくと思うことがあってよ。誰れかが、ひとが制《と》めようが制めまいが、窓を破って入って来るなんてことが、ないんだから、大したものなのよ。」

「でも、あれだけの家があるのに。」

「それが邪魔になって来たの。」

と、微笑した。

「ほかの焼け出されて裸かに成った人たちと一所に、最初から、やり直しと思えばいいの。姉さんのように、いつか、家を失くすことを考えながら暮らしているのは、たまらないと思うわ。どうせ落っこちるんなら、駆出して、先に出て了えば気楽なのに。生きてることがただ現在をつないで行くだけのことだったら厭ね。姉さんは可哀想なの。」

前島は、亮助と話したことを思い出しながら、言い出した。

「先生が、何か、仕事を見つけられるといいんですがね。」

「駄目ね。」

と、満里子は頭から言った。

「誰れかが脇から準備して椅子を持って来ないと、いつまでも腰かけないで立っているなんて。現代じゃないわ。不自由なことね。大きな組織の中に組込まれて働いてたひとって、裸かにされると、皆、そんな弱いところがあるらしいわ。開拓者のようなことを言ってるけれど、そうじゃないわ。大きく動いていた器械の歯車の一つだったと言うだけのこと。器械が毀《こわ》れて了ったら、それを他所へ持って行って、はめて見て、すぐ役に立つと言うのじゃないの。」

「………」

「あたし、ずっと兄さんを見て来て、段々と、わかって来たわ。兄さんは、羅紗《ラシャ》を貼った大きなテーブルがないと、いけないひとなの。顎《あご》で命令する部下が幾たりも附いてないと仕事が出来ないひと。それから年上の誰れか力のあるひとがバックしてないと、いけないひとなのね。」

前島は、苦笑して言った。

「それア、軍隊の仕組みですよ。」

「そうかも知れないわ。その引き手の人達が、みんな追放になって、部下を失くして、テーブルがなくなって了ったんでしょう。」

「ひどいこと、言うなあ。」

「ひどくはないわ。ごまかして置く方が、ずっと悪いことよ。あたしだって、兄さんてひとがそう出来て了ったことには同情しているつもりなの。けれど、なぜ、変ろうとしないのでしょう？　なぜ、いつまでも無感動に姉さんにかぶさっているんでしょう。国の為と言うので、いろんな悪いことが行われたのと同じことじゃないかしら。家と言う名で、ひとが不幸な目に遭わされるなんて！」

　前島は、亮助がそれを知っていると言った。

　三村亮助は、扉を閉めた事務室の電燈の下に、ひとりで居残っていた。予告なしに、ドアをあけて満里子が入って来た時、亮助は紙入れを出して金を勘定していた。満里子と目が会って顔が赤く成った。

「君か？」

　と、亮助は言って、紙入れを片付けた。

「どうしたね？」

　テーブルの一台に、麻雀《マージャン》のパイが片付けずにある。勝負の相手が立ち去ったばかりのところだったので、四脚の椅子が行儀悪く卓を囲んでいる。

事務所は日あたりが悪く、もう暗くなって電燈をつけているのに、窓の外は、まだ秋晴れの夕方なのである。

「そろそろ、引揚げて、喉をしめしに出かけようかとしていたところだ。」

「麻雀？」

「うん。」

と、亮助は、苦渋な笑顔になって、

「用のない人間が集ると、自然に、そう成る。」

「兄さんが、麻雀、前からなさった？」

「やるよ。なぜだ？　もっとも、最近強く成ったと言ってもよい。誘われて仲間入りしている内にね。」

満里子は不満らしい顔付を見せた。

「お金を賭けてなさるのね。」

「相手に依ってだ。」

「兄さんらしくないことよ。勝負事なんて見向きもしない方だったでしょう。」

亮助は、義妹が咎《とが》めている点を知っていて、視線を窓の外に向けながら、呟《つぶや》くようにして言った。

「まったく習慣だけのことだ。」

満里子は、沈黙していた。亮助の顔に、酒が残した影響か、以前にない弛緩《しかん》したような精神の空虚な表情を見て、自分がいらだって来るように感じた。

「前島さんが、兄さんのこと、賞めていたわ。」

と、急に言い出した。

「ひどく同情してるのね。」

「あれは、珍らしく好い男だよ。だが、俺も他人に同情されたり憐《あわ》れに思われたりするように落ちぶれたものか。」

「あたしは、同情してないわ。」

と満里子は真顔を向けて追及するように言った。

「もっと、いじめた方がいいと思うの。何にも感じてないような風をしているんだから。」

亮助は、急に声を揚げて笑った。男たちがよく聞かせるその粗雑な笑い声が、この時、満里子に亮助に体臭のように成って残っている満洲の乾いた空気を感じさせ、外套なしに冷たい戸外に出た時のように、皮膚に寒さを覚えしめた。義兄に向けて、感情がそんな風に変って来ているとは、自分も始めて知った。

「女子供の知ることじゃない、と言うんでしょう？　知っててよ。」

「いや、俺は、他人の同情なんか、あてにしておらん。いくらでも、いじめて貰って、よい。味方なんてない方が、気楽でいいのだ。」

「じゃア、姉さんはなアに？　姉さんは、味方じゃないの。」

返事に苦しむと、亮助は、怒ったような顔色に成った。面倒臭くもなり、やや荒々しい語調で話を打切ろうとした。

「姉さんは、勝手にやっているさ。」

「勝手に？」

と、満里子は叫んだ。

「ほんきで、兄さん、そんな風に考えてるの？　聞きたいわ。あたし。」

「別に、僕は拘束なんか、していない。何をしようがあれの勝手だと言ってるのだ。」

「違うわよ。」

と、はっきりと言って、

「姉さんが、兄さんの投げている影から外へ出られるようなひとと思ってるの。」

「どんな影を僕が、投げている？」

「兄さんが、姉さんを縛っているとは考えないでしょうか？」

亮助は、肩を揺さぶって笑って見せた。

「何でもなさい、と言ってるのだ。」

「けれど、言葉のことではないの。」

と、満里子は言った。

「ほんとうの生活の上では、どうなんでしょう。姉さんの持っているいろいろの芽生えが、兄さんの為に、しおれたり、伸びないで枯れてしまっていることがない？」

「どんな芽生えがあるかね？」

「生きてる人間よ。それア何か、あるわ。才能のことだってあるし、新らしく生れて来る感情だってあるわ。それから、生活そのものだって、そうでしょう。姉さんは兄さんの奥さんよ。それは、わかってるわ。けれど、極端に言って、姉さんが兄さんのところへ来ないで、他のひとのところへ行っていたら、姉さんが今とは全然、別のひとに出来上ってたろうって考えられないでしょうか。」

亮助は答えなかった。

「ただ、例なの。」

と、満里子は言った。

「姉さんのような、あたしと違って、おとなしく出来てるひとは、ほんとうに、そう考えられるわ。姉さんは、小さく、すくんでしまってるの。娘時分に、今のようなひとじゃなかったわ。結婚生活と言うのが、姉さんのように成って了うことだったら、あたしなんか厭だなあ。あたしは、生れて来た限り、生きて生きて、生きて見たいの。自分に持っているものを見つけ出して、伸して見たいわ。恋愛だの、結婚なんて、人生から考えたら、小さいことだわ。どう生きるかってこと！　それを決めるのは、親でも夫でもなく、そのひとじゃないでしょうか？　姉さんのような、弱いくらいのひとは、脇から、いたわって、やれば出来ることをさせるように、力をつけて上げなければいけないわ。兄さん、そう考えて下さらないでしょうか。生きてる人間を、どう生かすかと言うこと。もう少し、姉さんを倖せにして上げて下さい。兄さんの投げている影が、暗過ぎるわ。兄さんはそう考えていなくても、姉さんは、そう受取って黙っているひと。だから、兄さんの方が考えて上げなければ、いけないいんです。」

異常に満里子は熱心であった。目が、それを物語っていた。急に重くなっていた口を動かすと、亮助は、せっかちな調子で言い出した。

「では、僕にどうしろと言うのだ？」

「それは、兄さんが御自分で、考えて上げることだわ。」

と、満里子は答えた。

「姉さんを、もっと、優しく見て上げて下さらない。もっと、姉さんの立場に同情して。」

「そうしているつもりでいるのだ。」

「信じないわ。兄さん、意地悪いわよ。」

「そうかね。そんなつもりはないのだが……若しかすると、これは、おれ達の分れた立場が、そんな風に見せるのだ。心持は別として事の結果がね。」

誰れの罪でもないと言いたかったが、亮助は男として強く自制していた。

「僕が、何か、ひがんでいるように見えたら心外だね。寧ろ、憂えている。心配しているのだ。ところで……やむなく外に出て働いている女房と、職がなく、ぶらぶらしている亭主とではね。」

　亮助は、やはり笑うより他はなかった。

「俺の立場が、ひどく拙《まず》いものなのは判っている。だが、女房の前に手を突いて礼を言えるまでに男が達観するのは容易なことじゃないんだな。女には、これは判らぬよ。」

「そんなことじゃないわ。」

　と、満里子は、また気負い立った。

「兄さんは兄さん、姉さんは姉さん、と成って了っているんじゃない。家と言うものが、まったく崩れて、形なく、ばらばらに成って。それなのに、なお、姉さんは兄さんの支配下にいて、人間として伸びようとしても伸びられずにいるんでしょう。」

　亮助は、向きなおって問い返した。

「別れろと言うのか。」

「まさか。」

　と、満里子は、微笑した。

「いくら、私でも、そんなことまでは言わないわ。けれど、兄さんが、自分にいよいよ生活の能力がないと見たのなら別よ。男って贅沢なの。兄さんなんか、まだ泰然として生活を無視してられるのね。前の時代は、それでよかったのでしょう。けれど、女は、本能のせいかも知れないけれど、生活が不安定になって来ると、ひとりで、もがかずには居られなく成るの。今にどうにか成るさ、では済まないんです。子供がなくても、そうなのね。女の持ち前。……夕立の来る前の、むしむしした時に、鶏が落着かなく成るのと同じことなのね。今のような変り方の激しい時には、ほんとうに、それよ。必死なのね。男が、案外平気でいて、私たちから見ると、生きることを軽蔑しているようで、不思議に思われるわ。男も、日本人だけの癖じゃないでしょうか。どうにか、ごまかして行ける内は、ごまかして超然とした顔を作ってる。兄さん、女はそうは行かないのよ。あの、引込み思案で弱虫の姉さんに今のような勇気が生れたなんて……やはり、生きて行きたい女の本能だったと思うの。空っぽだったものに、風が入って来て動き出したの。満里子が同じことよ。今のままだったら、やがて食べられなく成るって見えているんじゃありませんか。その時、満里子がじっとしていられて？」

「…………」

「満里子は、前から兄さんを憎らしいと思っているくらいよ。生活を無視したり、軽蔑したりしてるのが、ただ、不精で、みえ坊で、世間態《てい》を気にしているだけのような気がするのよ。つまり、生きることに兄さんは変に臆病になっているの、そう言っては悪い？」

心は苦《にが》り切っていながら、そうも顔色に出せないで、亮助は、立ち上って窓際に行き、暮れて来た外を眺めた。灯のともった電車が、高架線の上を疾走して過ぎた。話を打切るつもりだった。しかし、亮助もこの機会に話しておきたいことが、塊りのように成って胸に残っているのを感じた。

「君は、早く結婚したらいいんだろう。」

と、不意と、頭からのように言い出した。

「節子に聞くと、田代君と何か話があったのじゃないか。」

満里子は、ぱっと顔を赤くしたが、単純な返事を与えた。

「失恋したの、満里子。」

亮助は、窓から向きなおって、満里子を見まもった。

「うまく行かなかったのか？」

「うん。」

と、明るい感じになったのが、意外なくらいであった。

「駄目ね。」

「どうして？」

「どうしてってことなく、駄目ね。けれど気がついて見たら、そんなこと満里子には何でもないことだったのよ。」

「…………」

「満里子、宏さんを好きだし、一所になれれば幸福に暮らせそうに思って、急に熱を上げて見たのね。けれど、考えて見たら、宏さん、やはり満里子なんかより古いひとだし、満里子には後で重たく成るひとだわ。」

「そんなに、簡単に取消せるものか。」

「満里子にはね。だって……恋愛なんかより、生活の方がずっと大切なんですから。あたし、少し狡いけれど、宏さんの生活が経済的に安定していることなんかも、考えてたのかも知れないわ。少し熱が高かったから、他のことも考えなかったのね。」

「ほかのことって？」

「うん。」

と、首を傾《かし》げて、

「自分でそうだと信じているよりは、そう好きでもなかったんだってことかしら？　恋愛なんて、そんなものらしいわ。自分が勝手に出した熱で、一時だけでも、目が曇って、物がぼんやりしか見えなくなるらしいのね。明るい靄《もや》のようなものにくるんで、きれいにばかり見えて来るんだから……決して悪くない気持だけれど、そんなことで後でがっかりするなんて、鏡で自分の顔を見て、美人だと思って得意でいるようなものね。宏さんを今でも好きは好きなの。それは、それでいいわね。」

「そう言う考え方もあるかね。」

「あるわ。単純よ。」

満里子は、膝の上に煙草のケエスを出した。男のズボンのように仕立てた服と、白い手とが、不調和に見えなかった。亮助は、満里子の返事に笑ったが、やはり心の屈託が、その笑顔を不透明にしていた。また外を通る電車の響《ひびき》が、窓ガラスに響いて、風が通って行くように感じられた。その響のあとで、満里子は、ふと何となく心に不安を覚えて顔を上げて亮助を見た。その亮助は逃げるように目を逸《そ》らした。

「満里ちゃん、ここだけの話だが……」

と、重い調子で彼は言った。

「君の、その話には、節子は何も、かかり合いなかったのか？」

亮助の顔に急に血の色が昇って赤くなったのを、満里子は見た。

「うん。」

と、満里子は持ち前で甘えるように鼻にかかった頷《うなず》き方をしてから、

「かかり合いって？」

問い返されて亮助は、狼狽の色さえ見せた。

「いや、君の今日の話がね、ただ単純に、おしゃべりで、俺をやっつけに来ただけのものでないように聞いたからだ。君は、姉さんの為に、何か言うつもりで来たのではなかったのか？」

「そうよ。」

と、満里子は答えた。

亮助が黙り込んだので、また繰返した。

「姉さんが可哀想だと思ったから来たのよ。」

「どう可哀想なんだい？」

「まあ、あれだけ、言ったじゃありませんか。」

「あれだけか？」

と、亮助は、念を押した。苦痛が顔に現れた。

「ただ、あれだけの話か？」

「そうよ。満里子が言うのは？」

返事の途中で、はっと感じたのが声音に出て、満里子は顔色をひき緊めた。

「兄さんは、他に、何かあると思う？」

亮助は、無表情に戻った。

「では、君は、何で田代君に、失恋したんだ？　田代君は、君を構わなかったのかい？」

「やや、……」

と、満里子は小首を傾げて笑って見せた。

「やや、そうね。でも、満里子の方だって、もう構わないわよ。その他に、何かあるかしら?」

「…………」

「ないわね。」

と、膝に置いていた手を動かして、煙草の灰を落した。

「有難う。」

と、亮助は急に礼を言って出た。その後の沈黙は、深かったが、亮助は机の前に戻り、ひき出しをあけて、さっきの紙幣と紙入れを取出した。

「賭け事で、小遣いを稼いでいる始末だ。おちぶれたものさ。」

と、言った。

「君の話にも、もう意気地なく頭をさげている。君の思想が単純過ぎるほど単純で健康なのは、いいことだ。」

「ほめたの?」

「ああ、ほめた。」

と笑って、

「だが断っておくけれど、俺のような前代の遺物の……生活態度や習慣のことは別だが、心の置きどころは、満里ちゃんには、まだ判らないぜ。」

「そうかしら? だって、それア兄さんひとりのことよ。」

「節子がいると言うんだね。知り過ぎるほど知っている。だが、君のような新らしい考え方を、節子が持つ……と、するね。」

「………」

「これは、満里ちゃん自身の場合のようには軽快に行かない。節子だったら、今よりも、もっと不幸になる。俺が、それを可怖《こわ》がっていた、と覚えて置いてくれてよい。さあ、出かけようか。厭な話はもう、やめだ。」

一　夜

花屋の硝子戸の中だけでなく、街中のどこへ行っても、菊の花が目立ち始めた。上京して来た宏が、節子と遅い食事をしたコック・ドオルの卓上にも猫の顔のように円《まど》かな大輪の白い花が生けてあった。外へ出てから、ふたりは歩くことにした。いつの間にか、会えばそれが例となっていた。用事の話も出るが、ただ何となく、ふたりだけでいるのが幸福な時間だった。水に灯影の美しい築地河岸《かし》とか、濠端《ほりばた》の道とか、日比谷公園の樹木が空に枝を伸している歩道とか、用なく歩いて気持よい通りが、急に特別の親しみを持ったものに成って来た。

「少し出て来過ぎますかね。」

と、笑って宏が言った。

節子も、これに批評を加えなかった。自分の為にこんなに数繁く上京して来てくれるのだと知っている。気の毒とも思わず、心は甘えていられた。

「ちゃんと、用事はこしらえて来てあるんです。横浜の同業の店の仕事を手伝ってやることにしたので、製図は神戸にいても出来るが、仕事の上りを見てやることにしたんだから、これからも、半月に一度は出て来るでしょうよ。」

その度に、こうしている時間が持ち得るのだ。宏が意味したのもこれだったし、聞く節子もそう理解する。ふたりの会話は、話している言葉以外のものだった。黙っていても心が通じた。お互いに何も話していない時に、反《かえ》って、心の深いところで触れ合っているように感じられる。永い沈黙に気がついてから急に火がついたように何か喋《しゃべ》り出すことがあった。その話の中から宏は新らしい計画を編み出して、節子に教えるようにした。宏は、自分が先に酔って了うように見える。まったく、いつもの自分には夢想も出来ないような思いつきが急に泛《うか》んで来る。

「歩いて考えていると、好い考えが泛ぶんですね。それと節ちゃんとこうして歩いているとね。」

「本当にしてよ。」

「いや、本当の話なんだ。」

気がついて見ると、宏と歩いていると、節子は、反対に他のことは何も考えずにいた。乾いた海綿か、吸取紙のように素直に、宏の言葉を受取って行くだけであった。その無為《むい》の状態が、充ち足りた心で支えられていた。そして別れた後にも、余韻のように胸に留まっている楽しい感動があった。それが自分のまだ小さかった時代からの友達なのであった。子供時分の瞳のまま、宏を見ていられるのが嬉しかった。コック・ドオルの卓で見た光っているように白い菊の花を考えた。この世に生きている悦びに、軀《からだ》がふるえるように思われた。

「歩くのにいい時候に成りましたね。」

と、男の声が皮膚から奥に滲み込んで来るように聞えた。

「戦争中は、実に暗かった。」

と、宏が言った。

「生きることが大切だと教わっただけが収穫だったけれど。」

その過去を、一切なかったもののように忘れているのに、節子は自分で驚いた。

「あたしはもっと暗かったわ。早く死ぬ時が来ればいいと、待っていましたの。」

宏は笑って問い返した。

「で、今は？」

優しく睨んでから、

「どう、御覧になって？」

話は、それで途切れた。節子も、目を瞠《みは》りたい心持だった。確かに自分は別の人間になっていた。生きている自分を溜息して眺められる。あたりを囲んでいるものまでが、にわかに存在を鮮明にして来た感じである。電燈も、秋となった街路樹も、店の窓硝子も、一度に魔法にかけたか、急に別の照明を宛てて眺めたようであった。

「宏さんと、目黒の苺園《いちごえん》へ行ったこと、あったわね。ずっと前。」

「そう。そんなことがあった。」

宏が金ボタンの学生服でいたこと、初夏の樹々が青かったこと、苺をつぶす木の匙が赤く染ったことなどが、きらめく陽の光とともに、はっきりと頭に泛んで来た。そんな遠い、小さい事柄を、忘れないでいたのが不思議である。苺園がどの辺に在ったかは忘れていた。何でも埃の白い野道を皆で歩いて行った。宏の他に、誰れが行ったのか、思い出せない。学生服の宏だけが、はっきりと考えられる。卵色の表紙のフランス語の本が上衣のポケットから顔を出していたのまで忘れていない。

一人の男が行く手から大股で歩いて来た。光の暗い場所であった。すれ違おうとして、ふたりに気がつくと、かぶっていた帽子を脱いで頭上にあげて、

「やあ！」

と、叫んで通り過ぎて行った。その大きな後姿を見送りながら、

「酔っぱらいか。」

と、宏は言った。

節子は立ち止っていた。異様な空気が感じられた。闇の中で見て、顔が紙のように白く、倒れそうに成っているのがわかったので、腕で支えた。

「どうしたんです？」

節子は、宏の腕につかまった。

「気分が悪い？」

やっとのように首を振ってから、節子は低く言い出した。

「三村でしたわ。」

宏もぎょっとして、振返って見た。

亮助は、もう遠ざかって暗い道路に見えなかった。帽子を上げて、やあ、と叫んだ粗野な姿だけは、見たばかりのものなので分明に目に残っていた。笑っていた顔も見えた。

「御免なさい。宏さん。」

と、節子は、弱々しく詫《わ》びを言った。

「申訳ありません。」

亮助が示した態度を思い返して、宏は不意に強い怒りを感じた。

「酔っておられたんだ。」

と、自分で抑えて、慰めるような声で言った。だが、自分だけでなく、節子が亮助の嘲弄《ちょうろう》の対象に成っていたことが、段々と心に重味を加えて来た。それは遂に、動きの取れぬ重い力と成った。

「帰りますか？」

と、出来るだけ軽い口調で尋ねた。

節子は何かを、見詰めているような瞳の色で、返事をしなかった。

「その内、僕が三村さんにお目にかかってお話し、しましょう。今日は早く帰った方がいい。」

そう言い出した理由を考えられなかった。寧ろ逆のことを宏は望んでいる。すぐにも三村氏の前に立つだけの強い感情が湧き上った。

「もう少し、歩いて……」

「いいですとも。」

あたりの夜が急に感じられた。鎮まり返って並んで歩いていて、節子が小さく、弱く、いじらしいものに思われた。黒雲が降りたように、その肩に加わっている重い力が、次第に目に見えて来るような心持であった。これは運命のような重味であった。自分たちの力以上のものが加わって来ているのを、いやでも認めぬわけには行かなかった。それを逃げようとしていた自分に、宏は怒りを感じた。ここまで来ていたのだ、と彼は思った。放心したように歩いていて、目ざした場所より先に、道を通り越していたのに、気がついたようなものである。意志ではなく、来るところへ来ていたと言うことだ。

「あなたを苦しめることに成ったのだろうか？」

「そんなこと、ないわ。」

この言葉を交した後で、ふたりとも更に深く黙りこんだ。

節子は、亮助がいる家に帰れないと思い込んでいた。それは、亮助を怖れていると言うより自分の方が最早、我慢出来ないと感じたからであった。それにしても、夫から、こんなにも心が離れて了っていたとは、始めて知ったことだった。知らぬ間に、そう成っていたのを、今まで気がつかなかったのである。

「宏さんに悪かったわ。」

「そんなこと、ありませんよ。」

「だって、あんな……」

声を放って泣きたいような激情が身内に湧き立っていた。唇が、わなわなした。昂奮が鎮まると、結晶したように冷たい形の怒りだけが心に残り、それが不思議と心地よかった。

「何でもないのよ。」

と、強く言い出した。

「では、お帰りなさいね。」

「いいえ。」

「お家へ帰らないで、どこへ行きます？」

と、笑ったのが、凍ったように消え、宏がまた何かに押出されたように言い出した。

「僕の宿へ来ますか？」

驚いたように目を上げて、節子は宏の顔を見詰めた。それから、思い切ったように強く頷き返した。

高輪《たかなわ》に在って静かな住宅の間に挟まっていた宏の宿へ行くまで、自動車の運転手も、玄関に迎えた女中も、節子の心を後戻りさせる作用をしなかった。他人への遠慮は何もなくなって、ただ望むままに動いているように見えた。

「いいお座敷！　お庭も広いのね。」

と、子供のように無邪気な悦び方を見せた。

「やはり、誰れか相当な人の邸宅だったんですね。庭なんか、昼間見ると、なかなか凝《こ》ったものなんですよ。」

縁側の籐椅子に、卓を距ててふたりは腰をおろしていた。時たま、省線電車の響が遠くから送られて来るが、その他の時は、庭の秋の虫の声だけである。燈火のあるところで見て、節子はやや顔色が青かった。しかし、目に、いつもはない熱情が現れていて消えなかった。その目は、怯《おび》えているように大きく見えるかと思うと、急に、きらきらと輝いた。身内から湧く力に、自分が悩んでいるとしか見えなかった。

女中が退《さが》って行くと、ふたりは反って黙り込んだ。

「来るところへ来ましたね。もう仕方がない。」

と、宏は、低く言った。

「そう成るように出来ていたのだ。」

「もっと早くにね。」

と、節子は苦しそうに言い出した。

「そうしたら、何も、つらいことはなかった。」

「…………」

「けれど、あたしは、娘の時代に帰っていられるわ。自分も不思議なくらいに、小さい時分のことを考えていられるの。きれいな気持でいられますわ。」

「遠い廻り道をして来たのだ。ふたりとも自分からは何も言えなかったから。」

「知っていたの、宏さん。」

と、低く叫んで、

「つらかったわ。」

柔かく、しかし烈しく唇が合わされた。初めてのことで怖れているように軀が慄えていた。宏は、節子の頰が涙で濡れて光っているのを認めた。

「ほんとうに、宏さん、何も言って下さらなかったのね。」

「子供だったから。」

「………」

「それに節ちゃんが、どう考えているのか、知らなかったんだし、僕が、節ちゃんの為に何か出来るなんてことは考えなかったから。若い時は疑うものなんだ。」

「もう、ふたりだけなのね？　誰れもいないのね。」

「そう。ふたりだけだ、誰れもいない。」

「子供だった若い宏さんと、子供だった節子だけ。」

溜息したが急に、また怯えたような目付になって、

「殺されるかも知れないわ、節子。生きていられないかも知れない……」

「そんなことは在り得ない。」

と、宏は、強い声で言った。さっきの三村氏が見せた態度に対する憤りが、また新たに胸に湧いて、烈しい気色《けしき》と成っていた。

「僕がいるじゃありませんか。こう成ったら僕から、話せます。節ちゃんが、しっかりしていてくれればいいのだ。」

「あたしは、大丈夫よ。」

「困難なことは承知の上だ。でも、こう成った限りは、何を怖れることがあろう。どっちでもいい、好い加減のものだったら、びくびくしていなければいけないかも知れない。真実のものだったら運命と同じことなんだから、どんなことが起っても、負けやしない。」

「ほんとうに、そう、お思いになる？　うれしいわ。」

「………」

「あたし、死ぬのも可怖くないんです。」

「そんなことは、決して考えなくて、いいんですよ。ただ、そのつもりで、我慢していらっしゃい。それとも、いっそ、このまま京都の小父さんのところへ行ってますか。」

「ええ、それでもいいわ。」

夢中で、こう答えて了ってから、節子は顔色を曇らせた。

「父に、私から申しますの。」

「そう。それでもいいし、僕からお話ししてもいい。どの道、三村さんも小父さんに黙っていないでしょう。」

節子はわなわなしたかと思うと顔を蔽《おお》って卓に突伏して、不意に泣きむせんだ。

「親不孝な節子。お父さま、もう先が短いのに、こんなことをお聞かせするなんて……ああ、宏さん、それだけは、私、出来ないわ。」

宏も、忠親の穏やかな日常を考えて、それを脅《おびや》かす苦しさを思った。重い溜息が出た。けれども、それは已《や》むを得ぬことに見えた。

「小父さんは、すぐ理解して下さると思いますよ。許して下さるかどうかは、知らないけれど……分っては下さるでしょう。」

「宏さん、私、三村は可怖くないんです。ただ父の耳に入れて……いつまで持つかと言う病人に、……私には出来ませんわ。父を殺すことなの。それは出来ませんわ。」

切なげな息だけ聞えて、ふたりとも黙り込んでいた。

「まだ十時。」

と、我れに復《かえ》ったように宏は言い出した。

「節ちゃんが、出来るのなら、このまま、家へお帰りなさい。」

「…………」

「お互いに、我慢して暮らしましょう。けれど、ふたりは固く約束しよう。時が来たら、もう、僕らは離れない。そうですね。もう、僕らは、決して離れない。」

「宏さん、宏さん……」

さぐり寄るようにして、しっかりと手を取り合った。

宏は告げた。

「お帰りなさい。そこまで送りましょう。人間が、こう成ると、考え方も自分たち本位になる。僕らは小父さんが、いつまでも生きて下さるように祈りましょう。お互いに、今まで永い間待ったんだ。もっと、もっときれいにして待ちましょう。」

「そうさせて下さる？」

新たに節子は泣きむせんだ。促されて立つまで、動こうとしなかった。

紅葉酒

ひとつ家の中に暮らしている前島が見て、格別、何か変化があったとは気がつかなかった。

数日後に、夕方早く仕事が終ったので、帰って来ると、庭の掃除を始めた。節子に次いで、この家の庭のことを知っているのは彼である。藤棚の落葉が、屋根の樋《とい》に詰っているのを取除いて、掃き集めた。酸漿《ほおずき》は枯れて来たが、白粉花だけは、しつこい調子で、まだ咲いていた。夏の間に見て考えたよりは丈夫な草である。

ひととおり片付いた時分に、気がついて見ると、二階に亮助が帰って来ていた。外から見て家の中は、もう薄暗かったが、亮助は上衣を脱いでいたので、ワイシャツの白い色で分ったのである。

何をしているのか、亮助は、動物園の檻《おり》の中の獣物がよくやるように、いそがしく部屋の中を立って歩き廻っていた。その次に見た時、体操でもしているように畳に両手を突いていた。それが、不意に脚を上げて、逆立ちしようと試みたのである。
屋内の夕方の色の中に見たのだし、前島は自分の目が、どうかしたのではないか、と疑ったが、やはり亮助は逆立ちしようとしているのである。漸く両脚を上げて真直ぐに天井に伸したかと思うと、すぐに平均を失って倒れたようであった。笑い声が外まで聞えたのは、ひとりで声を揚げて笑ったのである。

前島は、逆に、変に不安に思った。酒に酔っても、そう言う冗談は見せないひとであった。

「先生。」

と、庭から見上げて声をかけると、亮助は縁側に出て来た。

「今日は、お早いですね。」

「ああ。」

亮助は笑顔で欄干に手を突いた。

「また出かけるんだ。それの支度に帰って来たんだ。いい話があるよ。それより、君、酒はなかったかい？」

「ないですねえ。」

「それなら、君も一所に出かけるんだ。あとで話すがね。今夜九時の急行で、大阪へ行くことに成ったから、途中まで送って来たまえ。」

「そんなに急にですか？」

「うん、いい話なんだよ。どうだ、前島君、やっと仕事が見つかったんだ。」

「ほんとですか、先生？」

「更生、更生！」

亮助は、腕を上げて見せて、力強く、こう呼ばわった。

「君は悦《よろこ》んでくれるだろう。おれは、それを知ってた。こうまで永く失業の苦しみを味わって見ると、から他愛ないよ。腕が鳴って武者ぶるいが出る。男の仕事なんだ。おれに打ってつけのね。まあ、入って来たまえ。支度って別に何を持って行くのでもない。石鹼とタオルと……歯ブラシの程度だ。」

列車が二十一時東京発と言うので、時間はまだ、たっぷりあった。それにしても、亮助は、いつかの飲屋に、前島を誘って行って腰を落着けると、例によって、急な調子で飲み始めていた。

「祝盃だよ。」

近頃にない機嫌なのを、前島も当然と見るし、悦んだ。仕事は、和歌山県の熊野川の上流に水力発電の大規模なダムを築くもので、政府の建設庁もいろいろと立案しているが民間の各方面でも事業として計画せられている。満洲で東洋一の鴨緑江のダムや松花江のダムの建設に従った人々が、多く参加していたので、その関係の古い友人から、亮助にも急に誘いが来たのである。

「大阪まで行ってから、話の様子で、すぐに現場の山の中に調査に入るかも知れない。」

　自分からそれを望んでいるらしい口ぶりである。

「とにかく、君、力の入る仕事にぶつかったのが、久振りのことだからなあ。まるで曽我兄弟の敵討のようなもので、今まで何年も辛抱して来た効《かい》があったんだ。まったく……前島君。やるよ、俺は、やるよ。いつか話したような原子力はまだ使えなかろうがね、大きな山だの、川と正面から相撲を取って、組み敷いて見せるんだ。出来上るとね、琵琶湖ぐらいの大きさの湖水が、あの山の中に出来る。自然も日本地図も一変するのだ。男子一生の仕事としてよいね。やあ、命なんて捨てて掛る。そうだろう、君、そう思うだろう。」

　酔った調子で、しつこく手を握って、幾度も振った。

「君に向く仕事が見つかったら、君も呼び寄せよう。くさくさしていたのが一度に忘れられた。生き返ったんだ。」

「先生、それで、さっき二階で、ひとりで逆立ちなんかしておられたんですか……」

「見たか？」

　と、遮るようにして叫んでから、前島の方に向きなおって声を揚げて笑った。

「やあ、……しかし、いいだろう、君、え、いいだろう？　昔から、おれに出来る芸当は、逆立ちで歩くだけでなあ。学生時分から何か会があると、歌なんて歌えぬし、いつも弱った。そうだ、そうだ、おれ以上の芸なしが、ひとりおった。そいつは、ただ両手を宙に上げて、逆立ちの逆立ちと言って、畳の上を歩いて見せるだけだった。はははははは。」

　亮助は、あまり笑って、目に涙さえ泛べていた。

「そいつは、秀才で、若くて農学博士に成って、北海道大学にいる。なるほど、逆立ちの逆立ちだ。」

「先生、それで、奥さんにはお知らせに成ったのですか？」

「女房？　いや、手紙を書いて置いて来てある。」

「それアいけません。わしがこれから行って、駅の方に来て頂きましょう。」

「いいんだ、いいんだ。」

「いや、それアいけませんよ。」

　前島は、もう立ち上ってせき込んで吃りながら主張した。

「こんな好い話を、真先に奥さんに知らせて上げないなんて……先生、どうかしています。そうしましょう。駅の方へ、わしがお連れします。」

「いや、あれの店へ顔を出すのが、厭なんでね。」

「そんな変屈な！」

「だが、そうさ、君。」

と、亮助は、わざとのように泰然として動かぬ様子で言った。

「これまで一度も顔を出さんのが、自分に仕事が出来たからって。」

「変屈ですよ、先生、ほかの事と違いますから。」

前島は腕時計を見た。

「汽車は東京を二十一時でしたね。」

「前島君、よしてくれたまえ、私は私だ。なるほど変屈者には違いない。君には話しても女房にはまだ後でいいと考える。けれど、これは私の気性だ。女房に話すのは、もっと話が具体化してからで、よい。一体、おれは、女を相談相手に考えない男なのだ。」

酔った顔にも、真剣なものが見えた。

「女房には永い間、苦労かけた。済まぬと思って来たんだが、だからと言って、急に、にやにやして、仕事が出来たとは亭主として言いに行けることじゃない。手紙でいいのだよ。」

「おかしいですなあ。」

「ああ、ああ、おかしいさ。はははははは。けれど、こんなに、永く、ぶらぶら遊んでいると何もかも可笑しく成るのだ。やはり、実際に、仕事に就いてからにしよう。ひょっとすると、家内にまでどこか卑屈で臆病に成ってるんだろうかね。」

「………」

「やあ、そんな風に悪くは考えまい。」

沈黙して深い目の色に成った。

「苦労は掛けたねえ。それこそ、お嬢さま育ちで、世間を何も知らん者が、君も知っているとおり、ああして外に出て、人に揉《も》まれて働くまでに成ったんだ。可哀想だったね。」

「………」

「手の降ろしようがないから、私は、坐っていた。何も言わんけれどつらかった。」

「もう、いいんです。先生。奥さんだって、先生のお仕事のことを聞いたら、悦ばれますよ。ああ、先生は、時計を持っていらっしゃらないんですね。」

「はははははは、ないさ。」

「わしのを持って行って下さい。」

と、前島は、急いで、腕から外した。

「旅行には、やはり必要ですからね。」

「では、君、はめてくれ。」

亮助は、こう言って粗暴な調子で、腕を出したので、前島は、出過ぎたことで不愉快に取られたのかと心配した。

しかし、亮助は、目をうるませていた。

「男の友達っていいもんだなあ。」

と押出すように言った。

「なんと、君、人生は明るいじゃないか。けれどね、俺は、ほかの、まだ仕事のない連中のことを考えるんだよ。苦しいもんなんだよ。」

「まあ、先生……」

「ははは、そうだ。そうだ。握手しよう。君。頼むぜ、君もしっかりやってくれ。日本を今の惨めな態《ざま》に置いとくのでは、死ぬにも死ねんよ。しっかりやろう、なあ、君。」

「もう出かけましょう。先生。」

「ああ、行こう。行こう。」

亮助はつかんだ手を放さなかった。

これまでになく酔いも深いらしかった。しかし、汽車に乗ったら寝るばかりのことだった。


「石段が滑りますよ。」

「いや、大丈夫。その代り、ゆっくりと降りさせて貰おう。」

忠親は、足もとを見て、切石の石段を静かに、降りた。周山街道の高尾口でバスを降りて、神護寺の道しるべの石の柱が立っているところから、清滝川の渓《たに》に下る道である。

楓《かえで》の木は、この崖《がけ》の斜面に多く、高く掲げた天蓋《てんがい》のように、坂道の空に枝を交えていた。

　夕日が美しい時間を見計らって来て、光が透《す》きとおった一面の紅葉を、葉裏から見ることに成った。かっと、あたりに照り映えて、地面の石や草に、色がついて見えるほど、明るいのである。

「見事なものですなあ、これは。」

　と、亮助は、声を惜しまずに言った。

「連れて来て頂いて、いいことをしました。」

　立ち止って、忠親も、紅葉の空を仰いだ。真紅に染ったものの他に、やや薄いのと、黄ろいのと、まだ実に真青なのと、色の段階が様々にあった。その隙間から、深いコバルトの京の秋空が華やかに覗《のぞ》いている。

「まったく。これア明るい。」

「花よりも遥かに美しい。」

　忠親は、誘い出して来たのを手柄顔である。

「ただ、どうしても、これは女の裾模様だね。京染の裾模様だ。きれい過ぎて人工でしたことのように見える。」

　けれども、なんと、天然は美しいものを生み出すことか？　忠親は感慨に胸を圧されるようであった。

「少し、さかりより早かったかも知れぬが……その代り、どんな種類の色でもあって、賑やかだ。ほんとうに赤くなると、緋色なのだ。何と言う色か、濃いエンジだ。」

「これで熊野の山の中へ入ったら、もう一度、紅葉が見れるかも知れませんな。あっちは南で、多少、暖いでしょうから、この辺よりは紅葉が遅いようで、正月にも見られると話していました。」

　前日、大阪へ行って仕事の話を決め、現地に数日中に行くことにして来たのである。亮助は、希望の籠った明るい心を抑え切れぬ。

「うん、深山紅葉だな。」

「や、まったくの奥山らしいんですな。ここらのように、風雅なものじゃないでしょうけれど。」

「猪が出るかね？　猪なら萩か？　紅葉に鹿が出るのでは、極り過ぎている。」

　と忠親は、亮助には意味不明のことを機嫌よく言った。

ゆっくり、ゆっくりと、老人らしい足の運びであった。最早、見物を終えたものが、酔って顔を真赤にした者もいて、茶屋の女将や芸者らしいのと、段を昇って来るのと、すれ違った。紅葉に昂奮したようにお喋りに成っている人間たちである。

　清滝川の流れが、樹間に現れて来た。河原の白い石が、照り映ゆる紅葉の色を見ていたせいか、薄く青味を差して光り、流れの水の色は、更に深く、紺色に近い。谷間は燻《いぶ》しの掛った銀のように、既にかげって来ていた。

神護寺の朱塗りの橋の袂《たもと》に出ると、茶店が店を開いていた。

「酒は、ちょいちょいやっているのか。」

と、忠親が尋ねた。

「世の中も平和になった。桝《ます》で酒を飲ませておるじゃないか。」

なるほど、この茶店では、酒を商《あきな》うのに桝を重ねて置いてある。コップや湯呑は見当らなかった。

別の茶店が、対岸の崖の中腹にも在って、床《ゆか》を組んであった。そこからは、流れと河原を見おろしていて、河原に床が幾つも出来て、紅葉の客を集めているのが見おろせる。目を上げると、高い山腹を埋めて夕日を浴びた紅葉を一望に眺める。音のない火炎が斜面を燃え上っているようだった。

忠親は、疲れたように胡坐《あぐら》をかいて、竹の欄干にもたれ、河原を見おろした。

「お疲れだったでしょう。」

「いや、さほどでもないが、帰りがあるから少し、休ませて貰う。」

「けれど、思ったよりは、御元気なので、安心しました。」

「君。」

と、目を上げて、

「酒を飲むのなら遠慮せんでよいよ。」

亮助は、嬉しそうな笑顔に成った。

「そうさせて頂きましょう。」

そう言って小女を招いて注文してから、

「実は、今朝まで、今度の仕事の方の友人と、やっておったので。」

「祝盃か？ 何しろ、目出度かった。」

「御心配ばかり、かけました。しかし、今度は、……」

「よかった！ 良い刀でも、蔵《しま》っておくと、錆《さ》びるものだ。」

と、深い声で言った。

「働きざかりと言うのか、人間には、大切な時期がある。その間を真面目に働いているかどうかで、後になってから万事に大きなひらきが出来て来るようだね。決して功利的な考えで言うのじゃない。人間の出来上り方が違って来るのだ。随分、人を見て来たものだが、仕事があって、それに打込めず、いい加減にして不平だけを感じているようなのは、方向を変えても、結局、終りは駄目なものだ。人間的に何か欠けているのだ。つまり元来が人間が不誠実に出来ているのだ。その為に、大切な働く時期を失くす。昔は、大工の棟梁《とうりょう》なんかで、ずっと、まともに働きとおして来たのに、年取ってからまるで禅坊主のように立派に見える奴がいたね。それで、とにかく、人間がさばけていてねえ、働く時期を誠実に働いて来て、始めてそう出来上るのだ。大工の働きざかりは四十前後の十年間だそうだが、他の仕事でも同じようなものじゃないか？　大して違いないようだな。」

亮助は、土瓶の酒を、わざわざ桝を貰って、飲んでいた。

「丁度、私の年齢です。」

と、誇らかに言った。

「いや、仕事さえあれば、と思っていました。不器用に生れて、習ったことしか出来ん人間ですが、働くことには真剣です。」

「それは信じていられる。」

と、忠親は言った。

「誠実に働くとは、つまり仕事に深い愛情を持っている人間だ。仕事を離れてからも、これが、人生に大きな役をするのだ。仕事以外のことに向っても、心が深く入る。苦労して働くことから、それを教わると言うのは面白いことだな。」

桝の酒は冷たく揺れて、枝の影を映し、青空の色を覗かせた。

「私なら、紅葉を一枚、その中に浮かせて飲むよ。風流と言うものだ。」

と、忠親は微笑した。

紅葉の一葉が、桝の酒に泛べられた。亮助も、口につけようとして、瞳を落して眺めた。

「きれいですなあ。」

「酒の味も、うまかろう。一口だけ貰おうか。」

「どうぞ、どうぞ。」

「ここのところ、医者に禁じられているが、君の門出を祝おう。」

と、桝を受けて、改まって紅葉を眺めた。

「美しいね。この一枚だけが、こうして心をこめて見て貰えた。しあわせな奴だな。紅葉も酒に酔って、色が、もっと濃く成って来るかも知れぬ。」

心持、形を改めて、目を向けると、

「いや、お目出度う。」

「有難うございます。」

「私の寿命のある内に、君が世間に復活してくれたので、安心したものだよ。」

と、忠親は静かに言い出した。

「目出度い時に、こう言う話も、どうかと思うが、君だけには聞いて置いて貰う。」

「…………」

「私のは死病でね。」

と、濃い眉を上げた感じがあった。

「娘たちにも、そう聞かせてない。医者の奴がな、ボートを漕いだ時分の古い友達なので、勝手が利いてよいのだが……そう藪医者でもないらしいのが、ずっと前に見放しおった。

だが、貴さまの軀は、どうも変に頑固だ。普通なら、もう、あの世に籍を移して、三途の川でボートの舵《かじ》を引いてる筈だ、などと慰めにもならぬことを言う。」

「乱暴ですなあ。」

「診察して貰う度に、喧嘩だ。掛合漫才なんでね。いや、看護婦どもが笑う。笑う。」

　忠親は、自分も、にこにこして見せた。

「医者と言う奴は、雷が鳴ろうが、自分の誤診を決して承認しないように出来ているものだから、無理に私を病人にしているんじゃないかと、ひがみが起ることもある。それを言うと、奴《やっ》、どうにも、私が早く、くたばらぬと医者として承知出来ないらしい。こっちは意地になって出来ない養生でも何でもして、少しでも長く生きて、あいつをがっかりさせてやろうと企てているんだが……まあ、癌の進行速度が、向うの計算より大分遅いと言うのが掛値のないところらしいのだ。」

「他の医者にお見せになったら如何です。手術でも何でも出来るでしょう？」

「いや、一度頼んだことだから、私はその男に任せておく。気楽に無理も言え、喧嘩が出来るのは、そいつだけなのだ。私を早く殺そうと熱心になっておるかと思うと苦労してアメリカの最近の研究報告を取寄せたりして、何とかしたい親切はあるのだ。原子爆弾の副産物で、何か癌に利くものが発明されているとかで、それが日本にも入って来るように成ると、奇蹟的に、私もまた生きのびるかも知れぬような話だが……まあ、こう人間ばかり多い狭い島国に、隠居した無用人が何時までも場所を塞いでいることもないから、もう年貢をおさめてもいいつもりでおる。」

　他人の話のように明るかった。

「そう永いことでないらしいから、女たちは別として、君だけ、そのつもりでおってくれい。」

「始めて伺いました。そんなこととは知りませんで……」

「人に知らせることでなかった。」

と、忠親は、静かな顔色で、流れの方へ向きなおった。水の音は、左右の山に響いて川床よりもずっと高い宙に聞える。

「鶺鴒《せきれい》が来ている。」

と、亮助に知らせた。

「可愛らしいな。」

「しかし……この御病気のことは、おひとりでいらしって、随分、御心配だったでしょう。」

「いや、そんなものは、どうやら通り抜けて来た。若い者をなさけ容赦なく死地に向けてやった後で、この年になったおれが、今更死ぬのが可怖《こわ》いと言っていられないだろう。また存外平気でいられるのは、心のどこかで、まだそう差迫った問題でないと甘く考えている証拠かも知れぬが……死ぬものと気がつくのは、悪いことではなくて、好いことだと知った。丈夫な奴は、自分が死ぬなどとは決して考えないからねえ。」

と、また笑って、

「私のは、期限を附けられたから、一日、一日どころか、一時間でも一分間でも、生きている時間が、大切に見えて来た。」

「…………」

「これは、大変なことさ。生きていることの値打ちが、身に沁みて判ったのだ。守銭奴《しゅせんど》が銭を吝《おし》むようなものさ。若い者にはない年寄らしい打算かも知れぬ。一分一秒を吝むとまでは行かぬが、何を見ても、やがて別れるものと思えば、粗末には見ておれぬ。丈夫の間には気がつかなかったものを、一度に教わったようなものだね。なんと、なんと、この世は奥行が深い。一々、びっくりして見廻しているのだよ。私も、これで今年の紅葉を見た。多分、丈夫な君などよりは、心に沁みて美しいと見たろうよ。死ぬと言うことは人が想像するほど、可怖いものでも暗いものでもない。死ぬるまでのいのちを粗末にする方が、ずっと可怖い。これはまったく取返しのつかぬことだから、暗いよ。アメリカの新らしい薬が入ったら、私も丈夫に戻るかも知れぬが、それで、生きている有難さを忘れるように成るんだったら、何もしないで今のままでおる方がいいな。負惜しみではない。本統に、そう思っているのだ。」

心にかけて耳を傾けながら、亮助は酒の酔いが気持よく廻って来るのを覚えた。血行が活溌と成った頭に、今度の仕事を得た悦びが更に拡大されて考えられた。桝の中の紅葉の葉は、底に沈んでいた。それが、子供のやる押花か、絵に描いた紅葉のように平たく鮮やかに見えていた。

「そう言うお話を伺うと、いよいよ、御壮健の内に、出来るだけのことは、してお目にかけたく成ります。今度は、なんです。御期待願えるかと思います。」

「頼むよ。私も出来るだけ、長命して、その友達を、何度でも、がっかりさせてやらんければならぬ。」

亮助は目を熱くして不器用に短く言った。

「御元気で。」

「出かけるか。」

と忠親は淡白に言い出した。

「大分、上の方まで日が翳《かげ》って来た。ここは谷だから早く暮れる。西山のことだし、日の入り方が早いのだ。これで京の町へ戻ると、まだ東山一帯に夕日が残っている筈だ。」

帰り道に秋の谷間につきものの夕靄の中に眺めて、紅葉はやはり絢爛《けんらん》と美しかった。照り添う光を失くしても、色が自分で明るい。茶屋の者が落葉を集めて焚いている煙が、枝を潜《くぐ》って低く、靄に溶け入っている。暮靄《ぼあい》と言う古い言葉があったのを、忠親は、新らしいもののように思い起していた。そう言う言葉も、やがてこれから日本人には実感が失われ生命もなくなるのだ、と感じながら。

日が早く暮れて来たのは、忠親が話したとおり、この清滝川の紅葉の谷だけで、坂を登って上の道路に出ると、夕日の色はまだ近くの杉山の峰に残っていた。ここから山の奥が、北山丸太の産地で密林なのである。

道を戻って、低い丘の陰から遠く嵯峨野あたりの平地が見えて来ると、匂うような秋の午後の光が、一面に野づらに金粉を散らしていた。平らかな京の町は、嵯峨あたりよりも更に地が低くなっている。その方角は夕日の色をたたえた大きな池のように眺められた。その空に柔かな輪郭を浮べているのが東山一帯の峰である。

「まだ、時間が早いのだな。」

と、忠親は、呟いた。

「明るいじゃないか。」

「そうですな。」

「やはり、山が紫色に見えるだろう、今は紫ではないかも知れぬが、柔かく水色をさしているだろう。京都の山だけのことだ。ほかの土地では見られない。」

バスが町の人家の間に入ると、配給所の店頭に女たちが列を作り、狭い道に子供が駆け廻って遊んでいた。乗合は停留場毎《ごと》に人を詰め込んで、大分、混んで来た。街の中心に近付くほど、夕方の活気が現れて来た。

「人に会う約束だって？」

「府庁にいる、同じ仕事をして来た連中で、久振りだから集ろうと言うのです。」

と、亮助は答えた。

「ひょっとすると、帰りが遅くなるかも知れませんが。」

「よいとも。」

と、忠親は機嫌よく受合った。

「どこへ行くのだ？」

「祇園です。」

老人は、羨しいね、と言いたげな目もとで微笑した。

宴席から亮助が帰宅したのは、まだ十二時前だった。老人の目ざとい醒め方で、忠親は、梯子段を二階へ昇って行く足音を聞き、大分酔っているなと感じた。

亮助は、寝間に入ってから何かに躓《つまず》いて転んだらしく、乱暴に、どしん、とひどい響をさせた。

老人は、布団の中で静かに寝返りを打った。

間もなく亮助が何か大声で、どなるのが聞えた。節子の名を呼んでいるらしく聞いて、忠親は酔態を思って失笑した。その後にも亮助が呻《うめ》いているようなので、忠親は起きて電燈をつけた。雇《やとい》の老女の部屋は寝静まっていた。

二階は、電燈が点けっ放しになっている。亮助は、上着を脱いだだけで、掻巻《かいまき》の上に転がって、大鼾《おおいびき》をかいていた。

「おい、おい、三村。……風邪をひくぞ。」

忠親が、そのまま階下に降りて来ようとした時、鼾が急に停って、亮助はもがいて電燈の方に顔を向けた。その顔つきに、何か、ぎょっとさせるものがあった。けいれんした顔が急に硬く筋肉を静止して行き、開いた目から、涙が一筋、流れ落ちた。

「三村。どうした?」

と、忠親は、大声で呼んだ。

驚いたことは、体温はまだ残っていたが、脈はまったく絶えていた。自分に期待していた死を、他人の顔の上に見て、忠親は急に狼狽した。医師が来た。部屋に入って来て、亮助の顔を見るなり、もう、いけないと言う表情を見せた。

（死んだ。）

不意に足を掬《すく》われて淵に落ち込んだような感じであった。人間の死とは、と、忠親は、日頃あれだけ念頭を去らず、自分も仲善くしていると言明したくらいに、なれ切っているように感じて来たものが、不意に突放されて茫然と立ちすくむような心持であった。

「死んだ！」

それも、まだ若い亮助が、である。昼間ふたりで話したことが、土くれが崩れたように暗く、胸をかすめて落ちて行くのが感じられた。桝の底に平たく坐った紅葉の色が、その形と共に、まだありありと忠親に見えていた。

冬の日

何から申上げてよいのか、筆を取ってから、わからなくなりました。

まわり道をしましょう。もう一度、とお断り申上げましょうか。どうして、こう一生を、自分のたどり着きたいところに真直ぐに行けずに、いつも遠廻りして、道の途中で足がすくんだり疲れ切って思い諦める心の方が強くなって了ったものか？　満里子なら、こうは致しますまい。妹のことを考えると、うらやましく成ります。

きのう、漸《ようや》く、ひとりで外へ出て見たくなりました。雲がありましたが、冬晴れの静かで明るいお日和《ひより》でした。竜安寺だの、苔寺だの、三千院だの、昔、あなた様がお連れ下さったお寺に惹き附けられていながら、今日は、行く先を自分で選んで見度いと思い立ちました。手袋も用のない暖い午後でした。市電を降りて、鷹ケ峰へ出る真直ぐで、ゆるやかな坂道を歩き出しますと、暑くなるくらいでした。坂に沿って、両側の民家が段々のように少しずつ高くなって一本道に重なり合っているのも珍らしい眺めでした。紅殻《べんがら》を塗った古風な構えが多く、日だまりの道路に、豆殻を干してあったり大根を軒《のき》に吊してあったりして、つつましい家の中の営みがわかるような、静かな家々なのが、今の私の心を無言で慰めてくれているように思われたのも不思議でした。小さい子供たちが無邪気に道路で遊んでいます。町を歩いて、どこにでも見られることなのですが、私には、これも不思議と明るく、ほほ笑ましく見えるのでした。家に閉じこもって、久しく見なかったせいばかりとは思われませぬ。人のいのちのつつましさが俄《にわ》かに幅広く胸に迫って来るような思いでした。涙もろくなっているのでしょうか。

坂を途中まで登りますと、片側の人家が切れて冬菜の畑や空地になっているところから、遥か下に、京の町が平たく見おろされました。冬らしい灰色の雲が、ところどころに拡がって、日陰となっているのは、名物の時雨を降らしているものと思われました。雲の切れ目から、太陽の光が降りそそいで、その部分の街だけ、壁や屋根が輝いているところもあります。すぐ近くの山はもとより、町の中にも松が多いせいか、この冬の日にも鮮やかな青い色が一面に散らばっているのには驚きました。そして、山や町の上に落ちている雲の影は、暗いのではなく、しっとりとした紫色をふくんでいます。幾たび立ち止って、倦《あ》かずに町の方を振返って見たか、わかりません。日光の塊りの落ちている場所は、その度に変っています。雲が山の方へ退くと箱庭のように平たい町の全体が、まるで匂い立つように、一面に明るく成ります。冬に居て、花園を見るような明るさです。光が花の代りをするのでした。

光悦寺の境内にいる間に、このあたりにも時雨が降ってまいりました。ひそかな願いが、かなったような心持でした。まるで飾ったように苔の上に散らばっている紅葉の色の美しさ。土が濡れ小石が目の前に濡れて行って、時雨の音は、裏に青々とした竹藪だけで聞えています。さらさらと竹の落葉が鳴っているとしか感じられないくらい、静かなのでした。お寺の庭は翳《かげ》っていても、外は冬日の色が宙に立ちこめて、明るいのでした。冬空も、すぐ目の前に茶碗を伏せたような形をしている鷹ヶ峰の肩のあたりにも、見る目に暖く日の光が戯《たわむ》れています。

私はお茶室の廂《ひさし》の陰に入っていました。小石が濡れて光り落葉が色づいて行くのを見まもっております。時の過ぎて行くのを考えずに、うっとりとしていました。きびしい冬のさ中に、こうした明るい時があるいのちの不思議さに、酔っていたようでございます。それから光悦のお墓におまいりしました。古いお墓の石を今の時雨が濡らして、後に一株の見事に染った紅葉が、まだ枝に残って、雨後の日光を浴びていました。溜息が出そうに、これは光悦らしいお墓でございます。紅葉、朝顔、秋草など日本の草木を、あんなに豊かに、なんどりとした美しい形で捕えて、色紙や蒔絵《まきえ》に残した光悦のものらしいお墓でございます。そして、竹藪が残り、落葉があり、時雨があって、光悦が生きて暮らしていた頃の、このあたりの自然がそのまま生きて呼吸を続けているのを思いました。

境内には、どなたもいらっしゃいませんでした。節子、ひとりです。時雨の過ぎたあとの地面に、冬日が明るく描いてくれた自分の影を見まもっているだけでした。ひとりでいて淋しくございませんでした。私の小さい命が、いつもよりも匂っていると思っていられました。

苦しい日々が続きました。夜などやすむことも出来ずにいて、怖ろしさ、苦しさに、時間もかまわずに起きて出て宏さんの御許《みもと》にうかがうより他に、この心を安めることは出来ないと思い詰めたこともございました。ひとりでいるのが可怖いのでした。どんな心持でこのひと月を暮らして来たかは、今も申上げられそうもありません。

三村が自殺したものだと言う考え方から脱け出るまでに、どれだけ切なく永い時間がかかったことで御座いましょう。やがて、心が落着いてからも、三村を殺したのは私だと信じられました。偶然の仕事などと言うものは、私には考えられません。自分が生きる為に、三村を死なせた。私はそう思い詰めてまいりました。三村がまだ元気でいる間に、そんな怖ろしいことは、はっきりと形に見て望まないにしろ、三村から離れて、ひとりになりたいような心の動きが、私になかったとは申せませぬ。そのことでも心弱く自然の解決を待つような心持だったとしたら、三村が死ぬか、私が死ぬか、を実は待っていたのだ、と見えて来ても仕方がないのでした。そう申せば、私はあれだけ愛している父が死ぬことさえ、心のどこかで待っていなかったでしょうか？　考えれば、怖ろしいことです。そうでなかったとは、私は申せませぬ。生きるとは罪を作ることなのでしょうか？　人の財産が他人から奪ったものだと言われるように、よく生きるとは人を踏みつけて、自分だけ筏《いかだ》の上に攀《よじり》上《あ》がって助かることでしょうか？　私どもは満洲で難船して、海のように揺れる終戦後の内地の生活に漂って入ってまいったものです。生きる為にもがかなければなりませんでした。しかし、生きるとは他人《ひと》の命に取って更《かわ》ることで御座いましょうか。心持の上にしても、人を殺して、自分が残ることで御座いましょうか？

満里子がまいりました。当然に、私が宏さんのところへ行くことだと、はっきりと言うのには、私が狼狽《うろた》えました。無邪気なのが、ただ羨しいのでした。小さい子供が貰った玩具を、いくらでも毀して平気な、あの無邪気さに似ております。生きるとは、こう言うことだと、若い軀の全体で、言いとおしているように見えます。満里子の世代には、日本の時雨が降ることがないようです。

親しい者は、死んでも一所に生き続ける、と言ってくださったのは、宏さん、あなたでした。父も同じようなことをよく申しましたが、父は、この戦争でなくなった人たちのことを生き残った者が、忘れてはならぬ、と言うのでした。

ほんとうに三村は生きております。むごたらしいくらいに、私の内部に今も生きております。そして、なくなった人たちの特徴は、死を境にして遺骸が急に重たくなるように、もう動かせないものに成って残ることです。その人の生きている間の、不幸だったことや、哀《かな》しさは、まるで石に刻み込んだように死んだひとの表情となって、生きている者の力では、もう消すことが出来ないのです。生きている者の力では、もう動かせませぬ。

　三村は淋しそうな顔をしています。これがまだ生きている間だったならば、節子が手むかうことも出来れば、裏切ることも出来たのでした。三村は、それに耐え、私から離れて男らしく別の運命を拓《ひら》いてくれたかも知れません。その後に、なくなったのなら、三村は、今のような不幸な顔付を見せなかったでしょう。不貞は、見事に罰せられました。死んだ三村は、もう私に別れることも裏切ることも出来ないものに成りました。たとえ私が、あなた様のところへまいりましても、三村は消えることなく私についてまいります。幸福に死なせた夫だったならば、私がその後に好きになった方と再婚しても、夫は祝福してくれましょう。苦労をかけた。私は実に幸福だった。もう、これからはお前のいのちだ。思うとおり生きてくれ。残った妻は、この言葉を期待出来ることでしょう。せめて、三村が、もう少し生きのびて新らしい任地にも着き、荒々しいままの自然の山や川に挑んで、少しでも、いのちに男らしい生甲斐を見つけてくれた後ならばと思います。そう考えるのは、もとより過ぎた夢で御座いましょう。

節子は、三村を不幸にしたと自分で知っております。三村の苦しい心から離れて別に歩いたことを忘れられません。その記憶の残る限り、どうして、あなた様のところへ伺えましょうか。愚かな者とお思い捨て下さいまし。これまでのいつよりも、私はあなた様をお慕い申上げております。おそらく、世の中の他の女の方たちが愛している方にお感じになるものよりも、もっと深く激しい思いに身をこがしていると申上げても許されるかも知れませぬ。けれど、お近づきすることは、まだ濡れている傷口をえぐることだけに成ります。また、死んで生きている三村が、いつも私の前に立ちます。三村がそうするのでなく、私が、そう成るのです。苦しいことですが、避けられませぬ。おわかり願えましょうか？自分で求めて背負った罪の影は、消えることがありませぬ。消えると思うのは、ごまかすことです。小さい時分、困ると、よく考えたように、私は、なくなった母や、おばあ様のお歩きになった道を思いました。新時代ではございませぬ。お精霊さまと御一所に、毎日の朝夕を生きていらしった方たちです。その道が秋草の中に入って細く消えようとしているのも知っております。けれど、お前が自分の歩く道をお考えと申されると、私は、やはりお母さまの跡を歩きます。心が、やはり、そこに一番、落着くからです。満里子などに同じことをすすめるつもりなど、少しも御座いませぬ。お母さまのおみあしの跡を踏んでまいるのなら、節子は目をつぶって歩けます。幸福が在ると知っていて、それを担《にな》い切れぬと知っている弱い心は、これから展《ひら》けて行く世界に寄るべも見つからないのかも知れませぬ。けれど、自分の出来ることを求めますと、この道一筋と思いました。消えるまでの焔を、手のひらでかこってまいります。宏さん、仰有って下さいまし。私は敗けたのでしょうか？……

宏は、節子の手紙を、夕方の光で読んだ。いつか満里子が送ってくれた節子の若い日の日記を読んだのも、同じ卓であった。読み了《おわ》って気がつくと、室内は暗くなって電燈が入用になっていた。宏は立って行かなかった。化石したように動かない姿勢で、硝子戸越しに外を睨《にら》んでいた。夜と成りかけた神戸の下町が冬霧の中に在った。海は見えない。撒《ま》いたような灯影が霧に薄れていた。

これからでも京都へ出かけて行って節子に会い度い思いが、切ないまでに胸を揺り動かしていた。行っては、いけないのである。しかし、そうしたかった。何を話すと言うのでなく側にいたかった。面会することなしに、節子がいる家の側まで行き、そのまま黙って帰るだけのことでも、じっとして、ここにいるよりは、心を落着かせてくれるような気がするのである。

書留速達で、この部厚い封書が来た時、封を切る前に、宏は内容を判別していた。三村亮助の死後、数回、彼は忠親を訪ねて、節子にも面会していた。世間並の話はした。顔色も静かにしている節子が、どれだけ悩んでいるかを理解して、宏も苦しく、こちらからも避けるように成っていたのである。

宏は、この手紙を節子に送り返すことまで考えた。三村氏の影と闘うぐらいのことは、自分は出来ると信じた。このまま家にいて夜になるのがたまらない気持だったので、京都まで出かけないようにわざと外套を着ず、襟巻だけ頸《くび》に巻いて風の冷たい外に出た。

冬に入ってから酒場のムーンライトでは、マダムがどこかの古道具屋から外国製のストーヴを探して来て、さかんに薪や木片を焚いて、店の中を暑いくらいにしていた。その側に席を占め、ひとりで乱暴にコニャックを飲み始めた。

入口のドアを押して、真下頼子が宏の姿を求めて入って来た時、宏はかなり酔っていた。

「お目にかかり度くなったから伺ったのよ。」

と頼子は言い、それから次の言葉を発音の美しいフランス語で言った。

「それで、ずっと、お倖せ?」

宏は変に無言でいた。と、その眼に涙が一杯に溢れ出たのを、両手で顔を隠して、急に人前もなく泣きむせんだ。

頼子は驚いたが、静かにしていた。気がついて、ハンドバッグをあけて、ハンケチを出して宏の膝に置いた。それからまだ子供のように烈しく泣いている宏を深い目の色で見まもっていて、頼子は自分などが入る余地のない切実に思い詰めた世界に男が入っているのを感じて来た。知らずに彼女は、母親のような慈愛深い目もとに成っていた。他人が見ていなければ、自分で涙を拭いてやり度いのだった。

「苦労して。」

と、胸の深いところで自然に呟き、いつまでも静かに深く見まもっていた。

店の者は、マダムを始め、心を遣《つか》って、こちらを見ないようにしていた。

あとがき

半世紀あまりも以前、旧制一高の本郷弥生丘の寄宿寮に起居した時のことである。クラスの友人で、体格が巨《おお》きくてボートの選手をしていた男が、ふと私に向って、言い出した。君は神経が細っこいから満鉄にでも入って、広い大陸を相手に修養したら良かろうぜ。如何にも突然の言葉だったし、私についてそんな考え方が出来るものとも予期もして居なかったので、苦笑を向けただけで返事をしなかった。言われてから考えて見ても私と云う男は満洲には縁のない人間のように思われた。

これが、社会に出てから、三度も四度も満洲に客として旅をし、土地も人間も見た。その時代には、満鉄沿線を除いて僻地に行くと馬賊が出て人質に取られると聞かされたが、満洲は当時私のような出不精の人間が訪ねるのに一番容易な外国だったとも言えよう。私に満鉄に入るように勧めた友人は、自分が南満洲鉄道に入り、後には理事にも成っていたが、どうしたものか、私が幾たびか満洲を訪れた毎に、一度も対面する廻り合せがなく、終戦と共に東京に帰り、富士山麓の電車会社に勤務していると聞いた。一度会って話したいと思っている内に、病気で死んだと聞いた。豪傑だったから大酒が原因ではないかと思った。甲州の出身だったので、郷里の友人の電車会社へ招かれて行ったのだと思う。戦争で、人の境遇の変化は急であった。

　私は満鉄に入社しなかったが、旅行の度に親切に世話になったし、各地で働いている満鉄の人たちと親しくなり、いろいろ人に会うことを得た。満洲が満洲国に変化してからも、軍人を除いて満鉄系の人を役人の中に多く見た。南満洲鉄道会社の人々は、日本の内地の役所や会社で当時働いていた日本人のホワイトカラーとは確かにどこか違っていた。これは私の友人のボートの選手が推賞したように、茫漠たる大地や自然と向合って暮らした為ではなく、その種類の、背広を着た大陸浪人風の人物は確かにどこにでも居たらしいが、その時既に「赤穂浪士」や「ドレフュス事件」の筆者と知られた私に接触した人々は、まだ日本の内地にはない特殊に出来上った垢抜けた紳士たちであった。どこへ行っても「ドレフュス事件」がよかった、愛読したと言葉をかけてくれる人があるので、思いがけないことに感じたのを記憶する。段々、威権を加え満洲に束縛を加えて来た軍部に対して、この人たちは力で反抗出来なかったとしても、批判的に見て積極的不満を覚えているように見た。私が、この満洲の紳士たちに覚えたのは、類推で東印度会社のイギリス人に似ているのではないかと云うことだった。同時代の内地で社会に出て働いている日本人よりも、彼らは研究好きで、何か、職務以外の専門を楽しんでいた。満洲人その他の異民族に対しても、親愛の情を抱いている人、政治を離れて深い交際をしているように見受けた人が多かった。中国の歴史や文化に造詣が厚く墨や硯、陶器、玉などの愛玩品にも鑑識が高くそれを楽しんでいる趣味人も居た。内地の重役やサラリーマンには無いことなので、外地の生活には金と時間の余裕があり、平社員でも、何か勉強する志があるのかとも羨んで見た。故柴田天馬老人のように中国人満洲人の政治家と交遊があり尊敬されながら政治には一切関係なく、昼間は「聊斎志異」の飜訳に没頭し夕方になると毎夜のように大和ホテルのロビイへ出掛けて、親しい碁敵と毎夜のように烏鷺《うろ》を闘わせて悠々自適している人を見つけたのも、満洲なればと感じたことであった。私に満鉄行をすすめたボート選手は、若し、その口車に乗って満洲へ行ったら私がどんな人間になっていたか、恐らく想像のつかぬ結果を見たのに違いない。私は、交際しながら知的な満鉄人が好きであった。満洲国となり、関東軍の天下になってからもこの人々は、ヒューマンに誠実に五族協和を願い、僻地の医療に従ったり、奥地に不足する物資の輸送に熱心に働きまわっていた。軍人のように任務で働くのでなく、進んで自発的に働き、人の為になる仕事を愛している気風が見受けられた。彼等の人知れぬ努力の結果が、軍人の手に渡ると、別の形の非情のものに化して遂には一切無に帰した。満鉄人は、随分心外の思いを味わったことであろう。私は、今もそう信じている。故人を含め、今日知名で専攻の仕事に今も従事している東亜経済調査部の人々のこと、日本から専門の史家学徒を呼んで自由に資金を与えて満洲の古代史や、各地の考古学の調査を組織的に行《おこな》ったことも——それも印度の田舎の村々の旧慣習俗に至るまで研究させたイギリスの東印度会社の先例を手本としたものかも知れぬが、やがては跡かたなくなった政治の事業の後に世界の収穫として残った。終戦と同時に、この美しかった文化的性格やヒューマンで独特の意欲を持っていた日本人は絶滅するが如くに地上から消えたのである。戦争で荒廃した大陸の僻地の土の上に、また内外の牢獄の中で一命を終った人々もすくなくなかった。

　私の「宗方姉妹」については、改めて述べるところはない。満洲に渡って夢を抱いて働いた平凡な或る個人の、不意の没落と絶望と、家庭の、表には隠している自己崩壊の姿を、私自ら悲しいと思いながら書き綴った。しかし、その人たちは、やはり「亡びて行く人たち」である。生きる人間の力が僅かにその中に、かぼそくともヒューマンな愛情の泉を掬んで、回生の道を求める。ここが満洲でなくて内地で、京都のような古い都の美しい自然の中に、傷ついた身を横たえたせいであろうか。当時の日本には焼野の中でもまだ療養所の役をする自然や過去があった。平凡な人間でいて無慙《むざん》な幻滅を受けて再起の希望なく帰国した人々は、数限りなく多い。「宗方姉妹」ふたりの素肌にも、その刻印だけが、自覚はなくとも消えずに残っている。これは、「帰郷」の直後に新聞に連載したもので、これも帰郷の一つのケエスには違いないから、類似や衝突の起らぬように気をつけて舵を取ったつもりだが、前作の「帰郷」よりも抒情的に陥った。当時、空襲で焼け残ったすくない日本の都市だったせいだけでなく、京都には、今よりも豊富な魅力が、町の隅々にまだ残っていた。

「宗方姉妹」のこの巻を出すのに当って、私は新たに序章を書き加えた。ただの古都小説にしたくなかったからである。生きる人間の境遇次第でどうにでも変化するひ弱さ、哀しさを、後の未来の宗方姉妹にも感じて置きたかった。だから、前に発表した「宗方姉妹」よりも多少は変って来ている筈である。

これまで書いてから私が訪問した満鉄人の官舎の客間に、マリ・ローランサンとドランの画が壁に在ったことを思出した。主人がヨーロッパ視察に派遣された時、土産に買って持って帰ったものらしい。そのドランの亜麻色の髪をして肱を曲げた裸婦と、それこそ「聊斎志異」の白狐の妖精に似通ったマリ・ローランサンの美女とは、主人を失って戦後どこへ行って仕舞ったろうか？　破られて焚付にされなかったとしても、奉天あたりの城外の小盗児市場の埃風にさらされていたのを、あるいは見た人もあるのではないか？　戦後、性質の違ういろいろの軍隊が入って来たのにつれて、掠奪はその度毎に規模を大きくさかんに行われた。規律ある八路軍だけがその例外で、終戦と同時に早く入って来た軍隊が最も醜悪で容赦なく無慙な暴行を恣《ほしいまま》にしたと聞く。内地には、ドラン、ローランサンの程度の画家の作品は、当時まだ稀れにしか来てなかった。

（昭和四十七年十二月二十四日）

映画「宗方姉妹」を見て

一

「宗方姉妹」を新聞に書いている時、姉妹の病気の父親が出て来ると、私の京都の宿屋の女中が、先生の小説はしんきくさい、と批評した。私は、病人らしくない明るい病人を書くつもりだったのに、普通の若い読者には、やはり、しんき臭く見えるのかと思った。病気で、それも早晩死ぬとさだめられた父親を姉妹の背景に置いたのは、後で出て来る三村亮助の突然な死に方を、不自然に取られないようにする為に、人の死の影をそれとなく最初から読者に植えつけて置こうとしたのである。同時に、これはふたりの姉妹が置かれた身分的な境遇の陰影であった。華やかな祇園祭も、庭の草木に対する愛着も、古い寺々に寄せる心の動きも、亡び行く者が消えかけている光をとらえようとする本能の仕事として描いた。

小津君の映画の「宗方姉妹」の父親は、私ほど筆を用いないで、短くてよく出ていると感心した。節子は、私の節子ではない。切口上で、正面を切った口のきき方が強過ぎる。私の節子は、静かにしか話さないし、柔かく半分までしか物を言わないから、映画には表現が無理なのである。反対に、映画の満里子は、私の満里子よりリファインされていた。私のは、満洲生れの、生地むき出しの、一種の野性のようなものを持つ娘である。無邪気だが野蛮で荒々しいところがある。それが新鮮なものに描けたらと思ったが、私の小説では、そこまで行かなかった。これはもう一度、何かの形で書いて見るつもりだ。

　小説では私は真下頼子が一番よく描けたと思っている。節子がきめのこまかい日本的な女、満里子に新大陸のアメリカにも通じる単純さと明るい若々しさにあふれたタイプ、頼子は古い日本とヨーロッパの殊にフランスの古い文化との自然な混血児と、ひそかに予定したものが、執筆中の私の心に在った。宗方家の姉妹の間に差しはさまって、小説の頼子は、かなり大きな役をしている。頼子は、気質の上で節子に近いが、節子ほど土に入っている根が強くない。自分の思いやりに負け、境遇にいつもひしがれている女だが、自分の動きを、いつも美しいものにしてしまう技巧が本能のように成っていて、それがまた彼の女をいつも弱いものにしてしまう。三人の女が寄って描き出すアラベスクの中で一番、華麗でデリケエトな線を描いているのが、頼子の外側の行動だけを見ている読者の方がはるかに多いのではなかろうか？　三人の中で、作者の心に一番近いのは、節子でなく頼子だと、ここで白状して置こう。また、それ故、一番よく書けたように信じられるのだ。映画の「宗方姉妹」では、頼子は小説の中で占めた重要な地位を失くして、ワキ役であり不遇である。だから、小説の頼子とは似てつかぬものに成った。

小津監督に会った時、頼子で別に一本の映画が出来ますねと言い出したので、私は心から賛成した。そうだ、筋らしいものは裏に隠れて、ふんい気と陰影だけで、頼子の心の動きを描いて行くのである。そう出来れば、品のいい美しい映画に成ると思う。パリが出たり京都が出たり、大阪の船場あたりの問屋町が出たり、これは架空のフィルムを回転させて見て楽しい。

「宗方姉妹」の映画は優れた出来である。映画と小説とはそれぞれの制約があって当然に別々の道を歩いているのだ。その事が、今度ぐらい、はっきりしたことはない。

（二十五・九）

二

最初の試写を見た晩に、小津監督と話した。煙突の煙が真直ぐ立つ蒸暑い晩で、屋根の上の物干に出て大あぐらで麦酒を飲んだ。四ヶ月もかかった大きな仕事を、決定した形で世の中へ送り出した晩だから小津君の麦酒はいつもよりうまいだろうと推察した。私もうまかった。

原作のある仕事には懲りたでしょうと苦労をいたわるつもりできいたら、いや、そうでない。原作物に改めて興味を持ったと言う返事。私の「宗方姉妹」が、小津君にそう言う刺激を加えたのなら、望外のことである。

長編小説の映画化は、もともと無理な強行をするものだし、映画を見て、原作者は異例なく顔をあからめたり、背中がこそばゆくなったり、時にはイスから腰を浮かせて退席したくなるものである。小津君の「宗方姉妹」は神経がこまかく行きとどいていて、そう言う不安な思いを私にはさせなかった。これは映画が作品として成功しているせいだと私は思う。

映画の「宗方姉妹」は、小津君の「宗方姉妹」である。私の「宗方」であって、また、そうでない。映画は小説から離れて独り歩いているのだ。原作のダイジェストではないし、観客が原作を新聞で承知しているものと予定したのでない。小津君の歩き方は正しいし確かである。この映画を見るひとは、小説の「宗方姉妹」を忘れて別の「宗方姉妹」と面接するつもりの方が純粋な受入れ方が出来るのだし、映画もまた、自分でそれを主張する力量を持っている。一貫してさわやかな心地よい流れ方をして、よどまない。原作者と言うのは、強欲なもので、見つけ出そうと思ったら残念無念と思う箇所をどこにでも見つけ出して見せる。作者として、自分の頭に像を抱いているイメージや影が、生身の俳優の出現に依って、のっけからこわれるものだから、面倒なのである。我々のペンと原稿紙と違って、小津君の「宗方姉妹」は生き物の人間がマチエールなのだから映画と言う芸術は思うように監督も出来にくいだろうと同情する。原作と筋まで違うのだが、双生児のシャム姉妹のように私の「姉妹」に通じるものがある。格は正しい。赤面することなしに楽しんで見た。節子の役は難しいと思う。言葉遣いが節子として時に烈し過ぎたようである。

その晩、小津君は、一度、三村亮助を宗方忠親に会わせるのだった惜しいことをしたと言い出した。小説の高雄の紅葉酒のくだりである。私もこれには同感の意を表した。三村の性格のひねくれた面だけでなく、小心で謙虚なところがその場面で表現出来たら、山村聰の好演技にもっと深味が出たであろう。節子をなぐった後で自分が涙ぐんでいるのを見せてもよかった。原作では亮助は悪役ではない、境遇から臆病になっているのが彼の偽悪や強がりの全部の原因なのだ。弱いだけの平凡な男なのである。余計なことのようだが製作に参加した人たちの真面目な努力が結実したこの映画の興行的な成功を祈って私はいる。異例な経費を要したこの大作がつまずくようなことが仮りにあるとすると、日本映画がまた一せいに元のバラック普請にもどる危険があるからである。皆さんお友達を誘い合せて、見て上げてください。日本映画に続々と大作の名に値する野心が向後も生れ出るように。

（二十五・九）

解説　「満洲国」のあとで——大佛次郎から村上春樹へ

與那覇　潤

一

そのような荒涼とした風景の中を黙々と進んでいると、ときおり自分という人間がまとまりを失って、だんだんほどけていくような錯覚に襲われることがあります。まわりの空間があまりにも広すぎるので、自分という存在のバランスを摑んでいることがむずかしくなってくるのです。〔……〕風景と一緒に意識だけがどんどん膨らんでいって、拡散していって、それを自分の肉体に繋ぎとめておくことができなくなってしまうのです。それが×××の平原の真ん中で私の感じたことでした。

伏字の部分に中国東北部（旧満洲）の地名を入れれば、本書の「序の章」で主役を務める三村亮助の独白としても違和感のない文章だが、本文を読了済みの方は訝《いぶか》しがられるように、右の文面の著者は大佛次郎ではない。村上春樹が平成初頭の一九九四年に単行本を刊行した、『ねじまき鳥クロニクル』第1部の一節である。

告白の主は、関東軍の参謀本部に勤めシベリア抑留も体験したという設定の間宮徳太郎中尉で、伏字に入るのは満洲国と国境紛争を抱えていた「モンゴル」。村上は当時、昭和の最末期を彩ったベストセラー『ノルウェイの森』（一九八七年）の印象が強く、もっぱらセンチメンタルな青春・恋愛作家だと見なされがちだったために、第二次世界大戦の前後を貫く過酷な暴力の体験を主題に含む同作は、驚きをもって迎えられた。

この間宮中尉は一九三八年、ノモンハン事件に備えて満蒙の境界を潜行中、右記のとおり「まわりの空間があまりにも広すぎるので」「自分という人間がまとまりを失って、だんだんほどけていくような錯覚」を味わい、しかし敵軍の捕虜となって狭小な空き井戸に放り込まれてしまう。昭和の終わりにそうした間宮の戦争体験を耳にした『ねじまき鳥クロニクル』の主人公も、失業や飼い猫の失踪、妻の出奔といったトラブルに見舞われるうちに精神の平衡を崩し、近所に空き井戸を見つけてそこにひきこもるようになる。

中国東北部を含めて、ユーラシア大陸の寂寞たる広大な大地の風景は、そもそも日本人が住まうには手に余るものではなかったか——。そうした衝撃を受けとめて書かれた点で、大佛次郎の『宗方姉妹』（初出は朝日新聞連載、一九四九年）と村上春樹の平成で二本目の長編とは、半世紀近くの時を超えて響きあうモチーフを持っている。

二

大佛次郎といってもいまはイメージが湧かない人も多いので、まずは伝記的な事項を押さえておこう。一八九七年に横浜で生まれ、第一高等学校・東京帝大法科というエリートコースを歩みつつ、教員や外務省嘱託を経て、文筆の道に転じた。同じ年の生まれには、知識人なら三木清（哲学者）、向坂《さきさか》逸郎・宇野弘蔵（経済学者）、政治家には浅原健三（日本大衆党）、加藤シヅエ（戦後に日本社会党）、蜷川《にながわ》虎三（京都府で革新知事）らがおり、大正期になんらかの形でマルクス主義の洗礼を浴びた人の多い世代である。大佛自身、一般には生涯を通じて左派にシンパシーを持つ自由主義者だったとされ、今日も朝日新聞社にその名を冠した賞が残っている。

小説家としての代表作は一九二七～二八年に連載した『赤穂浪士』で、当時は忠君の道徳を称揚する「赤穂義士」の呼び名が一般的だったのに対し、あえて浪士と呼ぶことで既存の体制への批判意識を込めたという。それだけに、近年の研究が「日本の大陸進出の擁護者」としての新たな大佛像を掘り起こしたのは衝撃だった（小川和也『大佛次郎の「大東亜戦争」』）。一九三八年に満洲国を視察した大佛は、欧米に対抗し得る理想国家を目指すとうたう同地の若き日本人官吏の情熱に魅せられ、熱心な支持者となっていった。

先に挙げた名前でも、浅原は無産代議士として出発しながら石原莞爾の側近に転じているし、最後は獄死する三木も、近衛文麿のサークルのブレーンとして「東亜協同体」の構想を練ったことが知られる。むろん向坂や加藤のように弾圧下で信念を貫いた人もいるが、戦前と戦後とで「二度」転向したことで評判の悪い平野義太郎（法学者。戦時下では大アジア主義を唱え、敗戦後に平和運動家）も、やはり一八九七年生。誰もが時代の大波の中で、自己を保つとはどうすることかを、極限まで問われた世代だった。

そうした背景を意識するなら、本書『宗方姉妹』の唯一の悪役で、戦前には左翼思想を取り締まりながら、戦後は檄して「ブールジョアが！　人民の敵が」と叫んでしまう平岩哲造なる小人物の見え方も、変わってくる。満洲国に集まる人材が「左右」を揺れ動いた例も多く知られており、同国で宣伝の責任者を務めた武藤富男（元は司法官で、大佛より七つ下）は一九五〇年代の末になっても、自民党の岸信介政権下であわや国連大使に就きかける一方、社会党から都知事選に出馬した有田八郎（戦前に外相。落選）にも副知事を打診されていたという（平山周吉『満洲国グランドホテル』）。

連載時には敗戦からわずか四年、戦前に築かれた人脈が各界で蠢《うごめ》く光景が前提の世相にあって、本書が内奥に秘める「満洲国の崩壊」という主題は、今日想像される以上に読む側にも見てとりやすかったのではないか。実は、同国に国土開発の夢を賭けた技術者・三村亮助の視点で大陸からの引き揚げを描く「序の章」は、一九七二年になって新たに加筆されたもので、当初は存在していなかった。

つまり、この文庫では序章に続く「若葉」からがオリジナルの『宗方姉妹』で、もし今の感覚でそこからストーリーを追うなら、不倫の香り漂う軽めの恋愛・風俗小説としか読めないかもしれない。逆に言えば、それでも「満洲」というモチーフが見落とされるはずはないと確信できるほど、大日本帝国の崩壊は本書の発表時、生々しい眼前の現実だった。

三

先に『ねじまき鳥クロニクル』で村上春樹が「日本人にとっての大陸進出」をどう描いたかを引いたが、そうした視点で本書に埋め込まれた戦前の痕跡を追うと、意外なほど共鳴するトーンを聴きとることができる。たとえば『宗方姉妹』の本文（序章以外）で、満洲や大陸、植民地といった語彙は、形容句としてどう使われているだろうか。

・「三村のように、**大陸的**と言うのでしょうか、大ざっぱな考えで、どうにかなるさ、とは申せないんです」（二二四頁。三村の妻＝宗方節子）

・きちっとすればするほど、**植民地風**に安手に見えて来る恨みがあるのだが、当人は一向に感じないで、鏡を見ると、我れながら映画のスクリンから脱け出したようで得意なのである（二三四頁以下。バーの成金客）

・「人間が多過ぎて、仕事があれば、どんな小さいものでも爪を立てて、奪い合いだ。

大陸で、馬鹿のようにのんびりと育った人間には手が出ぬ。自然そのものが、ここ〔日本〕では神経質に、こせこせ出来上ってる。野心にも大望にも最初から向かないのだ」（三一六頁。三村）

・その粗雑な笑い声が、この時、満里子に亮助に体臭のように成って残っている満洲の乾いた空気を感じさせ、外套なしに冷たい戸外に出た時のように、皮膚に寒さを覚えしめた（四一〇頁。満里子は節子の妹＝三村の義妹）

国土が狭量な日本の内地では得られない、豪放磊落な自由さ、スケールの大きさ、すべては些事だと一蹴し笑い飛ばす不敵さ。しかしそれは、どこか日本人の身の丈にあっておらず、世界進出で先行した欧米の軽薄なコピーに過ぎないようにも見える。かつて満洲国の実験を礼賛し、対英米の大東亜戦争をも支持してしまった自分もまた、そうした皮相な人間ではなかったか。著者大佛の悔恨が、これらの微細な字句から滲《にじ》み出る。

『宗方姉妹』の三村は戦後、満洲時代の仲間に用意してもらった名ばかりの職を除けば失業状態で、妻がやりくりするバーの経営にも興味を持たず、虚脱した意識で無為な日々を送る。『ねじまき鳥クロニクル』でも仕事と家族を失った主人公は自我喪失に陥るが、彼の敵役として描かれるのは、海外から借りたポストモダン思想を振り回してメディアで活躍するスター言論人の義兄（バブル期のニューアカデミズムがモデル）で、やがてそのルーツに満洲国が関わることが明かされてゆく。

実際に五族協和なる一種の多文化主義を掲げて、新たな「国家」を創設した石原莞爾のビジョンに、全世界から移民が流入するアメリカにも近しい超近代への欲求を見出す議論がある（福田和也『地ひらく』）。伝統的な農村の持続力が強く、中途半端な近代化しか体験し得なかった明治以降の日本内地に比して、すべてを一から設計可能だった満洲国は、初めて手にしたフロンティアにしてモダンの極致でもあった。奉天育ちで引き揚げの体験を持つ安部公房（一九二四年生。出生地は東京）のように、敗戦後、そのセンスをSF的な想像力に活かした作家もいる（苅部直『安部公房の都市』）。

「私の夢は仕事だった。大陸へ渡ってね、何もない平たい地面の上に、三、四年で、都会を造り出したり、満洲の川の原始的な性質の、毎年洪水ばかり出して暴れる奴を、行儀よく方向を決めて流れるように性質を変えてやったり〔……〕設計そのものが、夢なのだ。それが、大地の上に、出来上ったものに成って形が見られたのだから、まったく楽しかった」（三一五頁以下、三村）

酒に溺れてこう戦前を懐古するだけだった三村に終盤、「満洲で東洋一の鴨緑江のダムや松花江のダムの建設に従った人々」との人脈を通じて、ついに和歌山県での水力発電事業の仕事が舞い込む。むろんこれは本書のあずかり知らぬことだが、やがて戦後日本の国土計画を象徴する田中角栄の『日本列島改造論』（一九七二年）も、その無謀なまでの開発プランは一種のSFで、かつ高度成長期の未来予想図としてはむしろ大人しいほうだった（片山杜秀『見果てぬ日本』）。

一九一八年生の角栄は三九年に徴兵で入営し、ノモンハン近辺の部隊に配属された過去を持つ。除隊後の四一年冬に自身の建築事務所を開き、戦時下では満洲・朝鮮での事業も受託していた。『宗方姉妹』の三村亮助に刻み込まれた大陸開発の幻想は、日本国内にダウンサイズした形で戦後昭和にも反復され、それが行き詰まった後に『ねじまき鳥クロニクル』の平成が訪れる。

四

団塊の世代の代表とされる村上春樹は一九四九年、つまり敗戦で夢破れた大佛次郎が、本書を連載していた年の生まれだ。だから大佛と村上とではもちろん、満洲というモチーフの扱い方が重なるとはいっても、それ以外は大きく異なっている。

満洲国は幻想だった。それはよい。しかし、では大陸の植民地に賭けた夢をすべて失った狭小な島国の日本人は、今後はなにを「身の丈に合ったリアル」として生きてゆくべきなのか。その答えは、大佛においては明瞭であり、逆に村上の前にはもう存在しない。

節子・満里子姉妹の父である宗方忠親もまた満洲組だが、戦後に公職を追放され死を待つ境遇となっても消沈せず、「人間が百年も二百年も長生き出来るものではない。それよりも自分が持っている一分を一時間に、一日を一年の気持で、ゆったりと」送ることを目指し、京都で古寺巡礼にいそしんでいる。そして一家の幼馴染で、ひそかに節子と相思相愛だった田代宏は、フランスへの留学を通じてかえって日本の匠が持つ造形美を見出し、神戸で職人づくりの家具商を営んでいる。

たとえば大正教養主義のバイブルのひとつである、和辻哲郎の『古寺巡礼』が岩波書店から刊行されたのは、大佛が学生として青春を送っていた一九一九年。昭和に生じた大陸侵略という逸脱を排して「正しい道」へと戻り、欧米の普遍性と日本の伝統とを調和させることでやり直そうとする感覚が、名刹の描写が頻出する本作には漲《みなぎ》っていよう。

一方で村上春樹が『ねじまき鳥クロニクル』で描くヒロインは、妻に逃げられた主人公が出会う、笠原メイという女子高生だ。当初は刹那的な生活を送っており、水着姿で寝そべり主人公に誘惑めいたしぐさもするなど、ちょうど本書の宗方満里子をアップデートしたようなキャラクターになっている。

姉夫婦の家を出て一人暮らしを始める満里子と同様、このメイもまた、北国の工場に住み込み働きだすことで成熟してゆく。しかしそこで作っているのは、なんとかつらなのだ。老衰や病気にともなう頭髪の喪失をケアする、いわば創造というよりも「埋めあわせ」によってしか生きる手ごたえを摑めない時代の到来が、村上の作品には痛々しく刻まれている。

満洲国の夢は敗戦とともに蜃気楼と化して消えたが、戦後という時代を通じて「日本」もまた、取り戻されるよりも擦り減っていったのだ。その自覚なしに「才能あるリーダーが正しく導けば、日本にフロンティアはまだまだある」といったエリート幻想を振りまくのは、いつの時代も学者や言論人の名を騙る詐欺師にすぎない。

五

この『宗方姉妹』は一九五〇年、小津安二郎によって映画化されている。かなり大胆な脚色が施され、ストーリーも途中から別物になるといってよいが、その異同や公開時の反響については拙著『帝国の残影』で詳述しているので、重複を避けたい。

映画では敗戦後の社会風俗のうち、日本内地への回帰志向を象徴する古風な姉・節子を田中絹代、満洲生まれの奔放さを発散するアナーキーな妹・満里子を高峰秀子が演じた。その高峰の自伝『わたしの渡世日記』を読むと、キャスティングの裏に隠れた壮絶な現実のドラマに圧倒される。

実は、田中は前年秋に親善使節として訪米するも、五〇年頭の帰国時にサングラス姿で投げキスを振りまいたパフォーマンスが、「米国かぶれ」として全国民大のバッシングを浴びていた。撮影の現場では、自殺すら真剣に考えた苦悩を、高峰に語っている。無限の可能性を持つアメリカに憧れる裏面で、それに呑み込まれない伝統を「和装女優」に求めてしまう、あいまいで虫のよい日本人の自意識が生んだ悲劇だった。

さらに高峰には、本人が養女に入ったため違う家で育ったものの、血を分けた粗暴な性格の実兄がいた。大陸に渡り満洲ゴロとなって怪しい事業に成功し、戦時下では上海に豪邸をかまえるも敗戦で零落、一九七五年にアルコール中毒で急死するまで妹のギャラにたかり続けて暮らしたという（高峰の女優引退が七九年）。原作者大佛が共感したエリート官吏とはまるで異なる階層にも、一獲千金の「フロンティア」が投げかけた影は戦後、長く尾を引きずり続けていた。

小津による映画版の『宗方姉妹』は一般に、彼の監督作としては例外的な小品にすぎず、かつ失敗作だと見なされる。しかし今回収録された大佛の映画評によれば、小津は真下頼子（パリ以来の田代宏の恋人。映画での配役は高杉早苗）を主役として「別に一本の映画が出来ますね」と語るくらいには、大佛の原作に共鳴していたようだ。

小説の『宗方姉妹』では終幕、戦後に得られたはずの幸せを自ら拒否することを選ぶ、ある女性キャラクターの手紙が読者の胸を突く。これは村上春樹の『ねじまき鳥クロニクル』でも同様で、笑って主人公のもとに戻れば大団円となるはずの妻は、むしろ自身の過去に決着をつけるための深刻な決断を下す。そのどちらにも、滅んだはずの満洲国のトラウマが、亡霊のようにとり憑いている。

幸福な戦後の到来を「拒絶する女性」といえば、なんといっても小津安二郎が『東京物語』（一九五三年）で描き切った、義父による再婚の勧めを拒否する原節子だろう。世界の映画史に刻まれるそのイメージの原型は意外にも、長く忘れられてきた大佛のこの小説にあるのかもしれない。その一点をもってしても、いま、本書を再読する意義はある。

全共闘世代に属する村上春樹はともかく、大佛次郎や小津安二郎（一九〇三年生）の世代はフェミニズムはおろか、ウーマン・リブという言葉すらも手にしてはいなかった。それでも彼らは、満洲国という男たちのフロンティアが残した傷跡の深さを、むしろその男たちのモラルに貞節を尽くすことで結果的に暴き出す女の悲愴さを通して、敗戦間もない国民に訴える。『宗方姉妹』に宿る崇高は、そうした「逆説の悲劇」の顕《あらわ》れである。

（よなは・じゅん　評論家）

『宗方姉妹』
初出：朝日新聞、一九四九年六月二十五日～十二月三十一日
初刊：朝日新聞社、一九五〇年四月

編集付記

一、本書は『大佛次郎自選集　現代小説5』（一九七三年二月、朝日新聞社）を底本とし、随筆「映画「宗方姉妹」を見て」（『日附のある文章』創元社、一九五一年二月所収）を増補したものである。

一、明らかな誤植と思われる箇所は訂正し、ふりがなを整理した。

一、本文中に今日の人権意識に照らして不適切な語句や表現が見受けられるが、著者が故人であること、執筆当時の時代背景と作品の文化的価値を考慮し、底本のままとした。

中公文庫

宗方姉妹《むねかたきょうだい》

2023年3月25日　初版発行

著　者　大佛《おさらぎ》 次郎《じろう》

発行者　安部 順一

発行所　中央公論新社
〒100-8152　東京都千代田区大手町1-7-1
電話　販売 03-5299-1730　編集 03-5299-1890
URL https://www.chuko.co.jp/

DTP　平面惑星
印　刷　三晃印刷
製　本　小泉製本

Published by CHUOKORON-SHINSHA, INC.
Printed in Japan　ISBN978-4-12-207337-1 C1193

定価はカバーに表示してあります。落丁本・乱丁本はお手数ですが小社販売部宛お送り下さい。送料小社負担にてお取り替えいたします。